플레이어

player

플레이어
player

최재경

장편소설

민음사

차 례

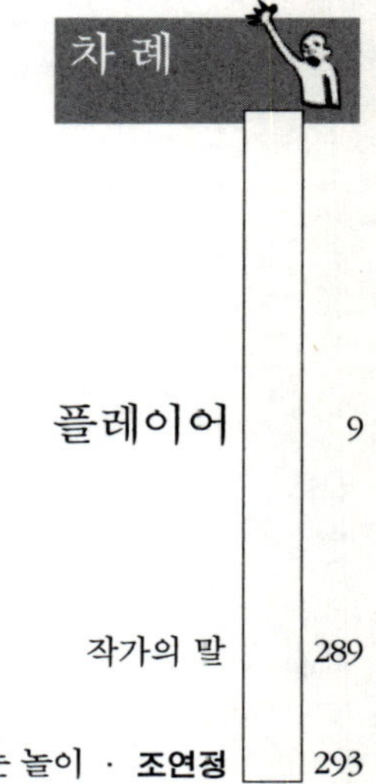

카운터 앞에 서서
10시 종소리를 들으며
키 큰 배관공 하나가
월요일인데도 일요일 차림을 하고서
노래 부른다 저 혼자만을 위해
노래 부른다 목요일이라고
일터에 가지 않겠다고
전쟁은 끝났다고
일도 끝났다고
인생은 너무도 아름답고
처녀들은 너무도 예쁘다고
그렇게 카운터 앞에서 비틀거리다가
주인 앞에 똑바로 멈춰 서서
농부 셋이 지나가다 계산을 할 거요
그러고는 햇빛 속으로 사라진다
술값도 치르지 않고
햇빛 속으로 사라진다 노래를 계속하면서

       —자크 프레베르, 「축제는 계속된다」

1

엘리베이터 좌측의 방화문을 열자 평소 흡연실로 애용되는 비상계단이 모습을 드러냈다. 벽에 기댄 채 담배를 피우던 상인이 먼저 알은체를 했다. 에버그린 색으로 칠한 벽면과 천장 때문에 상인의 얼굴색까지 푸르스름해 보였다. 유노는 평소처럼 주먹으로 상인의 어깨를 가볍게 두드리고는 담배를 꺼내 물었다. 상인은 유노의 고등학교 동창이었다. 상인은 일 년 전 유노가 다니는 JJ물산의 인터넷사업부에 경력 사원으로 입사했다.

"이거 봤어?"

상인이 성의 없이 발로 신문을 가리켰다. 누군가 맨바닥에 앉기 싫어 방석 대용으로 깔았음 직한 《벼룩시장》이었다.

“왜? 여기에 뭐가 났어?”

유노가 신문 앞에 쭈그려 앉자 담배를 벽에 비벼 끈 상인이 따라 앉으며 특정 지점을 손가락으로 가리켰다.

함께 출장 뷔페 요리 먹어줄 젊은 분 구함.
단, 미혼이며 대졸 이상일 것.
☎ 02-555-1987

유노는 여유 있게 담배 연기를 내뿜으며 잠깐 생각에 잠겼다.

“우리 한번 같이 가볼까?”

상인이 유노의 손에서 슬쩍 담배를 가로채 연기를 한 모금 들이마시며 말했다.

“너 또 돛대였어?”

상인이 다 알면서 왜 묻느냐는 뜻으로 빙그레 웃었다.

“내가 총 맞았냐? 날마다 돛대라면서 담배를 딱 한 개비씩만 가져오는 놈이랑 같이 가게? 예쁜 여자랑 간다면 몰라도…….”

“치사하게 담배 한 개비 뺏겼다고 그러기야? 친구 사이에? 그건 그렇고 에어컨 할인 이벤트는 잘 되냐?”

“뭐, 그럭저럭…… 어제 저녁에 기대 수량은 넘겼어.”

“좋겠다. 에어컨은 오프라인 매장이랑 백화점에서도 동시에 이벤트를 하잖아. 난 아무래도 힘들겠다. 우리 몰 여행 상품이 다른 데보다 가격이 좀 높냐? 게다가 인터넷 쇼핑몰에서는 후발 업체인 데다가 상품 품질이 특별히 좋은 것도 아니고. 계속 이러다간 아무래도 정리당하지 싶다."

상인은 여행 담당 MD인데 늘 판매가 안 된다고 투덜거렸다. 고등학교 때부터 엄살이 심한 친구여서 그가 말하는 대로 다 믿을 수는 없었다.

"안 그래도 구조 조정 소문이 떠돌긴 하더라. 그리고 고객들에게서 신용 정보 도용 신고가 자꾸 들어와서 내부에 산업 스파이가 있는지 대대적인 색출 작업이 진행 중이라는 말도 있고."

유노는 오전에 비상 통로에서 만난 인사부 직원에게 들은 이야기를 상인에게도 전해 주었다. 사내에서 가장 빠른 소식통에 접근하는 방법은 주기적으로 비상 통로에 나와 떠도는 소문에 귀 기울이는 것이었다. 그중 50퍼센트는 소문에 그치지만, 나머지 50퍼센트는 꽤 믿을 만했다.

"실적도 실적이지만 난 정말 큰일이다, 유노야……."

"뭐 때문에?"

"너도 알다시피 박 선배가 나를 여기 데리고 들어올 때, 나이에 비해 경력이 모자란다고 이 년을 조작해 줬잖아. 그거 탄로 나면 어쩌지?"

"걱정 마. 이미 뽑은 사람에 대해서 다시 조사하겠어?

그렇다면 그건 인사과 잘못인 거지. 그리고 우리 회사에서 그걸 아는 사람은 박 선배와 나밖에 없잖아."

상인은 유노를 만날 때마다 경력 허위 기재로 인해 받는 스트레스를 털어놓았다. 같은 부서에 누구누구가 아무래도 자기를 무시하는 것 같다는 둥, 모 씨가 자기 선배랑 아는 사이라던데 아무래도 뭔가를 알고 있는 것 같다는 둥……

"그렇게 걱정되면 이 번호나 입력해 두지그래? 혹시 알아? 회사 잘리면, 여기라도 가서 포식해야지."

장난기가 발동한 유노는 상인의 휴대폰을 가로채서 억지로 구인 광고 전화번호를 입력하려 했다. 상인은 얼른 휴대폰을 빼앗더니, 정말로 화가 난 듯 쾅 소리 나게 문을 닫으며 나가버렸다.

2

"미안하네. 이것 말고는 방법이 없었어. 그나마 소송 건을 회사가 담당하기로 했으니 다행인 줄 알아. 자네의 평소 실적과 성실성을 생각해서 최대한 배려했네. 퇴직금은 받을 수 있을 거야. 당분간 실업 급여를 받으면서 다른 회사를 알아봐."

부장의 말은 청천벽력이었다. 어처구니가 없었다. 바로 전날까지만 해도 유노는 JJ 인터넷 쇼핑몰에서 최고로 잘나가는 MD였고, 쇼핑몰 자체가 사라지지 않는 한 끝까지 살아남을 한 명이었다. 그러나 지난 주중 목표 판매량을 넘기고 편안한 마음으로 주말을 보내러 간 사이에 십 분간 시스템 장애가 일어났다. 프로그래머들이 급히 장애를 복구하면서 담당 MD들에게 연락을 취했다. 유노도 잠깐 동안 회사에 나와 상품 정보들을 일일이 점검했는데 별다른 이상은 발견하지 못했다. 그런데 이벤트 품목이 아닌 최신형 상품 중에서 판매가 323만 원짜리 에어컨 가격이 '0'이 하나 빠진 "323,000원"으로 등록되어 있었던 모양이다. 문제는 유노가 방심하고 있었던 일요일 동안 32만 3천 원짜리 에어컨의 주문량이 폭주했다는 점이다. 신청 물량은 1천 대가 넘었다. 구석에 숨어 있었던 물건을 찾아내서 이틀 동안 1천 대를 주문한 쪽은 일반 소비자가 아니라 경쟁업체 MC 쇼핑이었다. 월요일 아침, 회사가 발칵 뒤집혔다. 부장이 경쟁업체 담당자를 만나서 구매 취소를 요청했지만 그들은 소송으로 맞서겠다고 했다. 사건이 터진 지 사흘 만에 유노는 사직을 권고받았다.

평소에 유노를 아끼던 부장의 눈에 눈물이 글썽거렸다.

"자네처럼 운 없는 사람은 처음 보네."

얼어붙은 빙판 위를 걷는 듯 유노는 한 걸음 한 걸음 억지로 발을 떼어놓았다. 삼 년간 일주일에 서너 번은 야근을 했고, 주말에도 절반 이상을 출근했다. 유노는 이 일이 힘들긴 해도 재미있었고, 윗사람들에게서 인정을 받는 것도 신이 났다. 머나먼 미래의 일이긴 했지만, 유노의 꿈은 이 회사의 핵심 간부가 되는 것이었다. 매출 실적을 올리기 위해 발이 닳도록 영업을 하고 다녔다. 그 때문에 가장 인기 없었던 도서 담당 MD에서 출발해, 가장 인기 있는 품목인 생활 가전 담당 MD가 될 수 있었던 것이다.

짐을 꾸릴 힘도 없어서 멍하니 앉아 있는 유노에게 누구 하나 선뜻 다가오지 못했다.

"짐 싸는 건 내가 좀 있다 도와줄게. 나가서 담배나 한 대 피우자."

상인이었다. 유노는 상인의 팔에 이끌려 계단 통로로 갔다. 상인이 유노를 계단에 앉힌 후 담배에 불을 붙여 그의 입술에 끼워주었다. 유노는 담배 한 모금을 깊게 빨아들였다. 머리가 아찔했다.

"힘내라. 이런다고 네 인생이 끝나기야 하겠어? 네가 이렇게 되는 거 보니까 정말 이 회사에 정나미가 떨어진다. 나도 이참에 확 그만둘까 보다."

유노는 상인의 말에 대꾸할 정신도 없었다. 물끄러미 발끝을 내려다보던 유노에게 어제의 그 《벼룩시장》이 눈에 들어왔다.

3

키조개, 전복, 해삼, 새우에 빛깔 고운 야채들과 자르르 윤기가 도는 소스를 끼얹은 전가복, 콜라겐이 풍부해 관절에 좋다는 상어지느러미찜, 톡 쏘는 듯 매운 냄새가 나는 아귀찜, 새큼한 향기와 아름다운 빛깔의 냉구절판, 일일이 소스를 발라 손으로 말고 무순으로 장식한 연어양상추말이, 탐스러운 주황빛 알이 불거져 나온 꽃게탕, 대하구이, 옥돔회, 붉은 토마토와 함께 쪄낸 게살 요리, 자연산 송이와 야채볶음…….

일일이 다 열거할 수 없을 정도로 많은 음식들이 픽처윈도 앞에 놓인 기다란 식탁에 차려져 있었다. 풍수지리를 정확히 따져 지었는지 거실은 동향, 욕실은 서향이고 1층은 확 트인 공용 공간이었다. 아이보리 색 미장 벽과 짙은 커피색 목가구들은 고풍스러우면서도 우아한 분위기를 자아냈다. 천장의 채광창에서 천사가 강림하는 길인 듯 굵은 햇빛 한 줄기가 내려와 식탁 위를 비추었다. 아무 집에서나 보기 힘든 모퉁이 창 앞의 선반에는 아프리카 바이올렛과 라벤더, 이름을 알 수 없는 꽃 화분 몇 개가 놓여 있었다. 유노의 위장과 오감은 이토록 쾌적한 환경에서 맡아보는 진수성찬의 향취에 놀라고 감복했다.

"맘껏 들어요. 젊었을 때는 이런 음식을 나 혼자서도 충분히 만들었어. 상어 지느러미가 너무 익은 것 같기는 한데…… 일단 들어요. 맛은 좋을 거야."

일흔을 넘긴 안주인은 이미 반쯤 저승에 속한 사람 같았다. 겨우 몸을 지탱하고 있긴 하지만, 마르고 창백한 얼굴을 뒤덮은 저승 꽃과 쉴 새 없이 눈물이 흘러나오는 초점 없는 눈, 느릿느릿 움직이는 손마디가 몹시 불안해 보였다. 그에 비하면 바깥어른은 훨씬 정정했다. 오늘은 안주인의 생일인데 자식과 손자 들이 모두 외국에 살고 있어서 돈만 부쳐 왔다고 했다.

"내가 외교관 생활을 오래 해서 이 사람을 많이 고생시켰더니, 이렇게 나보다 아픈 데가 많아요. 공직에서 물러나서도 온갖 모임이다 뭐다 쫓아다니느라 이 사람을 돌보지 못했어. 다 내 잘못이야. 늦었지만 남은 날 동안 이 사람의 소원은 전부 들어주려고 해요. 맛보고 싶은 음식은 여러 가지인데 그것들을 모두 시키면 양이 너무 많아 우리는 다 먹지도 못해. 그래서 궁리하다가 이렇게 두 분의 도움을 받게 됐어요.”

유노와 제인은 병약하고 외로운 노부부와 함께 음식을 먹기 시작했다. 가정부와 운전사, 정원사가 있었지만 그들이 합세한다고 해도 다 먹어치울 수는 없는 양이었다.

유노는 이곳에서 제인을 처음 만났다. 《벼룩시장》에 난 광고를 보고 전화를 건 사람은 유노 말고도 많았을 것이다. 익명이라는 점을 이용해서, 《벼룩시장》에는 별별 희한한 구인 광고가 다 올라와 있었다. “함께 놀 돈 많은 유부녀 구함”이라든가, “일주일 동안 남편 빌려드림. 뭐든 시키는 대로 다 함”, “현대판 씨받이 구함. 5천만 원 지급. 단 아들일 경우에 한해”, “힘 좋은 사디스트 구함” 같은 광고는 이미 익히 보아온 것이었지만, “함께 출장 뷔페 요리 먹어줄 젊은 분 구함. 단, 미혼이며 대졸 이상일 것”이라는 광고는 낯설었다. 우선 남녀의 제한을 두지 않았다는 점에서, 또한 그냥 요리를 먹어주는 일인데 대졸 이상의 사람을 구한다는 점에서 특이했다.

“먹고 나서 좀 싸 가요. 스무 명 분량이니까 어떻게 해도 남을 거야. 자, 이 왕새우는 두 번째 마디와 세 번째 마디 사이를 잡고 이렇게 당기면 껍질이 쉽게 벗겨져요.”

바깥어른은 부인에게 줄 새우의 껍질을 벗기면서 유노와 제인에게도 설명을 잊지 않을 만큼 매너가 몸에 밴 사람이었다. 유노는 게살 토마토 요리를 먹고 있던 제인과 눈이 마주쳤다. 그 순간 제인은 눈으로 무엇인가 얘기를 건네는 듯 눈빛을 반짝였다. 음식 맛은 일품이었다. 안주인은 이 음식이 청와대에 자주 불려 가는 요리사의 솜씨라고 귀띔했다.

세상에는 별별 일이 다 일어난다. 이처럼 쓸쓸한 부자들의 사치성 아르바이트에 동원되는 운 좋은 일회용 가난뱅이도 있고 말이다. 유노는 다시 한번 집안을 둘러보았다. 인테리어 잡지에서나 볼 수 있는, 색상 배합을 고려한 고급 벽지와 바닥재, 마감재 들, 높은 천장과 여유 있는 공간 활용, 하나하나 값비싼 골동품으로 이루어진 가구와 소품들. 식탁과 식탁 의자도 유럽의 장인이 손수 디자인해서 만들었을 만한 수제품들이었다. 벽난로 위에는 대나무를 그린 거대한 수묵화 한 점이 걸려 있었다. 모르긴 해도, 박물관에 걸어두어도 손색이 없을 진품임이 틀림없을 것이다.

"그래, 김 군은 원래 무슨 일을 했나?"

상대편을 배려한 예의적인 관심 표명이긴 했으나, 한편으로는 지금 한창 일하고 있을 나이에 무슨 연고로 이런 아르바이트를 하느냐는 지적이기도 했다. 유노는 회사를 나오면 수도 없이 듣게 될 질문에 대해 가장 간단한 대답을 준비해 두었다.

"회사에 다니다가 그만두고 나와서 뜻 맞는 친구들과 같이 사업을 하려고 준비하는 중입니다."

"아, 그렇군. 아주 좋아요. 일찍 도전하는 사람이 빨리 성공하죠. 그런데 어떤 사업을 하려고 합니까?"

여기부터가 문제다. 그러나 거짓말을 하지 않고도 위기를 모면하는 방법은 얼마든지 있다.

"아직 확정하지는 못했습니다. 생각보다 쉽지 않네요."

예상대로 더 이상 묻지 않았다. 노인은 제인에게로 관심을 돌렸다.

"현 양은 신부 수업 중이신가?"

제인은 화들짝 놀라며 고개를 저었다. 그러나 그뿐 어떤 말도 하지 않았다.

"어떤 일을?"

"피아노 선생이었어요. 수원에서 고등학교를 졸업하고 나서 집안 형편 때문에 대학에는 가지 못하고 계속 피아노 학원에 나갔어요. 그러다 문예창작과에 입학해 글 쓰는 것을 배워보고 싶어서 작년에 학원을 그만두고 무작정 서울에 올라왔어요."

"아, 그래요? 우리 집에 딸아이가 쓰던 피아노가 있는데, 나와 아내를 위해서 한 곡 연주해 줄 수 있겠어요?"

노인의 즉흥적인 제안에 제인은 당황한 기색을 감추지

못했다.

“미안해요. 괜한 부탁을 했나 봐요. 좀 실례가 되는 부탁이었죠.”

노인은 미안했는지 아내를 위해 꽃게를 담았던 접시를 제인에게 먼저 주었다.

“그게 아니라…… 저는 피아니스트가 아니니까요…….”

“괜찮아요. 우리 집 양반이 원래 흥이 많아서 즉흥연주를 좋아해요. 남들도 다 자기 같은 줄 알고 그러는 거예요. 걱정 마세요.”

이런 분위기에서 지나친 진지함은 반칙에 가까운 실례다. 왼쪽 입술만 겨우 움직이는 안주인은 제인이 흐려놓은 분위기를 애써 무마시켰다.

“김 군, 예나 지금이나 직장 생활이 그리 쉽지는 않죠? 요즘 직장인들은 뭘 제일 하고 싶어합니까?”

왜 이런 아르바이트에 대졸자를 뽑았는지 그 이유를 알 것도 같았다. 이것은 단순히 먹어주는 일이 아니라, 먹으면서 어느 정도 지적인 대화를 함께 나누어주는 일인 것이다. 이런 대화를 통해 노인은 자신의 우아한 사교술이 아직도 녹슬지 않았음을 확인하고 싶은 것인지도 모른다. 하기야 무턱 대고 음식을 입속으로 퍼 넣기만 하는 것이라면 남은 음식을 그냥 쓰레기통에 버리는 것과 다를 바가 없지 않은가. 사람 냄새가 그립고, 사람과의 대화가 그리운 거겠지.

"돈을 많이 벌고 싶어 하죠. 하지만 고생하는 것은 싫어해요. 정말 원하는 것은, 이 세상에 있을 수 없는 일이긴 하지만, 놀면서 돈 버는 거죠. 돈 받고 노는 거요. 그거야말로 모든 직장인들의 꿈 아니겠어요?"

어차피 두 번 만날 사람들도 아니라는 생각에 유노는 농담 반 진담 반으로 말했다. 노부부와 가정부, 운전사 모두가 실소를 터뜨렸다. 잘 웃지 않는 제인도 이번에는 살짝 미소를 비쳤다.

"돈을 많이 벌면 뭘 할 건데요?"

"글쎄요…… 그건 일단 돈을 많이 번 다음에 생각해야겠죠."

그렇게 말하면서 유노는 약간의 자조감을 느꼈다. 농담인 것처럼 말했지만 사실은 진담이라는 것을 노인은 이미 눈치 챘을 것이다. 그러나 고개를 끄덕이는 노인의 얼굴에서 경멸의 빛이라곤 찾을 수 없었다.

"내가 말이오, 옛날에 불치의 어린이 환자들만 있는 심장병 요양원에 봉사 활동을 하러 간 적이 있었어요. 그곳의 아이들은 미카엘라 수녀님의 애정 어린 보살핌 덕분에 다들 선고받은 것보다 오륙 년씩은 더 연장된 수명을 살고 있었지. 그렇지만 아이들은 아침에 일어나 친구 하나가 죽어 있는 모습을 보거나, 수술을 받으러 가 돌아오지 않던 친구가 어느 날 관 속에 담겨 와 땅에 묻히는 모습을 늘 지켜봐야만 했을 거야. 그런데 한번은 그 아이들이 노는 것을 지켜볼 기회가 있었어. 이렇게 놀더군. 방 안에서 한 아이를 침대 위에 눕혀요. 누운 아이가 눈을 감고서 '난 죽었어.'라고 말하면, 나머지 아이들이 누운 아이의 머리끝까지 이불을 덮은 다음 '묻자, 묻자!' 하는 거야. 그럼 나머지 아이들도 합세해서 이불로 싼 아이를 들어서 바닥에 내리는 거지. 그 다음에는 다른 아이가 침대에 누워 똑같이 죽는 시늉을 해. 그러는 아이들의 얼굴에서 공포를 찾아볼 수는 없었어. 그리고 함께 비탈진 언덕을 올라가다가 한 아이가 숨차서 힘들어하면 앞서 간 아이들이 그 아이를 돌아보며 '너, 죽을 때가 다 됐나 보다.' 하는 거야. 그러고는 자기들끼리 까르르 웃어요. 내가 왜 이런 얘기를 하는지 알겠어요?"

"글쎄요……."

유노는 노인의 의중을 짐작할 수 없었다.

"생각의 틀 자체가 바뀌는 경험이 중요하다는 말을 하는 거요. 다르게 보는 법을 배우는 것. 언제나 눈을 가리는 것은 조급한 마음이지……. 식기 전에 어서 들어요."

노인에게 그 의미를 묻고 싶었지만, 그의 얼굴을 본 유노는 포기했다. 편안한 미소를 머금은 노인의 얼굴에는 수수께끼를 던진 자의 장난기 같은 것이 깃들어 있었다. 그

때 갑자기 유노의 발목에 이상한 감촉이 느껴졌다. 가볍고도 축축하고 기분 나쁘게 몽실거리는 물체가 발목을 아주 천천히 기어오르고 있었다. 유노는 얼른 그것을 떨어내기 위해 발을 털었다. 그 순간 ‘쉿’ 하는 소리와 함께 뭔가 쏘는 듯 따끔한 통증이 느껴졌다. 비명을 지를 틈도 없었다. 얼른 식탁 아래로 몸을 숙여 통증의 실체를 확인했다. 사진에서만 보던 커다란 독거미였다. 하얗게 질려 몸을 일으키는데 경미한 현기증이 일었다.

“아, 지니 녀석이 왔군요.”

높낮이가 거의 없는 안주인의 목소리였다.

“예?”

“우리 안사람이 자식처럼 기르는 타란툴라야. 여보, 저 녀석이 허물 벗을 때가 됐나?”

“아니에요. 허물 벗은 지 얼마 안 됐어요. 그냥 오랜만에 외부 사람을 보니까 예민해졌나 봐요.”

안주인은 천천히 몸을 굽혀 두 손으로 독거미를 집어 들더니 느린 걸음으로 창 앞에 있는 수족관으로 다가갔다. 보통 사람이라면 수족관까지 세 번은 왔다 갔다 했을 정도의 시간이 걸렸다. 수족관에는 물이 차 있지 않았다. 안주인은 뚜껑을 열고 손을 넣어 배양토가 깔린 바닥에 타란툴라를 내려놓았다. 마치 갓난아기를 요람에 내려놓는 동작 같았다. 안주인은 수족관 옆에 놓인 검은 상자의 뚜껑을 열더니 집게로 무엇인가를 집어 올렸다. 살빛 물체가 꼼지락거리며 찍찍 하는 소리를 냈다.

"태어난 지 이틀 된 새끼 쥐야. 처음 보는 사람은 좀 놀라는데……."

안주인이 새끼 쥐를 타란툴라 옆에 내려놓자, 타란툴라가 털이 숭숭 난 다리를 저어 새끼 쥐를 감쌌다. 유노는 그다음 광경을 보고 싶었지만, 안주인이 돌아와 앉는 바람에 시야가 가려졌다.

"마침 귀뚜라미가 다 떨어졌네. 그래도 영양식을 한 번 줄 때가 되어 특별히 부탁해서 구한 음식이죠."

"아무래도 독거미가 저를 물었나 봐요. 발목이 따끔거려요."

정말 유노의 발목이 발갛게 부어올랐다. 안주인은 전혀 당황하지 않고 가정부에게 손짓을 했다. 사태를 파악한 가정부가 잠시 부엌으로 사라졌다가 나타났다. 크리스털 소주잔에 담긴 초록빛 액체를 유노에게 내밀었다.

"들어요. 일종의 해독제예요. 해독도 되고 기력 보충도 될 거예요."

"이건 뭘로 만든 겁니까?"

유노는 담즙같이 쓰면서 꿀처럼 단 그 액체를 단숨에 삼켰다.

"말레이시아의 열대우림에서만 자라는 약초 술에 허브와

꿀을 넣은 해독제예요. 저 녀석이 말레이시아 지구 타이거
라는 종인데, 원래 말레이시아 열대우림에 살았죠. 덩치가
크고 공격적이어서 '아시아의 여왕'이라는 별명을 갖고 있
어요. 예전에는 강아지를 길렀는데, 털도 많이 날리고 너
무 까불어대니까 정신이 없어서 바꿔봤어요. 느리게 움직
이고, 먹이도 자주 안 줘도 되니까 편리해. 무엇보다 탈피
를 하면 더 싱싱하고 예뻐져요. 저 녀석이 허물 벗는 모습
을 바라보고 있으면, 마치 내가 다시 태어나거나 젊어지는
것만 같다니까."

거미 얘기가 나오자 안주인의 말수가 늘어났다. 이 광경
을 지켜보던 제인은 안색이 더욱 나빠졌다.

식사가 끝난 후 노부부와 유노, 제인은 일본목련 나무
그늘이 드리워진 작은 원두막에 앉아 과일과 차, 호두파이
를 후식으로 먹었다. 원두막에는 부채를 든 달마가 그려진
수렴이 사방으로 걸려 있었다. 정원 연못가에는 낮게 드리
운 사과나무 가지마다 사과가 빨갛게 익어갔다. 열어놓은
거실 창 너머로 모차르트의 아리아가 들려왔다. 오수를 즐
길 수 있는 터키식 오토만 의자 두 개가 거실 앞 데크에 놓
여 있었다. 곁에서 보니 집은 나무를 주로 쓴 목구조 주택
으로 수분과 공기가 안팎으로 드나들게 지어진, 말로만 듣
던 '숨을 쉬는 집'이었다. 가정부가 선홍색 술이 담긴 칵테
일글라스 네 잔을 가져왔다.

"자, 한 잔씩 들어요."

유노가 뭐냐고 묻기도 전에 노인이 설명을 했다.

"마쿠라타주라고 하죠. '마쿠라타'라는 난초의 잎과 뿌리로 만든 술이오. 아이슬란드에서는 최음제로 쓰여요."

유노와 제인의 표정을 읽은 노인이 웃음을 터뜨렸다.

"하하…… 말이 그렇다는 거지 진짜 최음제라는 것은 아니오. 사람 체질에 따라 그런 효과가 나타나기도 하고 그렇지 않기도 하니까. 누군가 선물로 보내준 술인데, 믿거나 말거나라며 그런 설명을 보태더군. 늙어서 의지할 것은 건강 보조 식품밖에 없다 보니 이런저런 희귀한 음식들이 많이 들어와요. 맛은 꽤 그럴듯하니까 한번 마셔봐요?"

제인은 술잔에 코끝만 한 번 갖다 댔을 뿐 마시지는 않았다. 유노는 망설임을 감추며 단숨에 마셔버렸다. 보기와는 달리 40도가 넘는, 매우 독한 술이었다. 식도가 타버릴 듯 화끈거렸지만 혀끝에 남은 뒷맛은 향기로웠다.

"아까 하던 얘기를 더 하고 싶은데…… 김 군은 어때요? 그러니까 김 군도 돈 받고 노는 일을 하고 싶은 거요?"

술잔을 내려놓으며 노인은 사뭇 진지한 어투로 말했다. 유노는 노인의 눈썹이 살짝 올라갔다 내려오는 것을 놓치지 않았다. 술기운 때문인지 한결 긴장이 풀리는 느낌이었다.

"가능하기만 하다면요. 하지만 이 세상에는 공짜가 없는 법이고, 그런 일은 있을 수도 없으니까 제 힘으로 열심히 일하려고 하는 거죠."

노인은 천천히 고개를 저으며 유노와 제인을 번갈아 보았다.

"놀아주는 일이 왜 공짜지요? 돈을 받고 논다면 그것은 노는 게 아니고 놀아주는 거죠. 오늘 두 분은 우리 집에 와서 음식을 먹어준 거지, 그냥 자기가 음식을 먹은 게 아니에요. 먼저 필요한 사람이 요구한 것에 응해 준 행위니까 당연히 돈을 받을 권리가 있는 거죠."

노인의 말은 모순인 것 같으면서도 일리가 있었다.

"내가 제안을 하나 하지요. 만약 두 분이 원한다면 그런 일을 할 수 있도록 연결해 주겠어요. 아, 절대로 나쁜 일은 아니니까 걱정 마세요. 이건 SG 그룹의 사회사업팀이 하는 사회환원사업의 일환이니까. 예를 들자면, 맹인을 위해 영화나 아름다운 경치를 대신 봐주고 그 경험을 나누는 거지요. 자신의 장애 때문에 즐거운 체험을 할 수 없는 사람들을 위해 대리 체험을 해주는 일부터 시작하면 됩니다. 어때요? 관심 있나요?"

제인은 의심에 가득 찬 불안한 눈길로 노인을 쳐다보았다. 유노는 노인의 얼굴 어디에서도 인신매매범 혹은 포주의 악랄함이나 천박함을 발견할 수 없었다. 오히려 귀족적인 기품이 넘치는 노인은, 흔히 기분파 인간들이 그렇듯 자신과 상관없는 사람들에게 즉흥적으로 자선을 베풀려는 것 같았다.

"내가 명함을 한 장 줄 테니, 여기 찾아가서 직접 알아보고 할 만하거든 선택해요. 아무에게나 이런 제안을 하는 것은 아니고, 두 분의 심성이 좋아 보여서 특별히 권하는 거요."

노인은 명함을 가지러 집 안으로 들어갔다가 나왔다. 노인의 손에는 명함과 함께 흰 봉투가 들려 있었다.

"이번 일도 사실 이곳을 통해 의뢰했다가, 적당한 사람이 없다고 해서 《벼룩시장》에 구인 광고를 낸 거요. 자, 이건 오늘 와주신 데 대한 급료입니다. 두 분 고생 많았어요."

검은색 명함에는 흰색으로 인쇄된 '축복의 섬'이라는 글자와 전화번호가 찍혀 있었다.

4

"이전에 삼명 물산에서도 근무했나?"

MC그룹 인사부장 심영호는 눈매가 날카로운 사람이었다.

"예."

상인의 목소리가 미세하게 떨렸다.

"그럼 이기철 이사를 알겠구먼?"

"아, 예…… 그럼요."

"그런가? 나랑 아주 친한 친구거든. 그런데 자네의 이력서를 보니 자네는 그 친구가 회사를 옮긴 후에 입사한 것 같은데, 어떻게 자네가 그 사람을 안다고 하나?"

"저…… 그건 제가 다른 곳에서 그분을 알게 돼서……."

"자네, 나를 속일 생각은 하지 말게. 우리 회사는 경력

조회를 철저하게 한다네. 자네가 이전 회사에 누구 백으로 들어갔는지 모르겠지만, 우리가 조사해 보니 자네가 쓴 이력의 절반이 허위로 기재된 것이더군. 그냥 떨어뜨려 버리려다가, 도대체 어떤 인간이 이런 뻔뻔한 짓을 하는지 궁금해서 불러본 거야. 우리 회사를 너무 만만하게 봤네.”

심영호는 여러 군데에 붉은 사인펜으로 ‘×’ 표시가 된 이력서를 상인에게 던졌다.

상인은 얼굴이 달아오를 대로 달아올랐지만 더 이상 쩔쩔매지 않기로 했다.

“부장님, 제가 경력을 속인 것은 사실입니다. 하지만 이걸 한 번만 봐주십시오. 왜 이 회사가 저를 뽑아야 하는지를 증명해 드리겠습니다.”

“뭔가?”

심영호가 관심을 보이자 상인이 자신의 가방에서 노트북을 꺼냈다. 방금 전 의기소침하던 표정과는 달리 탁자 위에 노트북을 올려놓고 작동 버튼을 누르는 상인의 얼굴에는 의기양양한 미소가 번졌다.

엑셀 프로그램을 작동시킨 상인이 파일 하나를 띄운 다음 심영호를 향하도록 액정 모니터를 돌렸다.

심영호의 가늘고 날카로운 눈이 일순간 휘둥그래졌다.

“딱 10만 명입니다. 제가 이걸 모으려고 몇 번이나 위험을 무릅쓰고 시스템을 마비시켰는지 모를 겁니다. 저희 회사의 백오피스에 접속해서 다운받은 고객 정보입니다. JJ몰의 최대 브이아이피(VIP)에서부터 세 차례 이상 구매 전력이 있는 고객의 신상과 카드 정보가 전부 들어 있습니다.”

심영호는 엑셀 파일에 일목요연하게 분류된 고객 정보들을 확인했다. 돈으로 환산할 수 없을 정도로 귀중한 정보였다. 이 정보라면 경쟁사이자 업계 최대인 JJ물산을 따라잡는 것은 시간 문제였다.

“자네, 양심은 없지만 이대로 놓치기에는 정말 아까운 인재군.”

심영호는 조금도 망설이지 않는 눈치였다.

“이기철 이사도 자네를 아주 좋게 평가하더군. 자네처럼 실력 있는 직원은 처음 봤다던데…….”

상인은 아까의 열세를 만회하려는 듯 어깨를 좍 폈다. 그때 갑자기 심영호가 목소리를 낮추고 말했다.

“그런데 말이야…… 자네, 이것 한 가지는 명심해야 해. 내가 진상을 폭로하는 순간 자네는 산업 스파이로 감옥에 가야 할 뿐만 아니라, 이 바닥에서는 어디 가도 취직하기 힘들다는 것. 물론 내 인맥은 JJ물산에도 깔려 있거든.”

별안간 상인의 얼굴에서 핏기가 사라졌다. 심영호가 다정하지만 잔인한 손길을 상인의 어깨에 얹으며 말했다.

“자네같이 못 믿을 인간의 허위 경력을 그대로 눈감아 주는 것, 그쪽보다 연봉을 1천만 원 더 높게 설정해 주는 것. 이 두 가지 이상의 대우는 불가능하네. 자네는 잔대가리만 잘 굴렸을 뿐 이 세상이 그렇게 단순하지 않다는 걸 몰랐던 것 같아. 이 조건으로 입사하겠나? 아니면 지금 내 전화 한 통으로 감옥에 가겠나? 선택하게."

상인의 두피에서 흘러내린 땀이 눈썹을 통과하여 눈 속으로 떨어졌다. 상인은 자리에서 벌떡 일어나 주먹으로 탁자를 세게 내리쳤다. 이미 노트북은 심영호의 손아귀에 들어가 있었다. 심영호는 한마디 말도 하지 않은 채 상인의 일거수일투족을 뚫어지게 쳐다보고만 있었다. 상인은 심호흡을 하며 천장을 바라보다가 다시 조용히 자리에 앉았다.

"무슨 말씀이신지 잘 알겠습니다. 하지만 10만 명의 고객 정보에 대한 대가가 1천만 원이라는 것은 너무 심합니다. 스톡 옵션으로 2억 원 이상 챙겨주십시오. 그러면 나머지 5만 명의 정보도 드리겠습니다."

심영호는 처음으로 빙그레 웃었다.

"일단 5만 명의 정보를 더 가져와서 얘기하지."

"확실히 말씀해 주십시오."

"3억 원 상당의 스톡 옵션을 챙겨주겠네. 그 대신 그중 절반은 내게 넘기게. 숨겨진 5만 명을 발굴한 것은 나니까. 당장 그쪽 회사에 사표를 쓰고 오게나."

5

휴가철도 끝난 9월의 어느 평일에 서른한 살의 건장한 청년이 조조할인 영화를 본다는 것. 그것도 헐렁한 면 셔츠에 무릎이 드러난 면바지, 맨발에 가죽 샌들 차림으로 어슬렁어슬렁 극장을 벗어나 어디로 갈지 고민하다가, 같은 극장에서 연달아 영화를 한 편 더 봐도 괜찮겠다고 생각하면서 다시 매표소 주변을 얼쩡거리는 것을 안다면, 대부분의 사람들은 한심해할 것이다. 무엇보다도 젊은 사람이 일하지 않고 논다는 것에 대해. 그러나 직장에 다니지 않는다는 말이 어떻게 '논다'는 말과 동의어일 수 있단 말인가. 쉬는 것일 수도 있고, 새로운 일을 모색하는 것일 수도 있고, 건강을 회복하거나 재충전을 도모하는 것일 수도 있다.

유노는 영화를 고르다가 어느새 자기가 이제껏 익숙하게 접해 온 타인의 시각으로 자신을 바라보고 있다는 것을 깨달았다. 남들이 직접 말하지 않아도, 남들을 바라보지 않아도 들리고 보였다. 그렇다. 일하지 않는 것은 죄다. 모두가 열심히 아침부터 밤까지 일에 코를 박고서 사회의 유지와 발전에 일조하는 동안 혼자서만 바쁘지 않다는 것은 미안한 일이다. 전투용 갤리선의 노예들처럼 수십여 명이 함께 노를 젓는데 혼자 손을 놓은 얌체족이라도 된 것 같다. 유노는 그런 생각을 멀리 날려 버리려는 듯 간질거리는 귓구멍을 손가락으로 후벼 판 후 손끝에 묻어 나온 귀지를 튕겨버렸다. 그때 휴대폰 벨이 울렸다. 전화번호를 보니 유노의 휴대폰에 입력되어 있지 않은 번호였다.

"제인이에요."

제인의 낮고 작은 목소리는 시끄러운 잡음에 묻혀 잘 들리지 않았다.

"어디예요? 시끄러워서 잘 안 들리는데?"

잘 들리지 않는다고 해도 제인의 목소리는 더 높아지지 않았다. 유노는 왼쪽 귀에 집중하기 위해 오른쪽 귀를 손으로 막았다.

"여기, 여의도예요."

"무슨 일입니까?"

“저, 거기 들렀다 오는 길이에요. 축복의 섬 말이에요. 생각보다 괜찮은 데인 것 같아요. 오늘 바쁘지 않으면 저랑 만나실래요?”

아직 영화 티켓을 사지 않았던 터라 유노는 그러겠다고 대답한 후 전화를 끊었다. ‘축복의 섬’이라면 지난번에 노인이 준 명함에 적혀 있던 곳이다.

대학을 졸업하고 몇 년간 사회생활을 하면서 유노가 확인한 진리 중 하나는 ‘세상에는 공짜가 없다’는 것이었다. 애초에 고시 공부를 할 때만 해도 요행과 벼락 성공을 꿈꾸었다. 어느 날 아침에 눈떠 보니 성공해 있더라는 말의 참뜻을 이해하지 못했던 것이다. 유노처럼 가진 배경이 없는 이에게 성공하고 싶다는 것은 ‘죽도록 고생하고 싶다’거나 ‘술수의 대가가 되겠다’는 말과 동의어였다. 다윈의 자연선택은 여전히 존재했고, 성공하도록 선택된 사람들은 기본적으로 성공의 모델이 되어줄 성공적인 부모를 가지고 있다. 그 부모들 또한 자연선택에 의해 살아남았고 장기간의 생존 대열을 따라온 것이다. 경쟁의 꼭대기 근처에라도 가본 사람들만이 그 경쟁의 치열함을 안다. 치열한 경쟁에서 살아남은 부모들은 일찌감치 자식들에게 생존경쟁의 치열성과 그 싸움터에서 살아남고 올라서는 방법을 가르친다. 그러므로 그들은 대를 거듭할수록 더욱 강력해지고 생존과 재생산의 가능성이 더 높아지는 것이다.

유노의 부모는 낮은 단계의 생존경쟁에만 적응한 사람들이라, 아들에게 치열한 생존경쟁력 같은 것은 전수해 줄수 없었다. 유노와 같은 사회적 토대를 가진 사람이 성공하려면 우수한 머리 하나만으로는 안 된다. 타고난 의지와 근성이 있어야 했다. 일류대 출신의 자존심을 안고 이 년간이나 공부에 전념했으나, 대학 입시와는 달리 고시에는 연달아 미끄러지기만 했다. 그렇게 시간과 돈과 청춘의 정열을 허비한 후에는 이전까지 평범하다는 이유로 경멸했던 대기업에 입사하는 것만으로 큰 만족을 느끼게 되었다.

축복의 섬이라고? 돈 받고 놀아준다? 몸이라도 팔라는 애기인가, 아니면 신종 피라미드나 다단계 판매 회사가 아닌가. 뻔한 수작이지. 그게 정말 행운의 직업이라면 왜 하필 나 같은 사람을 선택했겠어. 이유가 없잖아. 미국의 어느 게임 회사에서는 그런 실험을 했다지. 몇 명의 가난뱅이들로 하여금 일 년간 초호화판 부자의 삶을 누리도록 하면서 그들의 라이프 스타일 변화와 거기서 발생하는 현상들을 철저히 탐구하여 인간의 흥미를 자극하는 요소를 개발해 냈다고. 실험에 자원했던 사람들은 나중에 어떻게 됐다더라? 좀 피폐해졌다고 했던가. 그 이야기도 인터넷을 몇 번 뒤지면 찾아낼 수 있을 텐데. 여기서는 어떻게 사기를 치는지 궁금하긴 하군.

'축복의 섬'이 여의도에 있다니, 아이러니라는 생각이

들었다. 축복의 섬은 증권거래소 뒤편에 밀집한 증권사 빌딩들 사이에 있는 20층짜리 신축 건물 7층에 있었다. '네트웰'이라는 신흥 기업의 증권사 빌딩이었는데, 이 기업의 대표는 국내 서열 3위인 SG 그룹 대표의 장남이었으므로 사실상 SG 그룹의 계열사와도 같았다. 대담한 직선의 푸른 유리 입면을 가진 빌딩은 한눈에 보기에도 뛰어난 외국인 건축가가 설계한 작품인 것 같았다. 건물로 들어서자 3층 높이까지 뻥 뚫린 로비가 호텔에 들어온 것 같은 느낌을 주었다. 3층 천장에 닿을 듯 장대같이 큰 대나무들이 서 있고, 바닥에는 그림과 사진이 새겨진 모자이크 타일들이 박혀 있었다. 이런 곳에 어울리는 차림은 아니라고 생각하면서 유노는 제인이 기다리고 있을 지하 1층 커피숍으로 내려갔다.

차분한 레이어드 커트 머리를 한 제인은 연한 갈색 선글라스 속에 표정이 드문 눈동자를 숨긴 채, 등을 꼿꼿이 세우고 머리만 30도 정도 숙여 탁자 위에 놓인 서류에 열심히 체크를 하고 있었다. 유노는 제인의 등 뒤로 슬며시 다가가 탁자를 똑똑 두드렸다. 유노를 발견하자 제인이 선글라스를 벗었다.

"뭘 그렇게 열심히 하세요?"

제인은 보일 듯 말듯 미소 지은 후 가방에서 두꺼운 설문지 한 부를 더 꺼내 맞은편에 앉은 유노에게 내밀었다. 이 삼십 쪽짜리 설문지의 겉표지에는 PFSI(Park's Fun Seeking Inventory)라는 글자만 굵게 적혀 있었다. 겉장을 넘기자 한 쪽에 스무 개가량의 문항들이 있었다.

"재미 성향 검사서래요."

"예?"

회사에서 비슷한 적성검사들을 한 적은 있지만 '재미 성향'이라는 말은 들어본 적이 없었다. 의아해하며 다시 검사지를 넘겨 보는 유노를 제인이 차분한 눈길로 바라보았다.

"오전에 7층에 있는 '축복의 섬' 사무실에 갔다가 이 적성검사지를 받아 왔어요. 이걸 체크해서 내면 그곳에서 내부 심사를 거쳐 선발한대요. 놀 수 없는 사람들을 대신해서 놀아주고 그들에게 어떤 식으로든 그 체험을 전달해 주려면, 기본적으로 보통 사람들보다 재미를 향유하고 설명할 수 있는 능력이 뛰어나야 된다는 거예요. 같은 조건에서 얼마나 더 재미있게 즐기며 놀 수 있는가, 그 성향을 검사하는 거래요. 여기서 100점 만점에 80점 이상의 점수를 얻어야만 채용이 가능하다고 하더군요."

"그게 무슨 소리입니까? 저는 도저히 이해가 안 되는데요."

"동네에 새로 가게가 생기면 꼭 들어가는 편인가? 매우 그렇다, 보통이다, 아니다. 어느 쪽이세요?"

질문지를 보니 온통 그런 내용투성이였다. 공공장소의

경고문이나 안내 표지 등을 꼼꼼하게 읽는 편인가. 광인이
나 이상한 사람이 말을 걸면 대답을 하는 편인가. 남들에
게 말 못할 부끄러운 경험을 한 번 이상 한 적이 있는가.
SF영화를 좋아하는 편인가. 추리소설 읽기를 좋아하는가.
언어유희에 강한 편인가. 어릴 때 만화를 많이 보았는가.
상상력이 풍부하다는 말을 많이 듣는가. 감수성이 풍부하
다는 말을 들어본 적이 있는가. 남들이 하지 않는 레저를
선택하려 노력하는가. 다른 스타일의 삶을 사는 사람들에
게 관심이 있는가. 연애할 때 양다리를 걸쳐본 적이 있는
가. 괴짜 친구들이 많이 붙는 편인가. 투명 인간이 되어보
고 싶다고 생각한 적이 있는가. 고스톱이나 포커로 하루
일정을 날린 적이 있는가. 게임이나 특정한 놀이에 중독되
어 본 적이 있는가…….

엘리베이터에서 내리자 사다리형 복도가 나타났다. 모퉁
이를 두 번 돌아서 10미터가량을 걸어 들어가자, 가장 구석
진 곳에 '축복의 섬'이라 새겨진 금속 현판이 걸린 문이 나
타났다.

"두 번씩이나 오게 해서 미안해요."

유노의 말에 제인은 괜찮다는 뜻으로 고개만 좌우로 살
짝 흔들어 보이더니 갈색 선글라스를 다시 쓴 다음 문을
열었다.

블라인드가 내려진 회의실과 상담실이 각각 하나씩 있었

고, 장식미라고는 찾아볼 수 없는 실용적인 인테리어에 다 닥다닥 설치된 칸막이를 사이에 둔 채, 정장 차림을 한 소수의 직원들과 스무 명 남짓 되는 캐주얼 차림의 직원들이 컴퓨터 하나씩을 붙들고 앉아 있었다. 제인을 먼저 발견한 여직원 한 명이 자리에서 일어났다. 유노의 표정을 재빨리 살피더니 의례적인 인사를 한 후 상담실로 이끌었다.

"그룹 차원에서 주관하는 일이긴 해도 저희는 소리 소문 없이 일을 해요. 오른손이 하는 일을 왼손이 모르게 하려고요. 회장님이 그걸 원하시거든요. 실제 일들은 모두 외부에서 진행되기 때문에, 보시다시피 사무실도 거의 눈에 띄지 않는 장소에 박혀 있고요. 어느 정도는 알고 계시겠지만, 대기업들의 사회 공헌 활동은 사실 기업 이미지를 향상시키려는 광고적 측면에서 행해지는 경우가 많죠. 적은 돈으로 좀 더 생색낼 수 있는 일만 찾으려 하고요. 그런데 저희는 그 반대죠. 철저히 감추는 편이니까요. 그리고 저희들의 사업 중 일부는 몇몇 뜻있는 분들이 보내주시는 기부금으로 이루어지고 있어요."

자신을 축복의 섬 기획팀장이라 밝힌 여자는 삼십 대 초반 정도로 밖에 보이지 않았다. 미간의 세로 주름만 아니라면 매끈한 피부와 청순한 얼굴 덕분에 서너 살은 더 젊어 보였을 것이다. 수수하지만 고급스러운 아이보리 색 면 셔츠에 베이지 색 정장 바지, 꽃향기가 풍기는 진보라 색

실크 스카프, 윤이 나는 검정 펌프스에 길지 않은 머리를 포니테일 스타일로 묶은 차림이었다. 가만히 있으면 특징이 없는 얼굴인데, 일단 말을 하기 시작하면 자동적으로 웃는 인상이 되어 매력을 발산했다.

"사실 여기는 본부 정도라고 보시면 돼요. 전국 각지에 우리 사무실들이 있고, 여러 관련 기관에 직원을 파견하죠. 우리가 직접 운영하는 복지관과 유원지, 카페, 여행사, 케이블 방송국도 있고요. 이미 말씀을 들으셨겠지만, 주로 신체적이거나 정신적인 이유로 놀이가 불가능한 분들을 위해 즐거운 체험을 대행하도록 주선하고 놀이를 조정하는 일을 합니다. 그 외의 이차적 이용은 일체 없습니다. 제인 씨와 유노 씨에 대해서는 이미 박 의원님께 들어서, 사실 찾아와 주시길 기다리고 있었어요. 궁금한 사항이 있으시면 얼마든지 물어보세요."

지난번 아르바이트를 갔던 저택의 노인이 외교관 출신인 것은 짐작했지만 '의원'까지 지낸 인물인 줄은 몰랐다.

"이 일이 정말 대가를 받으면서 놀기만 해주는 일이라면 수많은 사람들이 지원하려 들 텐데, 왜 대부분의 사람들에게는 알려지지 않은 거죠? 게다가 하필 제가 후보가 된 이유는 뭡니까?"

수없이 들어서 익숙한 질문이라는 듯 팀장은 유노의 흥분 섞인 말이 다 끝날 때까지 고개를 끄덕였다.

“당연히 그런 의심을 품을 만해요. 사실 이 일은 약자를 위한 일이기 때문에 조금이라도 문제가 있는 사람은 얼마든지 악용할 여지가 있어요. 우리가 아무리 중간에서 조정한다 해도 사람이 하는 일에는 한계가 있기 마련이니까. 이 일을 할 분들은 우리의 인맥을 동원해서 먼저 찾아요. 우리와 관련된 수많은 점 조직들이 있어서 소리 소문 없이 움직이는 거죠. 먼저 후보를 찾은 뒤에 가까이에서 관찰하고, 거기서 가능하다는 판정이 내려지면 그때 그 후보에게 모습을 드러내서 제안하죠. 자기도 모르는 새 후보 대상자가 되었다가 자격을 박탈당한 분들도 있죠. 박 의원님은 워낙 사람 보는 눈이 있으시기 때문에 그분께서 소개한 분이라면 저희는 확실하다고 봐요. 사실 아르바이트를 통해 나름대로 면접을 보셨을 거예요. 서류 심사 절차는 이미 통과하신 거니까, 이제 재미 성향 검사만 통과하시면 됩니다. 물론 본인의 의사가 가장 중요합니다만.”

“먼저 이곳에서 해야 하는 일들에 대해 충분히 검토해 보지도 않고 지원한다는 것이 내키지 않습니다.”

“네, 그러실 거예요. 하지만 그에 관한 한 어쩔 수 없어요. 극비 사항도 많기 때문에 우리 일을 하시기로 결정하기 전에는 더 자세한 것들을 일러드릴 수 없게 되어 있어요. 단, 계약서를 작성하는 단계에서는 더 많은 것을 말씀드릴 수 있을 거예요. 확실히 말씀드릴 수 있는 것은, 복지 프로그램과 보험 보장이 잘 되어 있고, 급료도 일반 대기업의 두 배 이상부터 시작할 수 있다는 점이에요. 그리고 각자의 성과에 따라 수시로 계약 갱신을 통해 더 많은 경제적 성취를 얻는 것도 가능합니다. 우리 일을 안 하고 싶을 때 언제든 그만둘 수 있다는 점도 커다란 장점이고요. 저 같은 사람은 그 일을 하고 싶어도 재미 성향 점수가 낮아서 못 한답니다. 일단 재미 성향 검사지를 작성해서 제출하신 후 통과되시면 계약할 때 더 구체적으로 상의하고 결정하시면 될 거예요. 무슨 생각을 하시는지 알아요. 행운을 의심하신다는 것. 하지만 좀 더 냉정하게 따져본다면 이건 행운도 불운도 아닌, 단지 한 가지 직업일 뿐입니다.”

팀장의 말은 불완전하기 짝이 없었음에도 어딘가 마음을 편하게 해주는 구석이 있었다. 유노는 제인의 얼굴을 쳐다본 후 제인이 들고 있던 검사지에 손을 뻗었다. 팀장이 상담실을 빠져나가자, 제인과 유노는 머리를 맞대고 검사지의 문항을 체크해 나가기 시작했다.

재미 성향 검사지를 제출하고 돌아오는 전철 안에서 유노는 깜박 잠이 들었다. 눈을 떴을 때 전철은 지상에서 지하 터널로 막 들어가는 중이었다. 유노의 무릎 앞에서 앉은뱅이 걸인이 검은 비닐 가방을 열어 동냥한 돈들을 세고 있었다. 잠든 유노의 존재가 사람 없는 벽처럼 편했던 모양이다. 유노는 부어오른 눈을 비비며 반대편 유리창 위에 끼워진 광고 배너를 바라보았다. "흥미진진한 세계로 초대합니다! www.torture.com"이라는 글자가 눈에 들어왔다. Torture? 고문이라는 뜻인데……. 이상한 사이트도 다 있군. 새로 생긴 엽기 게임 사이트인가? 걸인은 유노가 깨어난 것을 알고 돈을 다시 가방에 쏟아 부었다. 텅 빈 스포츠 가방 안에 동전과 지폐가 우르르 떨어진 후 지퍼가 닫혔다. 대방역에 다다르자 유노는 내리려고 자리에서 일어났다. 배너를 가로지르는 손잡이 대가 유노의 시선 아래로 내려가자 비로소 가려져 있던 글자가 전모를 드러냈다. www.fortune.com 그러면 그렇지 하는 얼굴로 유노는 전철에서 내렸다.

6

클럽 '보헤미안 오렌지'는 홍대 번화가에서 한참 떨어진 외진 골목에 있었다. 사무실로 보이는 지상 1층짜리 건물은 불이 꺼져 어두웠고, 측면에 있는 나무 문은 빨간 페인트가 칠해져 있었다. 문 오른쪽의 벨을 누르면 문이 자동으로 열린다고 적혀 있었다. 벨을 누르자 문은 미닫이처럼 열리는 것이 아니라 여닫이처럼 열리며 지하로 내려가는 계단을 드러냈다. 붉은 입술을 벌리면 혓바닥이 보이듯 분홍색으로 칠해진 계단은 환한 조명으로 밝혀져 있었다. 지하 카페 입구의 반투명 유리문을 열자 정작 목젖 아래 식도처럼 어두운 실내가 눈에 들어왔다. 검은빛의 천장과 벽면을 따라 블루 네온 조명이 숨어 있어 어둠 속에서 흰옷과

신발, 머리핀들만 형광 빛을 발하며 둥둥 떠다녔다. 40평 남짓한 공간은 빈 테이블이 없을 정도로 사람들이 넘쳐났다. 서로의 대화를 엿듣지 못하게 하려는 장치인지 음악 소리가 제법 컸다. 그러다 가끔 수면 위로 튀어 오르는 물고기처럼 경쾌한 웃음소리가 솟구치기도 했다.

"환영합니다. 저는 혜리예요."

어디로 가서 앉아야 할지 방향을 잡지 못하던 유노와 제인에게 하얀 원피스가 둥둥 떠서 다가오는가 싶더니 갈색 웨이브 머리의 여자가 먼저 손을 내밀었다. 분홍색 립스틱을 바른 입술은 촉촉이 젖어 있었다. 나른한 레드 도어 향수 냄새가 후각 세포를 뚫고 들어왔다.

유노는 자신을 혜리라고 말하는 여자의 손을 어설프게 잡았다. 손에 땀이 나서 여자의 손을 잡기가 괜히 미안했다. 여자의 손은 생각보다 크고 힘이 들어가 있었다. 여자는 구석진 곳의 작은 룸으로 제인과 유노를 이끌었다. 그곳에는 이미 몇 사람이 먼저 와서 앉아 있었다. 스무 살이 채 되어 보이지 않는 어린 여자와 이십 대 중반으로 짐작되는 남자, 원숙미를 풍기는 삼십 대 후반의 여자였다. 여자는 머리 위로 쏟아져 내리는 다운라이트 불빛을 피하려는 듯 몸을 한껏 뒤로 젖히고 앉아 있었다. 혜리가 간단히 사람들을 소개해 주었다. 복숭앗빛 빰을 가진 여자의 이름은 미니, 스무 살이었다. 다음은 스물일곱 살 정민, 록 가

수 지망생으로 얼마 전까지 드럼 연주자였다고 했다. 삼십 대 후반의 여자는 나이를 밝히지 않았다. 본명이 '진아'인데 지금은 '지나'라고 부르며, 여성지 기자로 일하다가 이 일을 하게 되었다고 했다.

"이제 다 모이셨네요. 여러분들은 입사 동기라고 할 수 있어요. 서로에게 아주 소중한 분들이 될 거예요. 저는 올해로 오 년째 이 일을 하고 있고, 여러분들을 이끌어줄 팀장을 맡게 되었어요. 어차피 시간이 가면 다 알게 될 테니 미리 말씀드리죠. 저는 삼 년 전까지 남자였어요."

단 한 사람을 빼고는 모두 놀라워했다. 복숭앗빛 미니는 무표정한 얼굴로 손톱을 만지작거리고 있었다. 유노는 유일하게 놀라지 않는 미니에게 오히려 관심이 갔다. 귀고리를 만지작거리는 하얀 손가락에는 공작 깃털 무늬를 그려 넣은 손톱들이 유난히 눈에 띄었다. 유노는 미니의 손톱이 말로만 듣던 탈착식 인조 손톱일지도 모르겠다고 생각했다. 정작 혜리에게 질문을 하려는 사람은 없었다. 성전환자를 처음 본 사람이 다 그렇듯 멍하니 바라보는 것만으로도 미안해하고 있었다. 혜리는 충분히 이해한다는 듯 고개만 한 번 끄덕여 보였다.

"진심으로 축하드려요. 이 일은 아무나 할 수 없는 일입니다. 보통 사람들은 이런 일이 있다는 사실 자체도 알 수 없으니까요. 요새 말로 먼저 찜 당하지 않는 한 절대 자발적으로 시작할 수 없는 일이지요. 절대로 언론에 노출되거나 공개되지 않는 일 중에 한 가지입니다. 어떻게 그런 일이 가능할 수 있냐고요? 사실 세상에는 대중에게 절대로 공개되지 않는 일들이 얼마든지 있어요. 이 일은 이 일을 꿈꾸던 자에게만 다가갑니다. 여러분들은 평범한 일상 속에서 평범한 사람들과는 다른 꿈을 꾸었고, 덕분에 오늘 이 자리까지 오게 된 거지요. 제 말이 너무 어렵나요?"

혜리의 시선이 제인의 시선과 얽혔다. 제인은 계속 눈을 내리뜨고 있다가 모처럼 용기를 내어 혜리를 바라보던 참이었다. 유노는 그런 제인이 재미 성향 95점을 받았다는 것이 믿기지 않았다. 외면적으로는 바람이 잠든 호숫가처럼 한없이 고요한 데다, 표정이 없어 감정을 통 엿볼 수 없는 사람이었다. 유노는 제인을 두 번째 보았을 때 그 익숙한 느낌의 정체를 파악할 수 있었다. 그렇다. 제인은 백화점에서 흔히 볼 수 있는 마네킹을 닮았다. 혜리의 시선이 질문을 재촉하자 제인은 마지못해 입을 열었다.

"이 클럽에 모인 사람들이 전부 이 일을 하는 사람들인가요? 이 일을 하는 사람들이 몇 명이나 되죠?"

"네, 모두 이 일을 하는 사람들이에요. 우리는 그들을 PL이라고 불러요. '플레이어(Player)'라는 뜻이죠. 전국에서 이 일을 하는 사람들이 몇 명이나 되는지는 저도 잘 모릅니다. 서울에만 있는 건지 지방에도 있는 건지, 혹은

SG 그룹에만 있는 건지 다른 곳에도 있는지, 외국에도 있는지 전혀 알 수 없죠. 철저히 비공개로 진행되기 때문입니다. 이 카페에 모인 분들이 제가 아는 PL들 전부예요. 그들 중에는 초창기 때부터 시작해서 십 년째 이 일을 하는 분들도 있는데, 지금은 직접적인 활동을 거의 하지 않고, 주로 관리하거나 프로그램을 개발하는 일을 하죠. 물론 중간에 이 일을 그만둔 분들도 있어요. 이 일을 응용해서 더 성공한 사람들도 있고, 이 일을 하기 전의 업으로 돌아간 사람들도 있어요. 각자의 성격과 능력에 따라 각기 다른 분야에서 일을 하기 때문에 사실상 일이 겹치는 경우는 별로 없어요. 앞으로 모임은 항상 작은 팀 단위로 이루어질 거예요. 오늘은 일 년에 두 번 있는 전체 모임을 하는 날이고요."

정민은 이맛살을 찌푸리더니 얼굴 위로 내려온 머리칼을 귀 뒤로 쓸어 넘기고는 맥주를 한 모금 마셨다. 지나는 고개를 끄덕이며 혜리의 말을 경청했다.

"그만둔 사람들이 있는데도 어떻게 소문이 나지 않을 수 있지요?"

유노가 아까부터 궁금하던 점을 물어보자 혜리는 그를 말끄러미 쳐다보며 가볍게 팔짱을 꼈다. 그러고는 마스카라를 칠한 눈 밑을 손가락으로 가볍게 쓸며 시간을 끌었다.

"그건…… 이 일을 그만둔 사람들이 대체로 비밀을 잘

지켜주기 때문이기도 하고, 설령 말하고 다닌다 해도 이 일 자체가 워낙 경제적, 상식적으로 말이 안 되는 것처럼 들리기 때문에 사람들이 믿어주지 않죠. 그렇지 않겠어요?"

유노는 계약서를 쓸 때의 상황을 떠올렸다. 그리 유쾌한 기억은 아니었다. 이미 레벨은 3단계로 나누어져 있었고 가장 낮은 단계인 3단계부터 시작해야 한다고 했다. 개인의 능력에 따라 최고 단계인 1단계까지 올라가는 사람도 있지만, 3단계에 영원히 머무르는 사람도 많다고 했다. 3단계는 사회 복지 그대로의 의미에 충실한 놀이로, 주로 장애자와 노약자 들을 위한 대리 체험이었다. 그들이 열망하긴 하지만 실현할 수 없는 놀이들을 대신 체험해 주고 그들에게 감정과 느낌, 깨달음 등을 전달하는 일이었다. 이것은 때로 고객들과 동행하는 방식으로 이루어지며, 고객들의 요구에 따라 단독으로 체험한 후 비디오나 오디오 자료, 설명 등을 통해 전달하기도 한다고 했다. 3단계라 하더라도 분명 급료 수준은 높았다. 그러나 그 놀이 체험의 영역이 어디까지 미치는지에 대해서는 명기되어 있지 않았다. 이러한 문제 제기에 대해 회사 측에서는 각종 보험에 가입되어 있으며, 고객이 문제가 될 만한 요구를 하지 않도록 고객의 요구를 미리 검토하고 조정하기 때문에 걱정할 필요 전혀 없다고 답했다. 고객의 성향과 PL의 성향을 과학적으로 분석해서 서로가 즐거워하고 감당할 수 있는 선에서 일을 맡긴다는 것이다. 재미 성향 91점을 받았기 때문인지, 유노는 이 회사의 제안이 상당한 의혹을 내포하고 있다고 생각하면서도 주체할 수 없는 호기심에 이끌렸다. 도대체 무슨 일이 일어날지 예측할 수 없는 상황 자체가 날마다 지겨운 일을 반복해야 하는 기존의 회사 생활과는 다른 것이다. 그것은 일종의 롤플레잉 게임을 연상시켰다.

기존의 회사에서는 언제나 엑스트라라는 느낌을 받았다. 주인공이 되어보는 일 따위는 상상할 수도 없었다. 모든 의사 결정은 말단 사원과는 전혀 상관없는 곳에서 이루어졌기 때문이다. 말단이면서도 자신이 주인공이라는 생각으로 일에 뛰어들 수 있고, 오직 자기 자신만의 성향을 고려하여 기획한 일을 맡는다면 일하는 동안 덜 지칠지도 모른다. 그러나 한편으로는 인간의 요행심과 재미라는 쾌락의 욕구를 이토록 교묘하게 만족시켜 주는 일이 어떻게 선한 일일 수 있는지 믿기 어려웠다. 유노는 문득 '몸에 좋은 것은 입에 쓰다'는 식의 논리야말로 인간을 불행에 빠뜨리는 편견일지도 모른다는 생각을 했다.

3단계의 기간은 각자의 역량에 따라 얼마든지 단축될 수 있다는 것이 끝내 유노를 자극했다. 언제든 그만둘 수 있다는 것도 커다란 장점이었다. 대신 반드시 지켜야 할 다섯 가지 규칙이 있었다.

첫째, 이 일의 주체와 이 일이 실행되는 메커니즘에 대해 알려고 하지 않을 것. 둘째, 이 일을 통해 겪는 모든 체험들이 온전히 '타인의 것'임을 인정할 것. 즉 경험의 소유권을 주장하지 않을 것. 셋째, 놀이자들끼리 연애하지 않을 것. 넷째, 외부인에게 철저히 비밀을 유지할 것. 다섯째, 한 번 의뢰인과의 관계가 완료되고 난 후에는 절대로 사적으로 다시 만나지 않을 것.

혜리의 실리콘 가슴은 전혀 어색하지 않았다. 마르고 아담한 체구에 선이 가는 얼굴은 오히려 타고난 여자보다 더 여성적으로 보였다. 언젠가 미모가 뛰어난 트랜스젠더 연예인이 화제가 되었던 적이 있었다. 여자보다 더 아름답고 교태가 있었다. 인터넷에 떠돌던 스무 가지가 넘는 그녀의 성형수술 이력을 보고, 한 남자에게서 '남성적인 흔적'을 지운다는 것이 얼마나 어려운 일인지를 알았다. 코뼈와 턱뼈를 깎고 입술을 고치고 가슴을 달고 성기를 제거하는 정도로 끝나는 것이 아니었다. 심지어 슬개골까지 둥글게 깎아 다듬었다고 했다. 이 정도라면 남자로 조각된 작품을 한 번 더 깎아내어 여자로 만드는 일에 가까웠다. 직장의 남자 동료들은 겉으로는 그녀가 느끼하다며 혐오감을 표현하면서도, 술에 취한 다음에는 하나같이 그녀와 자보고 싶다고 실토하곤 했다. 그녀가 섹시하기 때문이 아니라 그녀를 들여다보고 느끼고 싶은 것이다. 한마디로 궁금하니까. 유노는 재미 성향 검사지에 '성전환 수술에 흥미를 가진 적이 있다'라는 항목이 있었던 것을 기억해 냈다. '혜리와 내가 만약……' 이라고 생각해 보려 했지만 그 장면이 잘 떠오르지 않았다. 이제 유노에게 혜리는 예쁘장하게 생긴 남자로 밖에는 보이지 않았다.

"여기는 왜 이렇게 분위기가 조용해? 우리 같이 술 마셔야지!"

윈저 세븐틴을 양손에 들고 나타난 남자는 자신을 쿡이라고 소개했다. 누가 물어보지도 않았는데 곧바로 자신의 이름이 '국' 자로 끝나는 것이 촌스럽기 때문에 그렇게 부르게 되었다고 설명했다. 쿡은 자신의 팀원이라며 네 명의 남자를 거느리고 있었다. 원형 테이블을 둘러싼 스네이크 소파가 금방 사람들로 가득 찼다. 그들은 경력이 이 년 이상 된 사람들로 옷차림과 헤어스타일에서 연예인과 같은 분위기를 풍겼다. 피부는 반짝이고 몸은 탄탄한 근육질이었다. 매일 몸을 가꾸지 않으면 금방 뱃살이 나와 버릴 만한 나이에 말이다. 쿡은 윈저 세븐틴 두 병을 개봉한 후 폭탄주를 제조하기 시작했다. 폭탄주는 그것을 만드는 사람의 개성에 따라 조금씩 달라지는 법이다. 일명 '쿠키탄'이라 이름 붙여진 폭탄주는 맥주에다 윈저 세븐틴이 담긴 스트레이트 잔을 빠뜨리는 것까지는 똑같았으나, 마지막 단계에서 지갑에서 꺼낸 1만 원짜리 지폐를 술잔에 넣어 흠뻑 적신 후 유리잔 겉면에 스티커처럼 바르는 것이 달랐다. 잔에 담긴 맥주 속에 지폐가 빠졌다 나오는 순간 사람들은 이맛살을 찌푸렸다.

"쿠키탄은 시계 반대 방향으로 전해지는데, 잔을 받은 사람은 이 돈을 자기 주머니에 넣고 소망을 빌며 술을 비운 후 새로운 돈을 여기에 붙여서 다음 사람에게 건네야 합니다. 이 돈을 쓰지 않고 지갑에 계속 넣어 다니면 이 돈이 그 소망을 이루는 행운의 열쇠가 된다고 하더라고요."

"회사 일 말고 개인적인 소망을 빌어도 되는 겁니까?"

정민의 바보 같은 질문에 쿡을 비롯한 사람들은 실소를 터뜨렸다. 정민이 너무나 진지했기 때문이다. 사람들이 웃는데도 정민은 웃지 않았다.

"정민 씨, 정말 고단수네. 농담하고도 포커페이스라니……."

지나가 정민의 어깨를 치며 더 크게 웃었다. 그제야 정민은 지나를 보며 히죽히죽 뒤늦게 웃기 시작했다.

쿡에게서 가장 먼저 잔을 받은 혜리는 젖은 지폐에서 술이 뚝뚝 떨어지는 잔을 받아 조금 망설이는 듯하더니 팀원을 위해 사약이라도 받은 사람처럼 단숨에 들이켰다. 목을 젖혔는데도 후두 융기가 돌출되지 않는 것으로 보아 틀림없이 울대뼈 절개 수술도 받았을 것이다. 혜리는 그 젖은 지폐를 자신의 지갑에 접어 넣은 후 은행에서 갓 나온 것 같은 새 지폐를 꺼내 술에 적셔 잔에 붙였다. 아무도 거절하는 사람은 없었다. 술자리에서는 누구나 관대해지는 법이다. 아무리 유치한 장난이라 해도 쉽게 동의하도록 만드는 힘이 있다. 폭탄주가 유노를 지나고 쿡 팀의 두 남자를 거쳐 제인에게 도착했을 때였다. 두 남자가 아무리 농담을 해도 시종 무덤덤한 표정과 귀찮은 듯 가끔 내뱉는 짧은 대답, 침묵으로 일관하던 제인은 술잔을 앞에 두고 잠시 고민에 빠진 듯했다.

"뭐합니까? 다른 사람들이 기다리잖아요? 술잔 앞에 두고 지금 염불 웁니까?"

이미 상당한 전작이 있던 쿡 팀 사람들은 별로 웃기지 않은 말에도 무조건 웃음을 터뜨렸다. 제인은 결심이 선 듯 상체를 꼿꼿이 세우며 평소에는 반만 뜨고 있던 큰 눈을 완전히 떴다.

"어머나, 이제 보니 눈 큰 개구리셨네!"

쿡의 농담에도 아랑곳하지 않고 제인은 입술을 한 번 오므렸다 편 후 입을 열었다.

"이 돈, 사소하기도 하고 더럽기도 하고……. 이 술잔을 받고 싶지 않아요. 안 마시고 그냥 넘길래요."

사람들은 당황했다. 옆에 있던 사내가 대신 마셔주겠다고 나섰다.

"아니요. 그냥 넘기든가, 아니면…… 지금 생각한 건데…… 10만 원짜리 수표를 붙여주면 마시겠어요. 그게 싫

으면 그냥 1만 원짜리 붙여서 다른 사람에게 돌리고 놀이
를 계속하세요."

  일순간 모두 입을 다물었다. 소리가 멎자 그제야 후각이
예민해졌다. 윈저 세븐틴과 맥주와 사람들의 향수 냄새가
어두운 조명 속에서 칵테일처럼 녹아들고 있었다. 제인의
눈이 유노를 지나 둘러앉은 사람들의 눈을 차례로 훑었다.
잠깐이었지만 유노는 제인의 눈빛에서 무엇인가 이글거리
는 것을 본 듯했다. 불과 일 분도 안 되는 그 시간이 마치
십 분이라도 되는 것처럼 길게 늘어지고 있었다.

  "내가 걸지. 내 이름까지 이서된 수표야."

  쿡과 함께 왔던 사내 중 가장 나이가 많아 보이는 장발
의 사내가 지갑에서 수표 한 장을 꺼내 맥주잔에 붙였다.
제인은 두말없이 단번에 잔을 비웠다. 제인은 그 짧은 시
간 동안 누구도 생각지 못했던 방식으로 모든 것을 다 잃
지도 않으면서 열 배를 가질 수 있는 모험을 한 것이다. 그
러나 잔을 거부했다 하더라도 그녀는 잃을 것이 없었다.

  아까부터 옆의 사내와 계속 원샷을 하던 미니가 갑자기
소파 위로 고꾸라졌다. 책임감을 느낀 사내가 미니를 끌어
내어 업으려 하자 혜리가 벌떡 일어나 자신이 할 테니 가
만히 두라고 고집했다. 화장실에 들어가려면 여자가 낫다
는 것이었다. 미니를 소파에 눕힌 채로 혜리가 그녀의 오
른 손바닥을 지압하기 시작했다. 쿡과 남자들이 눈치껏 자

리를 빠져나갔다.

"선생님…… 신태우 선생님……."

어렴풋이 정신이 든 미니가 눈을 뜨고 혜리를 향해 손을 뻗으며 말했다.

"미니 씨, 정신 차려. 괜찮아. 여기에는 선생님이 없어."

혜리는 당황한 기색을 감추면서도 고개를 들어 얼른 다른 사람들의 눈치를 살폈다. 유노는 혜리와 미니가 처음부터 알고 있던 사이라는 것을 직감했다. 미니가 흐느끼기 시작했다. 그 울음은 버려진 강아지의 울음소리처럼 처량한 데가 있었다.

"산뜻하게 시작해야 하는 자리인데 제 불찰이에요. 하지만 걱정 마세요. 일은 아주 즐거울 테니까요. 이쯤에서 오늘은 마무리할까요?"

말을 마치자마자 혜리는 미니를 거뜬히 업더니 화장실을 향해 뚜벅뚜벅 걸어갔다.

7

　제인은 보기보다 술이 약했다. 10만 원권 수표가 붙은 폭탄주를 원샷한 것만으로 취해 버린 것이다. 처음부터 열 배의 액수를 부른 것은 술을 마시지 않으려고 고안해 낸 생각이었던가 보다. 혜리는 미니를 데려다 주기 위해 함께 택시에 타면서 유노에게 작별 인사로 손을 흔들었고, 유노는 제인을 부축한 채 고개를 끄덕여 주었다.

　제인은 숨쉬기가 불편한지 간혹 숨을 몰아쉬었다. 의식은 멀쩡해서 말을 걸면 정상적으로 대답했지만, 팔을 놓으면 곧 길바닥으로 넘어지려 했다. 다른 것에 대해서는 또렷이 대답하는데 집이 어디냐고 물으면 대답하지 않았다. 유노는 어쩔 수 없이 제인을 부축한 채 근처 편의점까지

걸어갔다. 편의점 옥외에 설치된 플라스틱 의자에 제인을
앉힌 후 음료수를 사러 들어갔다. 오렌지 주스를 사서 나
오던 유노는 제인이 의자 아래 바닥에 누워 있는 것을 보
았다. 좀 더 정확히 말하자면 제인은 타일 바닥에 똑바로
누워 눈을 가린 채 울고 있었다. 유노는 제인을 일으켜 세
우지 않았다. 비록 울고 있긴 했지만 편안해 보였기 때문
이다. 제인 곁에 무릎을 굽히고 앉으며 그녀의 오른쪽 뺨
에 차가운 오렌지 주스 병을 갖다 대었다.

"왜 울어요?"

제인이 눈을 뜨고 오렌지 주스 병을 오른손으로 붙잡더
니 다시 눈을 감았다.

"한 번 울기 시작하면 멈추기 힘들어요. 미안해요."

"불편하지 않아요? 딱딱하고 더러운 바닥인데."

"아뇨. 너무 편해요. 길바닥이 방바닥보다 더 편하네요."

"그만 일어나세요. 집에 모셔다 드릴게요."

"집이요? 집은…… 없는 거나 마찬가지예요."

"왜요? 오늘 아침에는 어디서 오셨어요?"

유노의 물음에 제인은 대답하지 않았다. 대답하지 않았
다기보다는 못 들은 척하는 것 같았다. 유노는 다시 묻지
않았다.

제인은 천천히 몸을 일으켜 앉더니 두 무릎을 당겨 가슴
을 기대었다. 쪼그리고 있던 유노도 제인처럼 엉덩이를 땅

바닥에 대고 앉았다. 거리를 지나가는 사람들과 편의점에 드나드는 사람들이 두 사람을 쳐다보았지만 더 이상 개의치 않기로 했다.

유노는 제인에 대해 아는 것이 하나도 없었다. 보통 사람이라면 공적인 일을 하면서도 자연스럽게 사적인 이야기를 꺼내기 마련이지만 제인은 분명 달랐다. 제인이 지나칠 정도로 과묵했기 때문에 침묵을 견디지 못하는 유노가 주로 말하곤 했던 것이다. 유노는 이제야 제인이 궁금해지기 시작했다. 나이가 유노보다 한두 살 아래라는 것 외에 제인이 어떤 여자인지, 결혼을 한 적이 있는지, 어느 동네에 사는지도 몰랐다. 게다가 유노도 타인에게 사적인 질문을 던지는 일에 서툴렀다.

"미안하지만, 날 좀 데려가 줄래요? 혼자 있고 싶지 않아서 그래요."

유노는 선뜻 대답할 수가 없었다. 남자 혼자 사는 집에 갑자기 여자 손님을 데려간다는 것이 썩 내키지 않았기 때문이다. 유노가 갈등하는 것을 아는지 모르는지, 제인이 먼저 일어나 비틀거리며 몸에 묻은 먼지를 떨어냈다.

"다른 뜻으로는 해석하지 마세요. 불면증이 심해서 그래요. 다른 집에서 자면 잠이 오거든요. 며칠간 잠을 못 잤어요."

유노는 제인을 자신의 아파트로 데려갔다. 침실을 쓰라

고 했더니 두말 않고 침대에 누웠다. 세수를 하겠다든가 갈아입을 옷을 달라든가 하는 요구는 전혀 없었다. 유노는 붙박이장에서 자신이 입을 옷가지만 얼른 꺼내 들고는 거실로 나왔다.

습관적으로 컴퓨터의 전원부터 켰다. 부팅이 되는 동안 옷을 갈아입고 오디오 앞으로 다가가 무엇을 들을지 고민하다가 선뜻 떠오르는 것이 없어 라디오 버튼을 누른 후 클래식 음악만 계속 들려주는 라디오 채널을 선택했다. 자정이 넘은 시간인데 옆집에서 김치볶음밥을 만드는지 김치 냄새가 미세한 벽 틈을 타고 새어 들어왔다.

컴퓨터 앞으로 돌아와 아웃룩을 실행한 유노는 받은 편지함에 새로 도착한 메일들의 제목을 차례로 확인했다. 여덟 통 중 일곱 통은 여기저기 무료로 회원 가입을 해둔 사이트에서 보낸 광고 메일이었다. 그러나 맨 나중에 도착한 메일 한 통은 광고 메일이 아니었으나 이름을 기억할 수 없는 사람에게서 온 메일이었다. 보낸 사람의 이름은 '모모'였고 메일 제목은 적혀 있지 않았다. 이것 역시 광고 메일의 일종이려니 생각하면서 지워버리려다 혹시나 하는 마음에 메일을 열었다.

라이터 케이스를 열어보세요.

단 한 문장만 적혀 있을 뿐이었다. 유노는 성인용 광고 메일이라 단정하고 그 문장을 클릭해 보았다. 그러나 링크되어 있지 않은 단순한 텍스트 문장일 뿐이었다. 에러 메일이군. 유노는 아무 생각 없이 메일을 닫은 후 여덟 통의 광고 메일을 한꺼번에 삭제했다.

인터넷에 접속해서 신문 기사들을 읽어보다가 주식 시세를 확인했다. KT&G 주식은 여전히 보합세를 유지하고 있었다. 담배를 한 대 피운 후에 세수하려고 가방을 열어 담뱃갑을 찾던 유노는 깜짝 놀라고 말았다. 담뱃갑 옆에 있던 작은 정육면체의 종이 케이스가 손에 잡혔기 때문이다. 꺼내 보니 윈저 세븐틴에 사은품으로 따라 나오는 미니어처 통나무 술통 모양의 라이터였다. 술자리에서 보긴 했지만 자신의 손으로 가방에 넣은 기억은 없었다. 종이 케이스의 뚜껑을 열고 거꾸로 기울이자 비닐로 포장된 라이터와 함께 접힌 종이가 떨어졌다. 그제야 유노는 메일의 내용이 기억났다. 누가 넣었을까. 유노는 화장실에 가려고 자리를 두 번 비운 적이 있었으므로 누군가 일부러 그의 가방에 넣었다면 그때였을 것이다. 제인이 그랬을까? 유노는 일단 종이부터 펴보았다.

메일은 모두 감시당하기 때문에 이 방법을 썼다.
당신의 안전을 위해 하는 말인데 이 일에서 빨리 손을

떼는 것이 좋다.

가능하다면 첫 번째 일을 하기 전에 그만두길.

볼펜으로 힘을 주어 쓴 글씨체로 보아 매우 꼼꼼한 성격의 사람인 것 같았다. 하지만 누구란 말인가. 유노는 급히 컴퓨터를 다시 켜고 지운 편지함에서 '모모'의 편지를 찾아냈다. 당신이 누구인지 당장 정체를 밝히라고 글을 써서 '보내기' 버튼을 누르려던 순간, 메일이 감시당한다는 말이 기억났다. 유노는 쓰던 편지를 삭제한 후 고민에 빠졌다. 도대체 누구란 말인가. 제인일 수도 있고, 팀원들일 수도 있고, 쿡 팀 사람들일 수도 있었다. 어쩌면 중간에 서빙을 해주러 들어왔던 사람들 중 하나였는지도 모른다.

세수를 한 다음 소파에 누웠지만 당장 잠이 오지 않았다. 다시 모모와 그가 보낸 메일에 대한 의심이 머릿속을 가득 메웠다. 만약 유노가 이 일을 하는 것을 막을 뜻이라면 왜 좀 더 적극적으로 의사 표명을 하지 않았을까. 신종 성인 광고 메일을 흉내 냈다는 것은, 유노가 그것을 읽기도 전에 삭제할 가능성도 감안했다는 것을 말한다. 모모의 의사는 전혀 적극적이지 않은 것이다. 유노가 자신의 경고쯤 듣지 않고 이 일을 감행한다 하더라도 방관하겠다는 뜻이 아닌가. 아침이 되면 제인에게도 이런 일이 있는지, 혹은 제인이 모모인지 물어봐야겠다고 생각하면서 잠을 청했다.

유노가 아침에 일어나 보니 제인이 술통 모양 라이터를 가지고 놀고 있었다.

"어떻게 불빛이 초록색이죠? 신기하네요."

제인은 라이터의 초록빛에 열광하고 있었다. 아이 같은 제인의 얼굴 어디에서도 '모모'의 흔적을 찾을 수 없었다. 유노는 전날 합석했던 사람들을 차례로 만나 물어볼까 하다가 그만두기로 했다. 경고의 허술함을 생각할 때 그것은 차라리 장난에 가까웠다. 아마 쿡 팀 중 한 명이 선임자로서 이런 장난을 쳤을 것이다. 그렇지 않다면 언젠가 모모라는 이는 좀 더 진지하고 구체적인 방식으로 다시 메시지를 보내야 할 것이다. 유노는 대수롭지 않게 생각하기로 했다.

8

첫 번째 놀이였다. 유노는 반년 전 교통사고로 두 다리를 잃은 중년의 사내를 위해 제주도행 비행기에 몸을 실었다. 사내가 원하는 것은 단순했다. 이틀 동안 자기 대신 해변의 고급 호텔에 투숙하면서, 바다에서 수영을 하고, 햇살을 받으며 책을 읽고, 오픈카를 타고 해안선을 달려달라는 것이었다. 그 경험을 자기에게 돌려줄 필요는 없다고 했다. 얘기해 줄 필요도 없었다. 다만 거기에 가서 자기 대신 마음껏 즐겨주기를 바란다고 했다. 자신이 전화를 할 때마다 어디에서 무엇을 하는 중인지 간략한 설명과 함께, 주변의 바람 소리, 파도 소리, 사람 소리 등 갖가지 소리를 들려주면 된다고 했다. 거기서 예기치 못하게 겪은 재미난

에피소드를 들려주어도 무방하다고 했다. 유노는 몇 번씩이나 되물었다. 정말 원하는 것이 그것뿐이냐고. 사내는 그렇다고 대답했다. 유노는 속으로 쾌재를 불렀다. 남이 체험하는 것을 어떻게 본인이 겪는 것처럼 상상할 수 있는지 알 수 없지만, 일단 유노는 이 기회를 최대한 활용하기만 하면 되는 것이다.

모든 비용은 카드로 결제하면 '축복의 섬'에서 지불하게 되어 있었다. 유노는 빨간색 오픈카를 대여해서 제일 먼저 해안선을 따라 달렸다. 언젠가 꼭 이렇게 해보고 싶었다. 텔레비전 드라마에서나 보던 장면이 아닌가. 늘 꿈꾸어 왔지만 영원히 오지 않을 상상 속의 기회였다. 갑부의 딸과 결혼하는 천재지변이 일어나지 않고서야 자신의 월급으로는 다음 생에서도 누리기 힘든 사치였다. 차종은 도요타의 렉서스 SC430. 버튼 하나만 누르면 삼십 초 만에 하드 탑이 열렸다. 이 차를 내 돈으로 산다면 얼마나 주어야 할까. 옵션과 내장비까지 합친다면 2억 원은 족히 나갈 것이다.

도로 전후방이 텅 빈 직선 도로가 나타나자 유노는 액셀러레이터를 힘껏 밟아보았다. 시속 150킬로미터는 가뿐히 넘어서더니 금방 200킬로미터를 가리켰다. 망설이다가 좀 더 발에 힘을 주자 속도계는 시속 230킬로미터를 넘어서고 있었다. 유노는 벌어진 입을 다물지 못했다. 속도가 주는 쾌감이 이런 것일까. 짧고도 강렬한 오르가슴이 오금께에서 시작되어 아랫배를 스쳐 지나갔다. 스피드 마니아들이 '드라이빙 오르가슴'이라 부르는 두렵고도 강렬한 쾌감이었다.

얼굴을 스치는 바람은 서울과 비교할 수 없을 정도로 청량하고 시원했다. 왼 손바닥을 바람 방향으로 내밀자 바람의 몽실거리는 살갗이 잡히는 듯했다. 이런 기분에서 깨어나야 한다면 차라리 이대로 바다 한가운데로 돌진해 버리는 게 나을 것 같았다. 그러나 동시에 죽기 싫다는 생각이 액셀러레이터에 놓인 발에서 힘을 앗아 갔다. 이제 막 신나는 인생을 살게 되었는데 죽긴 왜 죽는단 말인가. 속도가 줄어들자 바람에 날리는 머리칼이 기분 좋게 뺨을 간질였다. 음악을 크게 틀어도 누구 하나 탓하는 사람이 없었다. 길은 한없이 뻗어 있었고 지나다니는 차도 많지 않았다. 간혹 신혼부부로 짐작되는 커플들이 탄 차가 곁을 스쳐 갔다.

오랜만에 나이와 성별을 초월한 자유인이 된 것 같았다. 나는 억세게 운이 좋은 놈이다. 마침내 아무나 이를 수 없는 성공적인 삶의 문턱에 다다른 것이다. 이제껏 치졸한 밥그릇 싸움에 나를 들볶던 치사한 무리들이 이 광경을 본다면……

유노는 평소에 꽤 묵직하다는 소리를 듣는 편인데도 지금은 감정을 감출 수 없었다. 굳이 감정을 감출 필요가 없었기 때문이다. 모르는 타인들이란 무심한 풍경과 다를 바 없다. 유노는 미친 듯이 껄껄껄 웃었다. 별것도 아니면서 오랫동안 유노를 괴롭혀 오던 일상사의 사소한 고통들이 먼지 조각들처럼 떨어져 나갔다. 이제는 즐거운 일만 하면서 살면 되는 것이다. 물론 언젠가는 놀기만 하는 일이 지겨워지기도 하겠지. 하지만 그럴 수 있다면 그것만으로도 얼마나 부러움을 살 일인가. 놀면서도 직장에서 일하며 벌던 돈보다 더 많은 돈을 대가로 받을뿐더러, 놀기 위한 비용들이 모두 회사 경비로 청구되다니. 한마디로 이 일은 천상의 천사들이나 누릴 만한 복 터진 직업인 것이다.

그때 전화벨이 울렸다. 발신자 번호 표시란에 상인의 이름이 찍혔다.

"어, 상인아, 잘 지내?"

"문득 네 생각이 나서…… 잘 지내지? 그런데 좀 시끄럽다."

"그래, 내가 지금 좀 바쁘거든."

"뭐하느라?"

유노는 대답도 하기 전에 호쾌하게 웃었다. 그러고는 큰소리로 말했다.

"노느라고!"

"뭐? 이 자식이…… 장난 치냐?"

상인은 유노의 말이 장난일 것이라고 생각하면서도 당황

한 기색을 감추지 못했다.

"미안. 널 놀리는 것이 아니라 진짜야. 내가 지금은 정말 노느라 바쁘거든. 나중에 전화할게. 끊어."

유노는 전화를 끊고 나서 다시 액셀러레이터를 세게 밟으며 통쾌하게 웃었다. 회사를 옮겼다고는 하지만 대기업 직원인 상인의 생활이라면 불을 보듯 뻔했다. 세상에 이런 직업이 있다는 것을 상인이 안다면 거품을 물고 쓰러질 것이다. 유노는 줄였던 볼륨을 최대치로 올렸다. 할리우드 영화에서처럼 은행을 털고 나서 무사히 해외 도피에 성공한 건달이라도 된 기분이었다.

9

　"이번 달 매출은 형편없어. 도대체 어떻게 된 거야? 고객 관리를 할 시간에 채팅이나 하고 자빠졌더니! 다들 동호회 활동을 하자는 건가, 뭔가! 여기는 회사야! 당신들이 사용하는 공간, 집기 전부 다 회사 돈이 들어가는 거라고! 당신들 모여서 장난하라고 돈 대주는 데가 회사인 줄 아나, 지금?"

　결재 판으로 테이블을 탁탁 두들기는 싹스리의 얼굴이 벌겋게 달아올라 있었다. 월요일 아침, 팀장 회의에서 이사들에게 크게 당하고 온 모양이었다. 싹스리는 대리급 이상 팀원들을 하나하나 지목하며 차례로 약점을 잡아 깨부수었다. 일이 아닌 업무 태도에 관한 것이 대부분이었다.

지각이 잦은 상인은 내일부터 9시 10분 전에 출근하지 않으면 고과를 깎겠다는 엄포를 들었다. 튀어나온 배를 가리려고 와이셔츠 위에 덧입은 싹스리의 조끼는 단추가 터지기 직전으로, 소화 불량의 느낌을 더욱 강조하고 있었다. 전날 새벽까지 마신 술 때문인지 얼굴은 벌겋다 못해 푸르죽죽했다. '싹스리'는 입사 직후부터 십오 년간 양말 제품의 판매만 담당해 왔기 때문에 자연스레 붙은 자타 공인의 별명이었다. 면전에서는 누구나 '이 부장님'이라고 점잖게 부르면서도, 뒤에서는 '싹스리'라는 별명으로 통했다. 싹스리의 이메일 주소와 각종 아이디는 거의 다 'sockslee'였다. 그러나 포커 판이나 고스톱 판에서 싹쓸이를 하는 일은 거의 없었다. 싹스리의 입사 동기 중에는 고속 승진으로 벌써 이사가 된 사람도 있었다. 인문대 대학원에 오래 머무는 바람에 입사할 때부터 동기들에 비해 나이가 많았던 싹스리의 직장 생활은 인고의 세월이었을 것이 뻔했다.

이럴 때는 애써 변명하려 들기보다는 싹스리의 화가 가라앉을 때까지 미안한 얼굴로 함구하고 있는 것이 상책이었다. 아침에 먹은 1천 3백 원짜리 계란 샌드위치가 위장 속에서 요동치기 시작했다. 샌드위치 빵을 구울 때 팬에 두르던 쇼트닝의 느끼한 맛이 떠올랐다. 매일 아침 그걸 먹다 보면 내장 속에 지방이 들러붙기 시작하고, 기초 대사량은 줄어들고, 소화력은 떨어지고…… 저 모습이 십 년

후의 내 모습은 아닐 것이다…… 아닐 것이다…… 닐 것이
다…… 일 것이다. 상인은 조금이라도 다른 모습을 떠올려
보려 노력했다.

"아, 나 참, 돈 들여 텔레비전 광고 나간 날에 서버가 다
운되지 않나……. MD라는 것들은 매일 채팅 아니면 주식
거래나 하고 있고, 이벤트 아이디어를 내라고 하면 구닥다
리에 남들 다 써먹은 거나 가져오고…… 그저 한 푼이라도
회사 돈을 더 축낼 구실이나 생각하고…… 하나같이 머릿
속이 삼류 음란 도색 명랑 잡지뿐이니. 고객에게 답변한다
면서 성질 더러운 고객들 화만 돋워서 결국 회장님께 투서
들어가도록 만들지 않나…… 당장 눈앞에서 꺼져. 어디든
나가서 마케팅 아이디어를 주워 오란 말이야!"

꺼지라는 그 한마디에 여섯 명의 부하 직원들은 서로 눈
치를 보며 머뭇거렸다. 싹스리가 꺼지라고 할 대는, 50퍼센
트는 정말 꺼져야 할 때이고 50퍼센트는 남아 있어야 할 때
이기 때문이다. 장 과장이 총대를 메기로 결심했는지 일어
나자며 눈짓을 하고는 벌떡 자리에서 일어섰다. 싹스리는
장 과장을 쳐다보지도 않고 자리에서 일어나서는 자기 자리
로 돌아가 버렸다. 지금은 정말로 꺼져도 될 때인 것이다.

이곳 MC 그룹 빌딩에서도 비상계단은 좋은 휴게소이자
언더그라운드 작전 회의실이었다. 상인은 이곳으로 회사를
옮긴 후 신분을 철저히 숨기고 있었다. 자신이 이 회사를

위해 엄청난 기여를 했다는 것도, 이 회사의 스톡 옵션을 대량 소유하고 있다는 것도 비밀로 해야만 했다. 그저 어느 날 아침 친한 친구이자 동료가 어이없는 실수로 잘리자, 이전 회사의 비정함에 정나미가 떨어져 복수심에 경쟁사로 직장을 옮긴 사람으로만 알려져 있었다.

"오늘은 왜 또 저러시는 걸까요? 뭐, 새로운 프로젝트라도 시작된 걸까요?"

상인의 물음에 장 과장은 고개를 저었다.

"글쎄다……. 뭔가 있는 것도 같고, 극히 개인적인 문제인 것도 같고. 하지만 전체적인 흐름을 보았을 때는 이미 뭔가 시작된 것도 같아."

"그 뭔가가 뭔데요? 장 과장님은 사내에 발도 넓으시니까 짚이는 게 있을 것 아니에요?"

"모르겠어. 우리 매출 실적이 이렇게 없는데도 회사가 외부 기업의 인수 합병에 그렇게 열심인 것도 이상하고…… 요즘 싹스리의 과민함과 지나치게 잦은 외부 접대 술자리 참석률을 따져봤을 때 뭔가 새로운 임무를 하나 더 맡은 것이 틀림없어. 그 스트레스를 못 풀어서 저러는 거야. 우리야 늘 하던 방식으로 일하는 것 외에는 별다른 도리가 없잖아."

상인은 싹스리의 아이디로 인트라넷에 접속하고 싶은 욕구를 느꼈다.

　상인이 회사를 옮긴 지 얼마 후에 사내 시스템을 업그레이드했을 때, 컴퓨터 사용이 익숙하지 않은 싹스리를 위해 인트라넷 프로그램을 대신 깔아준 적이 있었다. 그때 재접속하면서 싹스리가 독수리 타법으로 아이디와 비밀번호를 써넣는 것을 보았던 것이다. 아직 이 회사의 프로그램을 다 익히지 못해서 전처럼 해킹이 용이하지는 않았다. 게다가 심영호가 내부 감시망을 이용해 자신을 철저히 견제하고 있을 것이 뻔했다.

　"싹스리가 미울 때는 낮술을! 어때?"

　장 과장은 술잔 꺾는 시늉을 해 보이며 상인을 꼬드겼다.

　"에잇…… 술 마시고 일하면 제대로 되는 것이 하나도 없어요."

　상인은 아주 마음이 없는 것은 아니라는 메시지를 눈으로 전달하며 주변을 살폈다.

　"술 한잔하고 나면 에브리바디 아이 러브 유 되니까 얼마나 좋아."

　"나도 다 집어치우고 놀기만 했으면 좋겠어요. 며칠 전에 제 친구 놈한테 전화했더니 노느라 바쁘다고 전화를 끊으라지 뭐예요."

　"그 친구는 돈이 많은가 보지?"

　"모르겠어요. 회사 그만둔 지 한 달 정도밖에 안 되긴 했지만, 그놈 성격상 지금 굉장히 불안해하고 있어야 하는

데……. 부모님이 부자도 아니고…… 정말 주식으로 한 재산 벌었나?”

장 과장은 힘내라는 듯 상인의 어깨를 툭툭 쳤다.

“위로해 주려고 전화했던 거야?”

“그렇다기보다는 신경을 좀 써주려고 연락했던 건데…… 오늘은 낮술은 좀 그렇고요, 저녁에나 한잔하죠? 노래방 갔다가 최고 점수를 먼저 내는 사람이 술 얻어먹는 걸로요.”

“싹스리 상태로 봤을 때 오후에도 또 들볶을 것 같은데, 그럼 나는 낮술 한잔 가볍게 하고 올게. 저녁에는 좀 더 거하게 마시자고.”

장 과장은 팀에서 가장 나이가 어린 정 주임을 낮술 친구로 삼을 모양이었다.

점심시간이 되면 사람으로 빽빽하던 사무실이 거의 텅 비게 된다. 혼자 남은 상인은 싹스리의 아이디로 사내 인트라넷에 접속하는 데 성공했다. 늘 생각은 하고 있었지만 오늘처럼 간절히 해킹을 하고 싶었던 적은 없었다. 해킹에는 중독성이 있었다. 인터넷으로 무대를 옮긴 관음증이라고 할까. 처음에는 장난과 호기심으로 시작했지만, 해킹 실력이 늘자 점차 위험한 스릴을 즐기게 되었다. 노느라 바쁘다던 유노의 말이 자꾸만 생각났다. 상인은 원인을 알 수 없는 초조감을 느꼈다.

그다지 새로운 것이 없어 편지함을 빠져나오려던 찰나에

메일 한 통이 도착했다. 제목이 빨간색으로 처리된 '극비기밀' 문서였다. 송신인은 '중앙'이라고만 되어 있었고 '축복의 섬 프로젝트'라는 제목이 깜박거렸다. 기밀문서를 열려면 이차 암호가 필요했다. 미리 열어본 메일함을 뒤져보니 거기에도 '축복의 섬 프로젝트'라는 제목이 붙은 메일이 몇 통 있었다. 도무지 들어본 적이 없는 내용이었다. 비밀 번호를 몇 개 넣어보았지만 열리지 않았다. 싹스리의 비밀 임무는 도대체 무엇이란 말인가. 그때 문 쪽에서 발자국 소리가 들렸다. 상인은 급히 인트라넷을 빠져나왔다.

퇴근 무렵 장 과장과 술 내기를 할 필요가 사라졌다. 투자한 주식이 20퍼센트나 올랐다며, 싹스리가 한턱내기로 했기 때문이다. 팀 분위기를 우려한 행동일 수도 있었다. '축복의 섬 프로젝트'의 비밀을 알아낼 때까지는 싹스리의 모든 언행이 수수께끼를 푸는 단서처럼 들릴 것이다.

"북녘 바다에 말이야, 크기가 몇천 리나 되는 '곤'이라는 물고기가 있는데, 이것이 또 등 넓이가 몇천 리나 되는 '붕'이라는 새로 변하여 하늘로 날아오르는 거야. 그 새가 힘차게 날아오르면 파도를 일으키기 3천 리이고 하늘 높이 날아오르기 9만 리라는 거야. 그 정도면 새의 날개는 하늘 가득히 드리운 구름과 같아. 이 새가 천지 남쪽 바다로 날아가지."

싹스리는 또 장자 이야기를 하려는 모양이다. 그는 자기 삶이 장자가 말하는 삶과 얼마나 동떨어져 있는지 알기나 하는 걸까. 상인은 또 한 번 싹스리의 터질 듯한 양복 조끼를 쳐다보았다. 그는 술이 더 많이 들어가 배가 부를 때는 숨을 가빠 하며 조끼를 벗는 버릇이 있다. 그러나 싹스리는 가끔씩 아주 교훈적인 이야기로 팀원들을 감동시킬 줄 알았다. 부하 직원을 들볶을 줄도 알지만, 풀어줄 때는 확실히 풀어주는 소위 '보스' 스타일이었다. 아마 적당한 기회에 감동을 주려고 어디선가 읽은 것을 수첩에 적어서 외웠을 것이다. 상인은 싹스리의 수첩을 엿본 적이 있었다. 깨알 같은 글씨에 포스트잇이 다닥다닥 붙은 수첩은 작은 스크랩북과 같았다.

"그게 장자의 '소요유' 편에 나오는 이야기인데, 이건 절대 자유의 경지를 말하는 거야. '소요유'라는 말의 의미를 따져보면 이건 결국 노는 것이거든. 그러니까 논다는 것의 최대치는 바로 거칠 것 없이 하늘을 날고 세상을 헤엄치는 곤과 붕의 경지라는 거지. 나를 포함해서 우리 직장인들이 논다고 할 때의 꼬락서니들을 좀 봐. 늘 이렇게 해롱거릴 때까지 술 마시면서 피곤한 간과 위장만 애먹이고 말이야. 그나마 요즈음은 노래방이 생겨서 그곳에서 노래 부르고 춤도 춘다마는, 이게 노는 거냐? 그저 광란일 뿐이지.

매일 넥타이에 목매고 피로한 눈 비비며 출근해서 밤늦게까지 야근하다 집에 가는 일을 일주일 내내 해서 얼마나 벌어? 늘 빠듯하잖아. 시간이나 돈에 여유가 있어야 놀지. 마음의 여유도 없어. 마음도 몸도 노예야. 사랑이니 추억이니 그런 것, 다 대학 다니고 놀던 이십 대 때나 가능한 일이지. 이제 내 인생에 무슨 무지개가 남았겠어. 먹고 남겨서 놀기 위해 돈 버는 것 아니었나? 그런데 이게 뭐야. 돈 버는 일에 인생을 전부 소모해 버려서, 막상 놀려고 하면 에너지가 남아 있지 않아.

못된 마누라들은 남편이 혹시 회사라도 그만둘까 봐 먼저 빚을 내서 집을 사버리니까 나머지 몇 년간은 또 그 돈을 메우기 위해 회사도 못 그만둬. 그것 좀 끝나서 괜찮다 싶으면 또 아파트를 옮기자고 하네. 마누라가 무드 잡자고 해도 잘 안 돼. 그저 끝없이 피로하단 말이야.

하지만 장자처럼 꿈꿀 수는 있지. 단 한 시간만이라도. 이렇게 술 몇 잔 마시고 알딸딸해서 거리를 걸으면 발걸음이 날아갈 듯 가볍게 느껴질 때 난 소요유를 읊는다. 자유의 세계에서 노니는 이는 자기 자신을 의식하지 않고 그냥 놀이 자체를 기쁨으로 즐길 뿐이다.

외천하(外天下), 외물(外物), 외생(外生). 먼저 천하를 잊고, 만물을 잊으며, 그 다음으로 자기 자신의 생을 잊는다.

그러면 추접스럽게 늙은 얼굴도, 눈치 없이 나온 배도

다 안중에서 사라져. 초월하는 거지. 안 그러면 살 수가 없어. 너희들에게도 이 방법을 가르쳐주고 싶어. 하기야 너희들같이 건망증으로 지난주에 한 일을 깡그리 까먹는 것도 어쩌면 축복이야. 자, 한잔 마시고 자빠져 보자고. 내일 아침에는 또 일어나기 싫어서 죽을 듯이 괴롭겠지만."

　장자 이야기를 하는 것은 똑같은데, 싹스리의 말에는 뭔가 전에 느낄 수 없었던 냉소와 비애가 스며 있었다. 무엇을 비관하는 것일까. 전에는 노래방에 가는 것을 마냥 즐거워하기만 하지 않았던가. 싹스리는 도대체 무엇을 보았길래 놀지 못하는 것을 비관할까? 왜 우리의 놀이를 천박하다고 할까? 상인은 앞으로 의문이 풀릴 때까지 싹스리에게 바짝 붙어 지내야겠다고 생각했다. 순서는 여느 때와 다를 바 없었다. 이차로 간 단란 주점에서 또 폭탄주가 대여섯 바퀴 돌았다. 싹스리는 아까의 장자연하던 모습은 어디 가고 옆의 마담을 껴안느라 정신이 없었다.

1o

　술자리는 새벽까지 이어졌다. 집이 있는 분당까지 택시를 타자니 돈이 아깝고, 집에 안 들어간다고 해서 잔소리를 해댈 사람도 없으므로, 상인은 회사에 들어가 직원 휴게실에서 자기로 마음먹었다. 빌딩 후문에서 야간 경비대원에게 신분증을 제시한 후 통유리창을 사이에 두고 주차장 출구와 나란히 맞붙은 복도로 걸어 들어간 상인은 모퉁이의 경비실을 지나 직원들만 이용하는 측면 엘리베이터의 버튼을 눌렀다.

　얼마 후 엘리베이터 문이 열렸다. 반쯤 졸던 상인이 막 엘리베이터로 들어서려는 순간, 윤기가 흐르는 검은 단발머리의 여자가 엘리베이터에서 내렸다. 여자는 비틀거리는 상인과 부딪칠까 봐 몸을 옆으로 피하며 잠깐 상인을 쳐다보았다. 여자와 눈이 마주치자 상인은 술이 번쩍 깨는 느낌이었다. 여자의 눈빛은 초롱초롱하고도 날카로웠다. 새벽 3시가 넘었는데 누굴까? 게다가 여자에게서는 강한 향수 냄새가 풍겼고, 술을 마시거나 야근을 한 사람처럼 피곤해 보이지도 않았다. 세련되고 빈틈없는 화장과 목에서부터 허리까지 착 달라붙는 레드 와인 빛 원피스로 보건대, 이곳에 사무를 보러 온 사람은 절대 아니었다. 상인이 여자의 뒷모습을 그토록 자세히 볼 수 있었던 것은 엘리베이터 문이 오랫동안 닫히지 않았기 때문이다.

상인은 자신의 사무실이 있는 13층 버튼을 누른 후 닫힘 버튼을 대여섯 번이나 눌렀다. 꽤 긴 시간이 흐른 후에야 엘리베이터 문이 천천히 닫혔다. 상인은 술김에 환상을 봤다고 생각하려 했지만, 엘리베이터 안에 남아 있는 향수 냄새는 분명히 그 여자의 것이었다.

엘리베이터 벽에 등을 기댄 상인은 엘리베이터 안에도 소파가 있었으면 좋겠다는 생각을 하며 피식 웃었다. 그러나 엘리베이터가 움직이기 시작하자 곧 이상한 느낌이 들었다. 분명히 13층을 눌렀는데 엘리베이터는 위로 올라가지 않고 하강하고 있는 것이다.

이 시간에 왜 아래로 내려가는 거지? 아까 그 여자하며, 오늘은 정말 이상한 일만 벌어지네. 누가 지하 주차장에서

올라오나? 상인은 트림을 할 때마다 술 냄새를 확확 풍기
며 흐리멍덩한 눈을 감았다. 내려갔다 올라가려면 어차피
꽤 오래 걸릴 것이다.

　지하 몇 층인지 모를 곳에서 엘리베이터가 멈췄다. 지하
2층에서 4층까지는 모두 주차장이므로 문이 열리면 주차장
전경이 눈에 들어올 것이다. 그러나 문이 열리자 상인은
또 한 번 놀라고 말았다. 그곳은 호텔의 한 층과 같은 로비
로 이어져 있었다. 상인은 얼른 엘리베이터 층수를 확인했
으나 그곳에는 비상 경고등이 깜박이고 있을 뿐이었다. 그
렇다면 이곳은 지하 5층 이하란 말인가? 그때 엘리베이터
바로 앞으로 천연색 날개를 펼친 공작 한 마리가 지나갔다.
상인은 놀라움과 호기심에 자기도 모르게 엘리베이터에서
내려 공작이 가는 곳을 향해 조금씩 발걸음을 내딛었다.

　엘리베이터를 작동한 것이 공작이었단 말인가. 상인은
자신이 꿈을 꾸는 것이라고 밖에는 생각할 수 없었다. 몸
을 돌려 엘리베이터 층 버튼 램프를 보니 층수는 표시되어
있지 않고 오로지 빨간 점이 표시된 버튼만 어둠 속에 빛
나고 있었다. 바닥은 투명한 유리 타일로 되어 있었고, 그
밑에는 인공 조명 사이로 색색의 물고기들이 지나다녔다.
좁은 복도를 지나자 중앙에 넓은 홀이 드러났다. 홀에는
나무와 꽃이 있는 화단이 넓게 가꾸어져 있었고, 수영도
할 수 있을 만한 크기의 인공 연못도 있었다. 천장을 떠받

치는 기둥들은 고대 그리스 신전의 기둥처럼 조각되어 있었고, 중심부에 있는 네 개의 기둥에는 점점이 할로겐 조명이 박혀 있어 보석처럼 휘황찬란한 빛을 쏘아냈다. 양옆으로는 벽과 문이 온통 유리로 되어 내부가 환히 들여다보이는 방들이 늘어서 있었다. 단 한 개의 방만 빼고는 모두 불이 꺼져 있었다. 상인은 공포와 충격을 애써 누르고 술 취한 자의 용기에 힘입어 그 방으로 다가갔다. 문득 손목시계를 보니 새벽 3시 20분이었다.

방문은 잠겨 있었으나 유리문을 통해 방 안의 삼면을 채운 거대한 멀티큐브 화면을 볼 수 있었다. 왼쪽 벽면의 멀티큐브에는 외국의 거리로 짐작되는 곳에서 외국인들이 지나다니며 대화를 하고, 차가 다가오고 사람이 내리는 지루한 장면들이 나왔다. 그러다 곧 다른 거리로 바뀌었다. 중앙의 화면에는 넓은 바다가 펼쳐지고, 오른쪽에는 언덕과 아스팔트 도로가 펼쳐진 풍경이 끝없이 이어졌다. 그리고 그 위로 빨간색 오픈카 한 대가 달려오고 있었다. 오른쪽 벽면의 화면에는 회색 건물이 보이고 제복을 입은 한국 사람들이 왔다 갔다 하거나, 군인으로 짐작되는 사람들이 일렬종대로 서서 행진했다. 상인은 눈을 비비고 다시 보았다. 그들은 뉴스에서만 가끔 보던 북한 사람들인 것 같았다. 왜 여기서 이런 화면이 나오는 거지? 상인은 의문을 느끼며 다시 중앙의 화면을 보았다. 오픈카가 클로즈업되면서 차와 사람이 점점 크게 잡혔다. 그러다 마침내 운전자의 얼굴을 알아볼 수 있을 정도로 줌인됐을 때 상인은 숨이 멎는 줄 알았다. 그 차에 탄 사람은 바로 유노였다. 유노가 갑자기 빨간 불이 깜박거리는 휴대폰을 집어 들고 전화를 받았다.

상인은 유노의 입 모양을 자세히 보았다. 다른 것은 알 수 없었으나 한 가지만은 분명했다. 노. 느. 라. 고. 그 입 모양은 분명 그렇게 말했다. 상인은 유노와 통화할 때 들리던 바람 소리와 아스팔트 위를 달리는 차바퀴의 마찰음이 기억났다. 그렇다면 유노가 자신이 건 전화를 받을 당시의 상황이 녹화되어 이곳에 전송된 것일지도 모른다. 어떻게 이런 일이 일어날 수 있단 말인가. 유노는 도대체 무슨 일을 한 것이며, 이 멀티큐브 화면과는 무슨 상관이 있단 말인가. 상인은 갑자기 정신이 명료해지며 공포감이 밀려왔다. 그때 엘리베이터가 다시 열리는 소리가 들렸다. 상인은 마치 악몽 속에 갇힌 사람처럼 허둥거리며 엘리베이터를 향해 달렸다. 엘리베이터에 타자마자 1층 버튼을 눌렀다. 이곳은 지하 5층일 수도 있고 그보다 더 아래층일 수도 있었다. 혹은 2.5층이거나 3.5층일 수도 있었다. 그러나 지금은 그런 것이 중요하지 않았다. 어떻게든 바깥으로 무사히 탈출하는 것이 관건이다.

다행히 엘리베이터는 정상적으로 위로 올라갔고 1층에

도착하자 문이 열렸다. 비상등만 켜져 있는 어두컴컴한 복
도로 총알처럼 튀어 나가 뒷문을 향해 달렸다. 건물을 빠
져나와서도 심장의 고동은 가라앉지 않았다. 인적 없는 새
벽의 여의도 거리에서는 기괴하게 보이는 거대한 빌딩들만
이 음산한 대화를 나누는 것 같았다. 상인은 길가에 서 있
던 모범택시를 잡아타고 분당의 집으로 향했다. 빨리 이
꿈에서 깨어나야 한다. 이것은 있을 수 없는 일이다. 빌딩
옥상에 있는 헬리포트를 발견하는 일 따위와는 비교도 할
수 없는 일이 아닌가. 이것이 꿈이 아니라면 아침에 술에
서 깨어 멀쩡한 정신일 때도 기억할 수 있을 테고, 만약 그
렇다면 대낮에 다른 사람과 함께 가서 확인해 보면 된다.

11

“너, 요즘 정말 무슨 일을 하는 거니?”

상인이 유노를 자신의 회사가 있는 대한 빌딩의 외부 손님 접견실로 불렀다. 왜 하필 그곳에서 만나야 되는지 유노가 물어보았지만 상인은 직접 보고 얘기하겠다는 말만 되풀이했다.

4층의 외부 접견실. 바닥에는 회색 카펫이 깔려 있고 채광이 좋은 창가 쪽으로 단순한 디자인의 작은 탁자와 의자들이 놓여 있었다. 바로 옆 의자에 앉은 여자는 너무 오래 기다렸는지 커피를 다 마신 종이컵의 둥근 테두리를 이로 잘근잘근 씹어대고 있었다. 일부러 구석 자리를 택한 상인은 그녀를 의식하고 용건을 말하는 것을 뒤로 미루는 눈치였다. 유노는 상인의 피로한 듯 부은 얼굴과 나쁜 혈색, 실 핏줄이 도드라진 눈을 보며 얼른 그의 의도를 읽으려 했으나 전혀 감이 잡히지 않았다.

"내가 일은 무슨 일을 한다고 그래? 지난번에도 말했듯이 노는 것이 내 일이야. 노는 것만으로도 바빠죽겠어."

"야, 넌 회사 그만둔 지 이제 겨우 몇 달 됐잖아. 아직 퇴직금이야 남았겠지만 그렇게 태평스럽게 놀 처지는 못 될 텐데…… 혹시 주식 했냐?"

유노는 비밀을 털어놓고 싶은 욕구를 참으며 너털웃음을 지었다.

"퇴직금을 털어서 산 주식으로 매일 초단타 매매를 했는데, 한 번은 운 좋게 외국 투자 기관의 작전 세력을 만나는 바람에 타이밍을 잘 맞추며 계속 가격을 높여갔지 뭐야. 그랬더니 한 시간 만에 오십 배가 뛰더라. 그중에 원금만큼만 팔아서 이렇게 쓰고 다닌다. 왜 샘나냐?"

유노는 눈웃음을 섞어가며 허풍스러운 목소리로 말했으나 상인은 웃지 않았다.

"야, 왜 이래? 왜 이렇게 심각하게 받아들여? 농담인 것 몰라서 그래? 여기까지 불러낸 이유가 뭔지나 말해 봐라."

"있긴 있지. 그래, 너 혹시 모델이나 배우 같은 것 하냐? 최근에 영화 같은 데 출연한 적 없어?"

옆 테이블에 앉은 여자가 '모델이나 배우'라는 말에 흘

깃 유노 쪽을 돌아보았다.

"이 몸매에 이 얼굴로? 야, 너 지금 무슨 헛소리를 하는 거야? 내가 좀 노는 것이 그렇게 배가 아파?"

유노가 정신 차리라는 뜻으로 상인의 어깨를 툭 쳤다. 그래도 상인은 웃지 않고 유노 쪽으로 바짝 의자를 당겨 앉더니 좌우를 돌아본 후 한 손을 입가로 가져갔다.

"사실은 말이야, 내가 너를 여기 오라고 한 것은 특별한 이유가 있어서야. 네가 요새 무슨 일을 하고 돌아다니는지는 모르겠지만, 네가 차를 타고 달리는 모습을 누군가 영상으로 찍어서 어딘가에 이용하고 있어. 내가 분명히 봤거든."

"무슨 소리야! 말도 안 되는 소리……."

무시해 버리기에는 상인의 표정이 너무나 진지했다. 상인의 두 눈에는 공포에 가까운 불안감이 서려 있었다. 누가 엿들을까 봐 상인이 목소리를 최대한 낮춰 소곤거렸다.

"우리 건물 지하 5층인지 6층인지 모르지만, 엘리베이터를 타고 지하로 내려갔는데 거기에 실내 정원이랑 유리로 된 특이한 방들이 있고, 그 유리방 안에 거대한 멀티큐브가 몇 대 있는 거야. 그런데 그중 한 화면에서, 내가 너한테 전화를 걸었을 당시의 네 모습이 나오더란 말이야."

"그럴 리가…… 말이 돼? 여의도 한가운데에 서 있는 고층 빌딩의 지하에 그런 낙원이 있다고? 이렇게 땅값 비싼 곳에서 한 층이라도 더 세놓을 생각은 안 하고? 그리고 그렇게 유명한 낙원이 있다면 왜 위락 시설로 공개를 안 하지?"

"그건 내가 할 소리야."

"실내 수영장이나 골프 연습장 같은 것 아닌가?"

상인이 대답 대신 눈을 부릅뜨고 고개를 흔들어 보였다.

"그럼 가보자. 내 눈으로 보고 나면 네 말을 믿어줄게."

"그런데 그게 말이야…… 나도 처음에는 꿈이라고 생각했어. 새벽에 술을 마시고 회사에 들어오다가 발견했으니까. 그리고 바로 다음 날 직장 동료를 끌고 확인하러 가봤거든. 그런데 그런 데가 없는 거야. 하지만 난 분명히 꿈이 아니라는 것을 알아. 넌 그때 빨간 컨버터블을 타고 있었지? 아마 외형으로 잠깐 보긴 했지만 차종이 도요타인 것 같던데……. 그리고 흰 바탕에 초록색 가로줄이 한 줄 있는 피케 셔츠를 입고 있었지? 보랏빛이 도는 선글라스를 끼고 말이야."

유노의 얼굴색이 바뀌었다. 상인이 처음 지하의 실내 정원 이야기를 할 때는 당연히 믿을 수 없었다. 그러나 그날 자신이 입은 의상과 차의 색깔까지 맞혔다는 것은 직접 보지 않고는 불가능한 일이었다. 유노는 의자 쿠션이 몸을 밀어내기라도 하듯 자리에서 벌떡 일어났다. 그 바람에 유노가 마시다 만 자판기 커피가 상인의 무릎 위로 쏟아졌다.

"제기랄!"

　상인은 바지 뒷주머니에서 손수건을 꺼내 무릎을 닦기에 여념이 없었으나, 유노는 그런 상인의 어깨를 붙잡아 흔들었다.

　"같이 가보자니까."

　"일단 자리에 앉아봐. 그게 말이야……."

　상인이 주위 사람들의 시선을 피하기 위해 바지를 닦던 일을 뒷전으로 미루고 유노를 억지로 자리에 앉혔다.

　"우리가 이용하는 엘리베이터로는 갈 수가 없는 곳인 것 같아."

　"무슨 소리야. 넌 아까 엘리베이터로 내려갔다고 했잖아."

　"그래그래, 맞아. 그런데 내가 누를 수 있는 층 버튼 램프에는 그곳을 선택할 수 있는 버튼이 없다는 말이야. 그러니까 그날도 지하에서 누군가가…… 공작새가…… 네가 안 믿을 테니까 무엇인가라고 하자, 그 무엇인가가 지하에서 올라가려는 버튼을 눌렀기 때문에 엘리베이터가 거기까지 내려간 거란 말이야. 무슨 말인지 알지?"

　그제야 유노도 상인의 말을 알아들었다. 이론상으로는 충분히 가능한 일이었다.

　"그럼 건물 수위라든가 그런 사람들에게 물어보면 다 알 것 아냐."

　상인은 입술을 유노의 귀에 붙이다시피 하고서 말했다.

　"아무도 모른다는 거야."

"그래? 그게 무슨 뜻이지?"

"그러니까 내 생각에는, 이건 어쩌면 조직의 거대한 음모와 관련 있을지도 몰라. 부장한테 상부에서 보낸 이상한 이메일이 도착하지 않나, 도대체 축복의 섬 프로젝트라는 것이 뭔지…….."

"뭐? 방금 축복의 섬이라고 했어?"

유노는 자신도 모르게 축복의 섬을 알은체한 것 같아 당황했으나 상인은 전혀 눈치 채지 못했다. 상인은 입을 삐죽거리며 고개만 끄덕끄덕했다.

"네가 입이 무거운 줄 아니까 얘기한 거야. 축복의 섬이라는 말, 절대 다른 데서 발설하지 마. 내가 우리 부장 메일을 해킹한 것이 들통 나면 큰일이니까. 내가 쫓겨날지도 몰라."

"네 말을 정리해 보자면, 분명 지하에 그런 정원이 있는데 일반인은 그곳에 접근하지 못하게 되어 있으며, 알 만한 사람들도 모르거나 모른 체한다는 거지?"

"맞아! 바로 그거야. 너라도 믿어주니까 이제 좀 살겠다. 나, 완전히 미친 사람 취급을 받았잖아."

"그러면 넌 어떻게든 이 건물 구조에 대한 비밀을 밝혀서 그곳에 다시 갈 수 있는 방법을 찾아내. 나도 다른 방법으로 한번 알아볼게."

"알았어. 네가 카메라에 찍힌 이유를 밝혀낼 때까지 암

튼 너도 몸조심해라. 주변을 잘 살피고. 아무리 봐도 네가
모델을 할 얼굴은 아닌데…….”

　이제 상인은 농담까지 할 정도로 여유가 생긴 것 같았
다. 그러나 유노는 머릿속이 더 복잡하게 얽혀드는 기분이
었다. 그때서야 지난번의 경고성 메일이 생각났다. 게다가
상인은 분명히 ‘축복의 섬 프로젝트’를 언급했다. 그것은
평범한 회사 직원인 상인이 알 만한 일은 아니었다. 그렇
다면 혹시 축복의 섬과 지하 정원에 무슨 연관이 있단 말
인가.

　“그리고 이건 지하 정원과는 꼭 관련이 없을 수도 있는
얘기인데 말이야…… 내가 엘리베이터를 타려고 하는데 마
침 어떤 여자가 엘리베이터에서 내리는 거야. 그런데 그
시간에 야근하고 돌아가는 여직원 같지는 않았거든.”

　“아무래도 네가 술에 너무 취했던 것 아냐? 네가 회사
빌딩이라고 생각한 곳이 사실 요정이 있는 건물이었다든
가…….”

　유노는 상인이 가끔씩 여자를 산다는 사실을 알고 있었다.

　“뭐라고? 난 이제까지 술을 아무리 많이 마셔도 필름이
끊긴 적은 없단 말이야. 사원 카드로 찍고 들어가기까지
했는데 무슨 소리야!”

　상인은 벌컥 화를 내며 자리에서 일어났다. 그리고 등을 보
이고 걸어가며 오른손을 들어 잘 가라는 손짓을 해 보였다.

12

상인과 헤어져 혜리를 만나러 가는 동안 유노는 여러 가지 추측을 해보았다. 그러나 제대로 된 시나리오를 만들어내기에는 단서와 단서 사이가 너무 멀었다. 사실 운 좋게 얽어걸린 이 행운에는 처음부터 수상한 냄새가 났다. 자연선택에서는 실패가 성공보다 더 흔한 일이다. 실패야말로 지배적인 경향이고, 그것이 바로 얼마 전까지 유노가 속한 그룹의 운명이었다. 그런 이들에게 성공이란 행운이 따른 예외일 뿐이다. 솔직히 유노 자신은 그 예외에 속할 만한 아무런 이유도 자격도 갖지 못했다. 사람들이란 간사해서 자신에게 불운이 닥쳤을 때는 왜 하필 자신이 선택됐는지를 의심하고 원망하지만, 행운이 찾아왔을 때는 그것을 붙

잡느라 정신이 없어서 절대로 의심 따위는 품지 않는 것이
다. PL 생활을 하는 동안 많은 일들이 매우 비논리적인 방
식으로 진행되어 왔다. 그럼에도 머릿속에서 솟아나는 의
문을 의도적으로 회피했으며, 주의해야 할 경고는 오히려
가볍게 무시했다.

  상인의 회사에서 벌어지는 비밀 프로젝트와 지하 정원
따위는 모두 유노와 상관없는 일인지도 모른다. 자신이 화
면에 나온 건 그것과 아무 연관이 없는, 지극히 우연한 일
일 수도 있다. 그곳을 지나가다가 우연히 그 장소를 촬영
하던 자의 카메라에 포착됐을 수도 있다. 그러나 그 일이
지극히 우연한 일에 불과하다는 것을 증명하기 위해서는
역시 그 일의 배후를 조사해 볼 필요성이 있는 것이다.

  오후의 보헤미안 오렌지는 사람이 없어 조용했다. 이곳
의 운영자도 '축복의 섬'의 직원이라고 했다. 첫 만남 때는
알지 못했는데 다시 보니 실내 구석진 곳에 인터넷이 가능
한 컴퓨터 두 대와 프린터 한 대가 놓여 있었다. 유노는 인
터넷 편지함을 열 때마다 가슴이 두근거리곤 했다. 혹시나
그 경고성 이메일이 또 올까 봐서였다. 다행히 아직 두 번
째 메일이 오지 않았으나 안심할 수는 없었다. 도대체 메
일을 보낸 이는 누구란 말인가. 경고 메일에 대해서까지
혜리에게 물어볼 것인가 말 것인가. 벌써부터 이런 일로
고민한다는 것 자체가 어떤 종류로든 돈 받고 고용되어 하

는 일의 스트레스가 시작됐음을 의미하는 것은 아닌지. 얼마 전, 길에서 우연히 마주쳤던 정민은 높은 단계로 더 빨리 뛰어오르기 위해 아침마다 영어 학원에 다닌다고 했다.

혜리가 계단을 내려왔다. 셔링을 잡은 풍성한 하늘색 시폰 블라우스와 부드러운 회색 체크무늬 스커트 차림이었다. 바람에 헝클어진 듯 풀어 헤친 웨이브 머리칼은 그의 얼굴에 남은 남성적인 부분들을 교묘히 가려주었다. 혜리가 가까이 다가오자 펄럭이는 스커트 자락에서 자극적이지 않은 라벤더 향이 묻어났다. 유노는 혜리를 만나면 보통 여자를 만날 때보다 더 꼼꼼하게 머리끝에서 발끝까지 관찰하는 버릇이 생겼다. 저렇게 여성스러운 복장을 하고서도 왜 구두는 말굽처럼 굽이 투박한 검은 구두를 선택했을까. 자연스럽게 웃고 있지만, 저렇게 웃는 것이 정말 스스로에게도 자연스러운 일일까. 저렇게 팔짱을 끼고 있을 때는 어떤 생각에 잠겨 있는 걸까. 말하거나 웃을 때 남성적인 목소리를 감추기 위해 평소에 집에서 거울을 보고 연습하는 걸까. 걸음걸이나 행동거지는 연습을 많이 하겠지.

"무슨 생각을 그리 골똘히 하세요? 제가 아직도 그렇게 신기한가 보죠?"

혜리가 가볍게 팔을 들어 올려 기지개를 켜다 말고 유노를 악의 없이 노려보았다.

"저…… 혜리 씨는 팀장님이니까 우리와는 좀 다른 일을 하겠죠? 물어봐도 됩니까?"

혜리는 종업원이 가져온 커피에 설탕 한 스푼을 넣어 저은 후 스푼으로 한 입 떠서 맛을 보았다.

"당연하죠. 저는 이제 제가 하고 싶은 놀이에 대해 미리 기획서와 예산안을 제출하고, 승인이 떨어지면 그대로 진행하는 단계예요. 전 세계 어디든지 돈 걱정을 하지 않고 가서 놀 수도 있죠."

유노는 뭐라 할 말이 없어 입맛만 다셨다.

"그걸 물어보려고 저를 불러낸 것 같지는 않은데……. 안색이 별로 안 좋네요. 무슨 일 있어요?"

유노는 주변을 한번 살펴보았다. 손님이라곤 유노와 혜리 둘밖에 없었다. 종업원은 자리로 돌아가 음악 시디를 고르는 중이었다. 유노는 생각을 정리하기 위해 커피를 한 모금 마신 후 상인을 만났던 일을 들려주었다. 그러나 경고성 이메일에 대해서만은 말하지 않았다. 혜리를 좀 더 믿을 수 있게 되면 그때 말할 생각이었다. 혜리는 두 손으로 턱을 받친 채 유노의 말에 귀 기울이다 간혹 고개를 끄덕여 보였다. 신중하고도 신뢰를 품게 만드는 얼굴이었다. 혜리는 말을 꺼내기 전에 한숨부터 한 번 내쉬었다.

"거참, 모를 일이네요. 그런 일이 있다니……. 지하 정원이 정말 있는지 저도 가서 확인해 보고 싶어지네요. 대학 시절에 읽은 그레이엄 그린의 『꿈의 정원』이라는 소설

이 생각나요. 그 소설에는 지하 세계와 그곳에 사는 난쟁
이가 나오죠. 자신 이외의 것이라면 조직이든 무엇이든 충
성하지 말라고 조언하는, 아주 기괴한 난쟁이가 나와요.
친구 분이 혹시 상상력이 풍부한 것은 아닌가요?”

유노는 상인을 떠올리며 손을 흔들어 보였다. 흩날리는
벚꽃을 보며 비듬이 떨어지는 것 같다고 말하는 상인이었
다. 혜리가 어이없다는 듯 눈썹을 치켜 올리며 웃었다.

“‘축복의 섬’이라는 말은 원래 카나리아 군도의 별칭이
었다죠. 아틀란티스 대륙의 존재를 믿었던 고대 그리스인
들이 붙인 말인데, 카나리아 군도가 전설의 대륙 아틀란티
스의 일부였다가 신의 축복으로 운 좋게 살아남았다는 의
미에서 그렇게 불렀다더군요. 혹은 고대 신화에 나오는 죽
은 영웅들의 안식처이자 파라다이스인 ‘엘리시온’을 그렇
게 표현하기도 했고요. 우리 회사 대표님이 엘리시온 이야
기를 듣고서 감명을 받았다면 다른 이들도 얼마든지 그럴
수 있겠죠. 그 회사 부장님의 비밀 프로젝트 이름과 우리
일은 별 연관이 없어 보이네요. 인터넷 쇼핑몰을 운영하는
회사라면서요? 그 프로젝트와 지하 정원이 관련 있는지는
알 수 없지만, 비밀 프로젝트야 그 기업을 조사해 보면 밝
혀지지 않겠어요? 그리고 유노 씨를 화면에서 보았다는
건, 유노 씨의 추측이 맞는 것 같아요. 제주도에서는 특히
텔레비전 드라마 촬영이 잦으니까, 배경으로 쓰려고 카메

라를 많이 설치해 둔대요. 때마침 그곳을 지나가던 유노 씨가 찍혔을 수도 있겠죠. 너무 심각하게 생각하지 마세요. 우리 일은 투명하잖아요?"

헤리의 말을 듣고 나니 더부룩하던 속이 다 가라앉는 것 같았다. 헤리가 거짓말을 하는 것 같지는 않았다. 설령 헤리의 주장이 틀렸다 하더라도, 유노의 생각에 동의해 주는 사람이 이 세상에 한 명 더 있다는 것만으로 안심이 되었다.

"너무 걱정하지 마세요. 우리 일의 장점은 직업의식을 갖지 않고도, 일을 하고 있다는 것을 의식하지도 못하는 사이에 일할 수 있다는 점이니까. 쓸데없이 복잡해지고 의심하기 시작하면 자기만 불행해요. 즐거운 마음으로도 얼마든지 일할 수 있는데…… 얼마나 바보 같아요? 오늘 마침 저도 스케줄이 없는데…… 어때요? 긴장 풀라는 의미에서 술을 한잔 사주고 싶은데……."

정신과 치료를 받아본 적은 없지만, 헤리에게는 의사처럼 고민과 불안을 일시에 해소해 주는 힘이 있는 것 같았다. 헤리에 대한 강한 관심은 어쩌면 호기심 이상의 것일지도 모른다. 이 가짜 여인이 가진, 모든 남자들로 하여금 한 번 보면 눈을 떼지 못하게 만드는 매력의 근원은 무엇일까. 술이 좀 취한다면 용기를 내어 슬쩍 물어보리라.

실내가 온통 나무로 된 작은 바에서 헤리는 좀 과하다

싶을 만큼 잔을 자주 비웠다. 그러나 말과 행동에는 일체의 흐트러짐이 없었다. 오히려 취할수록 의식이 더 또렷해지는 것은 아닐까 싶을 정도로 논리 정연해졌다. 유노는 혜리가 취하면 물어보고 싶었던 말들을 전혀 꺼내지 못했다.

"저한테 궁금한 것이 많죠?"

유노는 말없이 고개만 끄덕거렸다.

"옛날 제가 정상이었을 때는 두려움 때문에, 전철역이나 지하보도에서 흉측하게 팔이 잘려 나갔거나, 다리가 부러졌다가 비정상적으로 다시 붙은 동냥아치들의 모습을 제대로 보지 못했어요. 그런데 이젠 아무 두려움 없이 똑바로 쳐다볼 수 있게 되었어요. 그게 달라진 점 중 하나예요. 다른 것도 물론 많지만…….."

"왜…… 아니, 물론 그럴 만한 이유가 있었겠죠?"

혜리는 유노처럼 고개만 끄덕거렸다. 유노는 이어질 혜리의 말을 기다렸으나 질문에 대한 대답은 없었다. 왜 성전환 수술을 했냐고 좀 더 직선적으로 물을 것을 그랬나.

"사랑……해 보셨어요?"

의외의 질문이었다. 오히려 질문을 당한 것은 유노 쪽이었다.

"네…… 아마도."

"지금 당장 그 사람에 대해 떠오르는 것은?"

혜리가 묻는 순간, 이전에는 한 번도 기억나지 않던 장면이 떠올랐다. 가끔 그렇게 완벽히 잊힌 것만 같다가 어느 순간 생생하게 떠오르는 추억들이 있게 마련이다.

"제가 운전할 때 들으라고, 자기가 좋아하는 노래들을 녹음한 테이프를 선물한 적이 있었는데…… 노래 한 곡이 끝나면 반드시 '톡' 하고 버튼을 눌러 정지시키는 소리가 들린 다음 또 다른 노래가 시작됐어요."

혜리가 후후 웃었다. 그 웃음은 귀여운 연인을 바라볼 때 남자가 웃는 웃음이었다. 유노는 반복되는 사소한 일에도 습관이 붙지 않아 늘 똑같은 문제를 고민하는, 일상에 서투른 여자를 사랑했다.

"헤어진 후에도 한참 동안 그 테이프의 '톡' 소리들을 다시 듣곤 했어요. 혜리 씨는요?"

"저요? 여자가 되고 나서는 한 번도 안 겪어봤어요. 그리고 남자였을 때의 일은 그 남자가 갖고 있어서요. 저는 기억할 수 있는 것이 없네요. 사랑보다는 오르가슴을 느낄 수 없다는 것이 좀 아쉽죠. 페니스가 없어졌으니 남자였을 때처럼 자위를 할 수도 없고, 그렇다고 여자들처럼 G스팟을 느낄 수도 없잖아요."

의외로 대담한 혜리의 말에 유노는 충격을 받았다. 혜리가 그런 유노의 눈을 피하며 고개를 숙였다.

"한 가지 제안해도 될까요?"

"뭔데요?"

혜리는 칼바도스가 담긴 스트레이트 술잔을 만지작거리다가 마침내 말을 꺼냈다.

"저랑 같이 잘래요? 전 아직 남자와 한 번도 못 해봤거든요."

유노는 이렇게까지 당혹스러울 줄은 알지 못했다. 비록 트랜스와 자보고 싶은 것이 수많은 남자들의 소망이라 하더라도 아직은 두려웠다. 솔직히 말하면 혜리가 상처를 입겠지만, 마치 대용량 배터리를 장착한 마네킹과 섹스하는 기분일 것 같았다. 그러나 동시에 강렬한 호기심이 솟아오르는 것도 막을 수 없었다. 과연 그의 성기도 여자의 것처럼 따뜻하고 부드러울까? 텅 비어 있거나 반대로 지나치게 딱딱한 느낌이지는 않을까? 애액이 저절로 만들어지지는 않겠지? 그녀와 섹스하면 더 흥분이 될까?

"두려워하네요. 그럼 마세요. 괜찮아요. 사실 유노 씨에게만 하는 얘기인데, 저도 남자랑 자고 싶지 않아요. 저는 남자인 것이 싫어서 여자가 된 사람이기 때문에 남자를 사랑하지 않아요. 그런데 왠지 남자랑 자지 않기 때문에 내 안에 완전한 여성성이 깨어나지 않으면 어쩌나…… 그게 걱정이고, 그 걱정은 나의 내면이 언제든 남성으로 다시 돌아가 버릴지도 모른다는 불안으로 이어져요. 그래서 돌아갈 수 없는 강이 있다면 그 강을 건너버리고 싶을 뿐이에요. 물론 그것으로 될지는 알 수 없지만."

내가 다시 누군가와 사랑에 빠진다면 그 대상이 남자는 아닐 것 같아요. 하지만 여자를 사랑한다고 해도 동성애에 가깝겠죠. 당신은 결코 이해하지 못할 거예요. 그래야 정상이고. 성전환 수술을 한 후에 사실 가장 두려웠던 것은 사람들의 이목이 아니에요. 그건…… 바로 사랑에 빠지는 거예요. 어떤 사랑이 내게 닥쳐올지…… 그것이 나를 상승시킬지 파괴할지…… 이토록 애쓰면서 살았는데 어쩌면 그 모든 노력들이 물거품으로 돌아갈지도 모른다는 생각, 신도 나의 생각에 반대할지도 모른다는 생각. 내 부모님처럼.”

유노는 안도하면서도 후회했다. 일생일대의 기회를 놓쳐버린 것이다. 한편 이렇게 생각한다는 것 자체가 우스웠다. 유노는 남자가 여자를 달래듯 처음으로 혜리의 손을 잡아주었다. 혜리의 부드럽고 매끈한 살갗이 손에 닿는 순간, 야릇한 상상이 밀려오는 것은 어쩔 수 없었다.

“당신이 누구와 어떤 식으로 사랑을 하든 그건 축복이에요. 나쁜 것은 동성애자나 성전환자들의 사랑이 아니라, 사랑하지 않고 사는 사람들이죠.”

유노는 자신도 확신할 수 없는 말을 뱉은 후 남은 술잔을 깨끗이 비웠다.

13

“반갑습니다. 이용석입니다.”

유노는 명함을 삼 초간 훑어보았다. 이메일 주소가 ‘sockslee’로 시작됐다.

“제 이메일 주소가 특이하죠? 그거 보면 다들 한마디씩 합디다. 허허허……..”

유노는 이용석이 상인과 같은 회사를 다닌다는 사실에 잠시 긴장했다. 상인을 안다고 말하는 것이 지금 상황에서 유리할까 그렇지 않을까. 일반적으로 지인이 상대편보다 낮은 직급에 있는 사람일 경우에는 알은척하지 않는 것이 좋다. 상대적으로 나의 위치가 지인 수준으로 하향 조정될 위험이 있기 때문이다.

"신혜리 씨에게 설명은 들었습니다만…… 직접 만나서 자세한 얘기를 들으라고 하더군요."

혜리는 유노를 만나 술을 마시던 저녁에는 아무 말도 않더니, 다음 주에 전화를 걸어 유노가 2단계의 일을 할 수 있게 됐다면서 축하의 말을 전했다. 2단계로의 조정은 그동안 일한 것에 대한 의뢰인들의 평가 점수를 바탕으로 이루어졌다고 했다. 일의 속성도 달라지는데, 의뢰인들이 외면적인 장애를 가진 인물이 아니라 정서적·심리적 장애를 가진 인물이며, 대신 놀아주는 일의 방식과 기간도 3단계에 비해 좀 더 장기적이라고 했다. 무엇보다 2단계부터는 기업의 사회 환원 영역을 벗어나므로, 의뢰인들이 대신 놀아주는 이들을 고용하는 데 대한 비용과 수수료를 일부 부담한다고 했다.

"의뢰인은 제가 아니라 제가 모시는 상무님인데, 너무 바쁘시기 때문에 제가 대신 일을 부탁드리는 겁니다. 아직은 워커홀릭이라는 판정을 받은 사실을 인정하고 싶지 않으신지 직접적인 대면을 피하고 계십니다."

이 부장이 손수건을 꺼내 얼굴의 개기름을 닦은 후 안경을 벗어 코걸이에 묻은 기름도 닦아냈다. 유노는 이 부장이 곧이어 꺼낼 이야기를 위해 뜸을 들이고 있음을 알았다. 이 부장은 잠시 안경을 쓰지 않은 맨눈으로 유노를 똑바로 바라보더니 다시 안경을 썼다. 잠깐 드러난 이 부장의 맨눈은 쌍꺼풀이 진하게 지고 눈빛이 맑은 편이었다.

"이 일은 다소 정신적인 부담도 있을 수 있고…… 생각하기에 따라서는 거부감 같은 것도 얼마든지 들 수 있습니다. 그래서 제가 사전에 충분히 설명을 드리는 거고요. 나중에 상무님께서 마음이 변하시면 유노 씨를 직접 만나려 하실지도 모르겠습니다."

"워커홀릭인데 왜 대신 놀아주는 사람이 필요한 겁니까? 그리고 한 가지 더 질문을 드려도 될까요?"

"마저 물어보십시오. 두 가지에 대해 한꺼번에 답해 드리겠습니다."

"대기업의 부장님이면 맡은 일만 해도 복잡하실 텐데, 왜 상무님의 개인적인 비서 노릇까지 하셔야 됩니까?"

이 부장은 유노의 질문에 당황한 기색이 역력했다. 안절부절못하고 정수리를 매만지며 잠시 생각을 정리하는 것 같았다.

"차근차근 모두 말씀드릴 생각이었습니다만, 일단 궁금해하시는 점부터 대답하자면, 상무님은 현재 다음 CEO 후보 리스트에 올라 있습니다. 저희 회사에서 삼십 년을 근속하셨고 훌륭한 업무 성과를 토대로 그 자리까지 오르신 분입니다. 사장에 선출되기 위해서는 360도 평가 시스템을 통해 인격과 업무, 인간관계 등 모든 것에 대한 평가를 거쳐야 하는데, 상무님은 벌써 두 번씩이나 그 평가에서 '워커홀릭'이며 감수성이 풍부하지 못하다는 이유로 리더십 부분에서 감점을 당하셨습니다. 그래서 상무님은 감성 능력 보강을 위해 자구책으로 이 프로그램을 권유받으신 겁니다. 굳이 제가 이 일을 대리해서 처리해 주는 이유는…… 어차피 모두 극비 사항이고 비밀을 지켜주시리라는 것을 믿으니까 말씀드립니다만, 어느 조직이든 라인이 있다는 것을 아시죠? 말하자면 저는 상무님 라인인 거죠. 이십 년 가까이 상무님을 상사로 모시면서 많은 신세를 져왔지요. 저는 이런 일이 가능하다는 것을 처음 들었을 때 엄청난 충격을 받았습니다. 하지만 저도 이 일이 잘되어야 진급의 가능성이 두 배로 높아집니다."

유노는 대답 대신 고개를 끄덕였다. 상인에게서 들은 이야기와 대조해 보건대 이치에 닿는 말이었다. 그렇다면 상인이 본 '축복의 섬 프로젝트'란 회사 차원의 일이 아닌, 부장과 상무 둘 사이의 일이라는 뜻이다.

"그래서 어떻게 대신 놀아드려야 그 감성 능력이 보강될 수 있다는 말입니까?"

"이제부터 설명해 드리죠."

이 부장은 007가방을 열더니 흰색 가죽으로 싸인 작은 케이스를 꺼냈다. 케이스 뚜껑을 열어 중앙에 직경 3밀리미터 크기의 큐빅이 박힌 남성용 귀고리 하나를 꺼냈다. 이 부장은 귀고리를 손에 들고 유노 쪽으로 상체를 내밀었다.

“무슨 007 영화라도 찍냐고 반문하실지 모르겠지만, 이 귀고리는 보통 귀고리가 아닙니다. 이 큐빅은 사실 카메라 렌즈와 도청기가 결합된 디지털 송수신기입니다. 이 큐빅의 절단면 하나하나가 그 각도에서 영상을 수신하기 때문에 실제 체험자의 눈높이에서 볼 수 없는 것까지도 다 기록하게 됩니다. 놀이자가 이 귀고리를 귀에 걸고 어떤 체험을 하면 그때의 시각적인 영상과 청각적인 음향이 모두 기록되는 동시에 ‘축복의 섬’ 서버실의 슈퍼컴퓨터로 전송됩니다. 그러면 의뢰인이 나중에 시간 날 때 HMD를 쓰고서 가상현실처럼 놀이자의 경험을 간접적으로 체험할 수 있게 되는 겁니다.”

“지금 저더러 그 말을 믿으라는 겁니까?”

이 부장은 충분히 이해한다는 뜻으로 고개를 크게 끄덕거렸다.

“압니다. 믿기 어렵다는 것. 하지만 사실입니다. 미국과 일본, 유럽 등지에서는 이미 가상현실에 관한 연구가 상당히 진행되어 있지요. 하기야 못 믿는다 하더라도 상관없습니다. 그럴 경우 그 어떤 시선도 의식하지 않고 그냥 주어진 놀이 임무에만 충실하면 되니까요. 믿고 믿지 않고는 유노 씨에게 달렸습니다.”

“내가 겪은 것들을 모두 HMD로 체험할 예정이라면 그

분도 그만큼의 시간을 소비하게 된다는 것인데, 그럴 바에
야 왜 직접 놀러 가지 않죠?”

“좋은 질문입니다. 제가 이미 저희 상무님을 ‘워커홀릭’
이라고 단정하지 않았습니까. 그분은 매우 바빠서 놀 시간
도 없지만, 시간이 주어진다 해도 노는 일에는 시간을 쓰
지 않으려 하실 겁니다. 한마디로 일을 하거나 아니면 공
부라도 하고 있어야만 마음이 편해지는 스타일이거든요.
노는 것 자체를 싫어하기도 하고, 놀이에 따른 물리적이고
심리적인 위험들을 기피하기 때문이기도 합니다.”

“놀다가 겪을 수 있는 사고 말입니까? 하지만 그런 일은
매우 드물지 않던가요?”

“그렇습니다만, 꼭 육체적인 사고만을 말하는 것은 아닙
니다. 인간의 감정이라는 것이 그렇잖아요. 가끔씩 어떤
것에 너무 마음을 빼앗겨 버리면 이성이 완전히 마비되어
정작 해야 할 일들을 그르치게 되는 것 말입니다. 그뿐만
아니라 너무 몰두했다가 깨어나거나 버림받았을 때 지속하
고 싶은 미련도 들고, 그로 인해 깊은 상처를 얻어 우울증
에 빠져들기도 하고……. 정말 여유 있는 사람이 아니고서
야 어떻게 감정에 얽혀드는 일을 두려워하지 않겠습니까.
영향을 받거나 상처를 입은 상대편이라고 가만히 있기만
하겠습니까. 상무님같이 바쁜 분들에게는 그런 일들이 너
무 불편하죠. 그렇기 때문에 정말 인간성 좋고 덕 있는 사

람이 좋은 리더가 되기 힘든 겁니다. 더구나 아랫사람들도 관리해야 하는데 기분에 따라 오늘은 맑고 내일은 흐리고 하면 안 되죠. 하지만 극장에 앉아 영화를 보듯이 가상현실로 간접 체험을 하면 안전하기도 하고, 객관적인 자세를 유지할 수도 있고, 동시에 감성 교육을 받을 수도 있는 겁니다.

또한 그것은 체험 자체를 좋아하고 직접 하고 싶은 마음을 갖도록 하는 치료 과정이기도 합니다. 치료가 아니라 한 번의 대리 체험에 불과하다면, 일단 승진은 할 수 있을지 모르겠지만 그 후에도 같은 문제가 남아 있지 않겠습니까. 상무님은 회사에서 바라는 CEO 상에 근접하기 위해서는 근본적인 자기 개혁이 필요하다고 생각하십니다. 인간의 모든 감정을 이해하면서도 그것을 완벽하게 제어할 수 있는 능력을 갖추어야 진정한 강자가 되는 겁니다.

고소공포증 환자를 예로 들어봅시다. 실제로 이것은 치료 프로그램에 이용되고 있는데, HMD를 쓰고 가상현실 속에서 엘리베이터를 타고 높은 곳으로 올라가는 체험을 하는 겁니다. 그럼 실제와 똑같이 구토와 어지럼증을 느끼게 되지요. 하지만 마음 깊은 곳에서는 이것이 가상 체험이며 실제로 떨어져 내릴 위험은 전혀 없다는 사실을 알아요. 그럼에도 높은 곳에 올랐을 때의 육체적 경험은 실제와 똑같이 하게 됨으로써, 그 가상 체험을 반복할수록 단

련되는 거죠. 이 방법의 장점은 정말 못 견디겠다 싶을 때
는 당장 중단하는 데 일 초도 걸리지 않는다는 점이죠. 너
무나 안전하니까.”

가상현실을 응용한 고소공포증 치료에 관해서라면 유노
도 언젠가 신문에서 읽은 적이 있는 내용이었다. 그러나
이토록 작은 귀고리가 영상과 음향의 송수신기 기능을 할
수 있다는 사실이 믿어지지 않았다.

“그래서 구체적으로 제가 무엇을 하기를 바랍니까?”

“사실 이 대목이 가장 어렵습니다. 약간 비윤리적이라고
생각되는 부분이 있으니까요. 하지만 어디까지나 마음먹기
에 달렸습니다. 긍정적으로 생각한다면, 유노 씨가 평생
동안 절대 가볼 수 없는 곳을 체험하는 기회가 될 수도 있
습니다. 하지만 부정적으로 생각한다면 지금 당장 거절하
셔도 문제는 없습니다.”

유노는 궁금증이 폭발할 것만 같아 견디기 힘들었으나
침착하려 애썼다. 생각할수록 이제껏 아무것도 모르고 살
아온 것이 억울했다. 부자들이 체험하는 과학 기술과 서민
들이 체험하는 과학 기술 사이에는 이처럼 엄청난 간극이
존재하는 것이다. 일반인들이 이런 기술의 혜택을 받으려
면 적어도 십 년은 지나야 할 것이다.

“감성 회복에 가장 뛰어난 효과가 있는 것은 바로 연애
라는 연구 결과가 나왔어요. 아무리 인간사에 무심하게 살

아가는 워커홀릭이라 하더라도 가슴속 깊은 곳에는 이성에 대한 갈망이 존재하는 법이거든요. 상무님은 일평생 불륜이라고는 저질러본 적도 없지만, 중매결혼을 했기 때문에 뜨거운 사랑이나 연애 같은 것도 해본 적이 없으시답니다. 그래서 간접 체험에 대해서도 상당히 두려워하십니다. 실연당할 경우의 마음의 상처라든가 흥분, 거절당했을 때의 모멸감 같은 것……. 그래서 유노 씨에게 대신 연애해 줄 것을 부탁드리려 합니다. 그러나 정식 연애는 진지한 것이기 때문에 엄밀히 말해 '놀이'라고 할 수가 없습니다. 긴장과 스릴이나 위험성이 부족하니까요. 상무님을 위해서는 좀 더 단기간에 빠져드는, 진하고 위험한 불륜 놀이가 필요합니다."

"하지만 부장님께서 지금껏 하신 말씀이나 이 부탁이나 모든 것이 너무 비현실적이기만 하군요."

"그렇지요. 하지만 유노 씨, '축복의 섬'에 참여하기 시작할 무렵부터 지금까지의 체험들이 전부 하나같이 믿기 어려운 것투성이 아니었던가요?"

"그렇긴 하지만 지금까지는 이런 말도 안 되는 요구가 없었거든요."

유노는 강하게 거절하는 태도를 취하고 있다고 생각했으나 그 자신이 느끼기에도 거절하는 목소리치고는 너무 힘이 없었다. 사실 유노는 더욱 열렬한 호기심에 휩싸이고 말았다. 만약 이 부장이 여기서 유노를 더 설득하지 않고 가방을 닫는다면, 그때는 유노가 먼저 그를 붙잡아 앉힐지도 몰랐다. 다행히 이 부장은 이쯤에서 체념할 기세가 아니었다. 이 부장은 웃음을 띠며 고개를 절레절레 흔들었다.

"사실 마음 주기가 어렵지 몸 주기야 쉽지 않습니까? 뭐가 두렵습니까? 연애만 한 놀이가 어디 있습니까? 단 마음을 통제할 수 없을 정도로 깊이 빠져버리는 것만 아니라면 말입니다. 그것도 남자라면 한 번쯤 겪어보고 싶은, 최고의 장소에서 최고의 상대와 하는 데이트라면……. 게다가 이 일의 보수는 대단할 겁니다. 기대 이상의 효과가 있을 경우에는 그에 대한 보너스도 지급됩니다."

"어떤 대상과 연애를 하라는 겁니까? 그것도 정해 줍니까? 그리고 상대편이 나에게 그리 쉽게 응해 온답니까?"

이 부장은 힘든 산행의 마지막 오르막길을 통과한 사람처럼 환한 웃음을 지었다. 그는 가방에서 연애 시나리오가 적힌 서류를 꺼내 유노에게 내밀었다.

"상무님이 연애에 빠지고 싶어 하시는 스타일의 여자가 있습니다. 본명은 한경희인데 우리는 한 여사라고 부릅니다. 나이는 삼십 대 중후반이라고 합니다만, 실제로 보면 이십 대 후반으로 착각할 정도죠. 우리가 조사한 바로는, 한 여사는 '소도'라는 섬의 비밀 호텔에 가서 젊은 청년과 짧은 연애를 하기를 즐깁니다. 그녀는 항상 비슷한 스타일

의 청년을 선택하고 매번 새로운 청년으로 바꾸지요. 그
스타일에 근접하여 외모와 성격을 연출하고 그녀의 취향을
잘 맞춰주기만 하면 그녀의 연애 대상으로 선택되는 것은
어렵지 않을 겁니다. 한 여사는 남자들이 갖고 있는 롤리
타 콤플렉스와 비슷한 기질을 갖고 있어서, 젊은 시절 첫
사랑의 모습을 가진 사람을 계속 사랑하려는 경향이 있습
니다. 한 여사의 취향이나 데이트 성향에 대해서는 이미
충분한 조사가 되어 있으니까 어려워하실 필요가 없습니
다. 사실 유노 씨가 한 여사의 취향에 적합하기 때문에 저
희가 유노 씨를 특별히 선택하기도 했습니다만……."
　이 부장은 마지막 장을 펼쳐 한 여사의 사진을 보여주었
다. 어깨까지 흘러내리는 웨이브 머리에 노란색 트렌치코
트, 초록빛 실크 스카프를 두른 여자는 동그랗고 선명한
눈매가 주는 인상과 달리 어딘가 가까우면서도 먼 곳을 바
라보는 듯 멍한 시선을 던지고 있었다. 약간 벌어진 새빨
간 입술의 오른쪽 끝이 살짝 말려 올라가 모호한 미소를
짓고 있는 것처럼 보였다. 특이한 표정을 제외하면, 완벽
한 화장과 세련된 패션 감각, 기품 있는 분위기는 그녀가
강남의 백화점에서 흔히 볼 수 있는 상류층 여자임을 말해
주었다. 그런데도 왠지 낯설지 않은 느낌이었다. 내가 이
여자를 어디서 만난 적이 있었던가? 그러나 한경희라는 이
름은 낯설었다.

“이분의 이름이 분명히 한경희가 맞습니까?”

“왜요? 아는 분이세요?”

“아…… 아니요. 그냥 처음 보는 사람 같지가 않아서요.”

“요즘 여자들은 워낙 비슷하게 성형을 많이 하죠. 강남의 룸살롱에 가보세요. 닮은 여자가 한둘이 아닙니다. 농담이지만, 여자들의 얼굴과 가슴 크기는 칼 대기 나름 아닙니까?”

그렇게 말한 후 이 부장은 멋쩍은 웃음을 지었다.

“하긴 텔레비전에 나오는 여자 연예인들의 얼굴을 구별 못한 적이 한두 번이 아니죠. 그래도 하루만 생각할 시간을 주십시오.”

“그러세요. 정확히 내일 이 시간에 다시 전화를 드리죠. 하지만 유노 씨가 거절한다면 당장 다른 분에게 기회가 넘어간다는 사실을 알아두세요. 모르긴 해도 2단계의 일이라는 것이 이 일보다 더 간단하지는 않을 겁니다.”

이 부장은 유노에게 꺼내 보였던 것들을 다시 꼼꼼히 챙겨 가방에 넣은 후 자물쇠를 채웠다. 이 부장은 떠나기 전에 악수를 한 손에 힘을 주었다. 이 부장의 청산유수 같은 설명 앞에서는 대충 고개를 끄덕였지만, 곰곰이 생각해 보니 이상한 점이 한두 가지가 아니었다. 보통 사람이 들으면 허황된 소리라며 무시해 버릴 만한 이야기를 그토록 심각하게 설명하는 이 부장이나, 인간적인 결함을 메워 승진하기 위해 대리 연애를 의뢰한 상무라는 자도 이상하기 짝이 없었다. 하기야 대신 놀아준다는 것부터가 뜬구름 잡는 얘기이긴 하지만. 유노는 문득문득 이게 꿈에서 겪는 일이 아닐까 의심했다. 취향과 성격이 다른 의뢰인이 과연 유노의 체험을 되풀이하면서 그가 느꼈던 것을 공감할 수 있을까. 그러는 동안 더 많은 아쉬움을 갖게 되지는 않을까. 자기라면 이렇게 행동하지 않고 저렇게 행동했으리라는 식으로 말이다.

어차피 이 길에 들어선 이상 좀 더 앞으로 나가 보는 수밖에 없었다. 아직까지는 아무것도 파악하지 못했으니까. 어떤 일을 시작하거나 어떤 조직에 들어가면 적어도 그곳의 분위기와 그곳이 돌아가는 메커니즘 정도는 이해한 후에 그만두어야 한다는 것이 유노의 생각이었다.

연애가 놀이의 일종이라는 것에 대해서는 좀 더 생각해 봐야 할 구석이 있었다. 놀이란 구속받지 않는 자유가 있어야 하고, 언제든 시작하고 싶을 때 시작하고, 그만두고 싶을 때 그만둘 수 있어야 한다. 연애는 물론 놀이와 비슷한 즐거움과 흥분을 주지만, 시작과 끝마무리만큼은 결코 놀이와 비교할 수 없었다. 과연 자신의 감정을 잘 컨트롤할 수 있을까. 몸만 열고 마음은 닫아두거나, 마음만 열고 몸은 닫아두는 일이 가능하단 말인가. 결국 연애를 하면서도 사랑에 빠지지 않아야 한다. 그러면서도 그 모든 행위에 대해 소유권을 주장하지 말아야 한다. 그렇다. 이것은 일종의 게임인 것이다. 게임이라면 일단 즐기고 볼 일이 아닌가.

유노는 결심하기에 앞서 혜리에게 전화를 걸었다. 유노의 고민을 모두 들어준 후 혜리는 한마디만 했다. 계약 당시의 다섯 가지 규칙을 명심하세요. 유노는 기억을 더듬어 다섯 가지 규칙을 떠올렸다.

첫째, 이 일의 주체와 이 일이 실행되는 메커니즘에 대해 알려고 하지 않을 것. 둘째, 이 일을 통해 겪는 모든 체험들은 온전히 '타인의 것'임을 인정할 것. 즉 경험의 소유권을 주장하지 않을 것. 셋째, 놀이자들끼리 연애하지 않을 것. 넷째, 외부인들에게 철저히 비밀을 유지할 것. 다섯째, 한 번 의뢰인과의 관계가 완료되고 난 후에는 절대 사적으로 다시 만나지 않을 것.

3단계의 일을 할 때만 해도 왜 이런 규칙들이 있는지 알 수 없었으나, 이제야 그 모든 것이 분명한 의미로 다가오기 시작했다.

14

　목포에서 보트를 타고 남쪽으로 네 시간을 달리자 섬 하
나가 눈에 들어왔다. 안개를 몸에 감고 있는 섬은 보기에
도 신비로운 느낌을 주었다. 섬은 지도에 표시되어 있지
않으므로 오직 이 섬을 아는 사람들에게만 존재하는 곳이
라고 했다. 섬의 이름은 소도(蘇塗)였다. 이 부장은 전화로
이 섬 이름의 '도' 자가 섬을 뜻하는 '도(島)'가 아님을 거
듭 강조했다.
　선착장 앞에 검은색 링컨 타운카 리무진 한 대가 서 있
었다. 기사가 차에서 내리더니 유노의 가방을 트렁크에 실
었다. 널찍한 차 안에는 뒷좌석 전용 에어컨에다 작은 냉
장고, 와인 바까지 마련되어 있었다. 송아지 가죽으로 만

든 부드러운 버킷 시트와 바닥에 깔린 푹신한 카펫은 호화로운 느낌을 더했다. 유노는 냉장고를 열어보고 싶은 마음을 억지로 참았다. 촌놈 티를 내고 싶지는 않았다. 만약 이곳에서 성공적으로 데이트가 진행된다면, 한 번쯤은 이 차를 타고 해안선을 드라이브하면서 술을 마시고 황홀한 카섹스도 즐기리라. 대나무와 동백나무로 이루어진 숲을 통과하자 북쪽으로 나지막한 산이 병풍처럼 자리 잡았고, 남쪽으로는 골프 코스로 이용되는 넓은 평원이 바다를 배경으로 펼쳐져 있었다. 정면의 3층짜리 호텔로 이어진 길에는 가지각색의 꽃과 조각, 잘 다듬어진 나무 들이 줄지어 있었다. 멀리 바다 쪽으로 높다랗게 솟은 전망대가 보였다.

"저 호텔 이름이 뭐죠?"

"아실리(Asillie) 호텔입니다."

"아실리……가 무슨 뜻인지 알 수 있을까요?"

"이곳에 처음 오시는 거죠? 여기 오는 분들은 꼭 그것부터 물어보죠. 소도와 비슷한 의미라고 알고 있습니다. 고대 그리스와 로마 시대에 난민들이나 도망자들을 보호하고 구제해 주는 곳이었다고 하더군요. 타이밍이 좋으면 이곳에서 유명한 사람들을 만나기도 합니다. 얼마 전 국내를 떠들썩하게 만들었던 로비 사건의 주인공도 사실 여기에 와 있습니다. 원래는 불법적인 연애에 대해서만 법적으로 보호받는 곳인데, 어디든 그렇지만 다른 이유로 도망 중인 사람들도 섞여 있죠. 이곳에 계시는 동안 직접 목격할 기회가 있을 겁니다.”

가까이에서 본 아실리 호텔은 더욱 운치가 있었다. 눈부시게 하얀 회벽은 햇볕을 반사했고, 특이하게도 1층 중앙이 트여 있어 멀리서도 반대편의 정원과 해변을 볼 수 있었다. 바다는 남국의 바다처럼 초록빛과 하늘빛이 신비하게 어우러져 있었다. 수영을 하기에는 늦은 계절인데도 수영복 위에 비치 웨어를 갖추어 입은 사람들이 오가는 모습이 보였다. 이 호텔은 일몰을 오랜 시간 즐길 수 있도록 서쪽 해안을 향해 지어져 있었다. 짭짤한 바다 향기가 콧속으로 스며드는 느낌이 좋았다.

유노는 벌써부터 마음이 설렜다. 사진으로만 보았던 한 여사의 모습을 찾으려 했으나 보이지 않았다. 서두를 것 없지 않은가. 아직 시간은 많으니까. 그러나 로비로 들어서던 유노는 당황하여 걸음을 멈출 수밖에 없었다. 회전문 바로 옆에서 두 남녀가 남의 시선도 의식하지 않은 채 길고 진한 키스를 나누고 있었기 때문이다. 정말 전혀 다른 나라에라도 온 것 같았다. 유노는 모른 척하며 다시 걸음을 옮겼지만 등 뒤에서 일어나는 일에 잔뜩 신경이 곤두서 있었다.

“많이 보고 싶을 거야.”

“그런 말은 하지 않기로 했잖아. 난 이 순간이 좋은데.

떨어지기 싫은 마음이 극에 달했을 때 헤어지는 것이 너무 좋아."

미묘한 권태감이 깃든 여자의 목소리가 왠지 귀에 익었다. 어떻게 극도로 싫은 것이 너무 좋은 것일 수 있단 말인가. 여자는 교묘하게 권태를 드러내고 있었다. 유노는 망설이던 끝에 결국 뒤를 돌아보았다. 남자는 여자보다 적어도 다섯 살은 어려 보였다. 남자의 반말은 어리광이 섞인, 연인이기에 쓸 수 있는 말투임이 분명했다. 남자의 찡그린 얼굴을 쓰다듬는 여자의 옆모습은 분명 한경희였다. 둥근 이마에서 콧날까지 에스(S) 형의 곡선을 이룬 프로필이 인상적이었다. 기다란 속눈썹에 짙은 보랏빛 아이섀도를 바른 눈, 선홍색 입술, 잡티 없이 깨끗한 피부는 그녀의 나이를 전혀 가늠할 수 없게 만들었다. 게다가 가슴의 골이 드러날 정도로 앞쪽이 깊이 팬 하얀 원피스에 흰색 머리띠 차림이어서, 유노의 시선도 자연히 그녀의 가슴으로 쏠렸다.

"이제 뭘 할 거야?"

"가져온 책도 읽고 골프를 치면서 사색도 해야지. 자기 때문에 하나도 못 읽었잖아. 연락할게."

유노는 여전히 등 뒤에 신경을 곤두세운 채 체크인을 했다. 2층 높이에 해당하는 높다란 천장을 이고 있는 로비에는 200호가 넘는 그림 아래 그랜드 피아노를 치는 피아니스트와 바이올리니스트, 첼리스트, 플루티스트로 이루어진 사중주단이 아름다운 선율을 연주했다. 유노는 꿈꾸는 듯한 기분으로 계단을 올라갔다.

유노의 방은 가장 전망이 좋은 3층에 자리 잡고 있었다. 벨 보이가 창가로 다가가 커튼 뒤의 버튼을 누르자 천장의 스크린이 좌우로 열리며 유리로 된 천창이 드러났다. 유노는 자제할 수 없을 정도로 심장이 뛰는 것을 느꼈다.

빔 프로젝터로 영화를 볼 수 있는 스크린과 와이드 비전 앞에는 실크 소재로 된 황금빛 소파가 있었고, 누워서도 영화를 볼 수 있도록 소파 뒤쪽으로 침대가 놓여 있었다. 침대는 온도 조절이 가능한 물침대였고 레몬 빛 시트는 풀을 먹여 다렸는지 빳빳하면서도 청결했다. 침대 옆 작은 협탁에는 과일들과 꽃, 샴페인이 담긴 바구니가 놓여 있었다. 침대 오른편에는 작은 냉장고와 와인 카트, 티 테이블이 있고, 세 단으로 이루어진 참나무 장식장에는 섬세한 앤티크 소품들과 책, 디브이디(DVD)가 진열되어 있었다. 해변을 내려다보며 작업할 수 있도록 테라스 쪽 통유리창 앞에는 노트북과 비디오, 스피커 등이 설치된 넓은 업무용 테이블이 마련되어 있었다. 유노는 벌어진 입을 다물지 못했다. 오랫동안 칩거 생활을 해도 전혀 불편함이 없을 만한 시설이었다. 아니, 이런 곳에서라면 친구도 애인도 필요 없을 것 같았다.

벨 보이가 나간 뒤, 유노는 옷도 갈아입지 않고 침대에 드러누워 하늘을 바라보았다. 간혹 심심한 듯 흰 구름만 몇 점 떠다닐 뿐 파랗기 그지없는 하늘이었다. 아직 이 호텔을 둘러보지 않았지만 굳이 그러지 않아도 알 것만 같았다. 섬 전체에 떠도는 묘한 기운이 이미 가슴속으로 들어와 있었기 때문이다. 그것은 진정한 자유와 구속 없는 사랑이 인간의 건강한 체취와 뒤엉켜 만들어낸 공기로, 어떤 열대 과일의 맛보다 진하고 매혹적이었다. 유노는 몸을 일으켜 앉은 다음 과일 바구니 앞에 놓인 카드를 펼쳐 보았다.

사랑이여, 영원하라. 국내 유일의 연애 불가침 지대, 축복받지 못한 연인들의 파라다이스, 소도에 오신 것을 환영합니다.

—아실리 호텔 직원 일동

다소 과장된 문구에 피식 웃음이 나왔다. 유노는 가방을 열어 옷과 여행 용품들을 꺼내 정리하기 시작했다. 이 부장이 요구한 것은 아니었지만, 유노는 이번 일을 위해 약간의 보디빌딩을 했다. 자신이 만져봐도 단단하고 탄력 있는 가슴에 흡족한 미소가 저절로 떠올랐다. 유노가 입을 옷들은 이 부장이 함께 골라주었다. 유노가 이제껏 한 번도 입어본 적 없는, 소위 명품 옷들이었다. 디자인은 심플하고 무난했지만 입었을 때의 착용감과 옷맵시에서 확실히 차이가 났다. 그 옷들을 입으면 자신에게 없던 자부심이 저절로 생겨나고, 걸음걸이에도 힘이 들어가는 것 같았다. 돈의 힘이란 이런 것일까. 스스로 정신적인 사람이라 여기며 살아왔건만, 어쩌면 그것은 한 번도 물질적 풍요에 몸을 묻어본 적이 없었기 때문에 가능한 생각인 것도 같았다.

한 여사는 목걸이를 한 남자를 무척 싫어하니까 목걸이는 절대 하지 말라는 것이 이 부장의 부탁이었다. 단추가 달린 앞트임 셔츠를 입은 남자보다는 내리닫이로 목을 꿰어 입는 스타일의 옷을 입은 남자를 선호한다고 했다. 시계는 끼지 않는 것이 좋고, 담배도 피우지 않는 것이 좋으며, 향수는 상큼한 캘빈 클라인 계통을 좋아한다고 했다. 염색 머리를 싫어하고 약간 곱슬기가 돌면서도 잘 정돈된 머리칼을 선호한다고 했다. 이는 한 여사가 그간 소도에서 만났던 남자들의 공통점을 뽑아본 결과였다.

유노가 가장 먼저 한 일은 '소도 안내 비디오'를 보는 것이었다. 소도는 이십 년 전 국가에서 정치적 안가로 이용하려고 개발했으나 정권이 바뀐 후 정치인, 재벌, 연예인, 변호사 등이 힘을 합하여 법적 제재를 받지 않는 연애 지대로 재개발했다고 한다. 소도는 행정 지도상으로는 표시되어 있지 않으므로 아는 사람들을 통해서만 알 수 있으며, 절대로 두 명 이상의 사람 앞에서는 이 섬이 존재한다는 사실을 발설하지 않기로 되어 있다. 오로지 한 사람의 입에서 다른 한 사람의 귀로만 전해질 수 있는 것이다.

　대부분 보수파들로 이루어진 초기 설립자들의 뜻에 따르면, 이곳은 단순히 향락에 빠지기 위한 장소가 아니라 세속에서 이루어질 수 없는 절박한 사랑을 실현하기 위한 장소이며, 또한 그 사랑을 완전히 잊고 다시 자기 자리로 돌아가기 위한 곳이기도 했다. 가정과 윤리, 규범을 지킴으로써 사회적으로 명예를 실추당하는 일을 막을 수 있으며, 가족에게 상처를 입히지 않을 수 있는 최선의 방안이었다. 부질없는 동경이나 어리석은 미련의 희생자가 되지 않으려면 반드시 가슴속의 정염을 활활 불태워 버리는 일이 필요하다는 것이다.

　사회에서는 불륜으로 손가락질당할 수밖에 없는 이들이 소도로 들어와 마음껏 사랑을 나눈 뒤에는 정신적 포만감을 느끼며 아무 일 없었던 것처럼 각자 자신의 자리로 돌아간다. 물론 그러다가 다시 견딜 수 없는 욕망이 자라나면 또다시 이곳으로 와야 하겠지만. 대신 이곳에서 만난 사람들에 대한 비밀을 지키기 위해 제자리로 돌아가기 전에는 반드시 서약서를 쓴다고 했다. 종종 서약을 위반하는 사람들이 문제가 되긴 하지만, 연예인과 정치인 등이 해외 관광지에서 밀월을 즐기다 발각되는 것에 비하면 비밀이 폭로될 확률이 현저하게 낮은 데다 확인할 방법이 없기 때문에 더욱 안전했다.

그러나 소도에는 처음부터 연인이었던 이들만 오는 것은 아니었다. 남의 이목과 자신의 양심으로부터 자유로우며 제한 없는 사랑을 갈구하는 자들이 이곳으로 무작정 찾아와 사랑을 체험하고 돌아가는 곳이기도 했다. 또한 이곳에서는 더블데이트도 묵인됐다. 연애에 대한 독점권은 그것을 특별히 고집하는 사람들을 위해서만 지켜졌다.

소도에 대한 안내 비디오가 끝나자 유노는 깊은 한숨을 내쉬었다. 뭐 이런 곳이 다 있나 하는 생각과 함께 인간에 대한 한없는 연민이 솟아났다. 사람들은 살아가기 위해 질서를 필요로 하면서도, 동시에 그 질서를 파괴하고자 하는 욕망으로 끝없이 고통을 받는구나. 그러나 어떤 식으로든 파괴욕이 분출되면 자신들의 작품인 질서는 무너져 내린다. 그러면 애써 일군 다른 모든 것들까지 뿌리째 흔들리기 시작한다. 하지만 사람들은 누구나 질서와 함께 자유를 갈구한다. 하늘을 날고 싶은 인간의 꿈이 비행기를 만들고, 달에 도달하고 싶은 인간의 꿈이 우주선을 만들어낸 것을 생각한다면, 한갓 육체적·정신적 자유를 찾기 위해 지상에 존재하는 섬 하나를 별세계로 만드는 것쯤이야 어려운 일도 아닐 것이다. 찾아보면 이보다 더 이상한 곳, 이상한 일은 얼마든지 있으리라.

창밖에 석양이 내리기 시작했다. 야자수 사이로 보이는 하늘이 석류 빛, 오렌지 빛, 포도주 빛, 영롱한 산딸기 빛으로 물들고 있었다. 그 순간 지금까지 자신을 반하게 했던 모든 것들이 차례차례 떠오르기 시작했다. 순결한 고등학생 시절 교회 성가대석에 앉아 성심을 다해 하늘로 울려 퍼질 노래를 부르던 자신의 모습. 손으로 정지 버튼을 누르는 소리가 들어간 녹음테이프를 전해 주던 첫사랑의 수줍고 하얀 손. 처음으로 함께 떠났던 기차 여행에서 두 사람의 미래를 낙관하게 만들던 차창 밖 무지개. 어린 시절 기르던 눈 맑은 강아지 두 마리. 어느 해 가을, 어머니가 가꾼 정원을 오색 빛깔과 향기로 물들였던 국화꽃들. 대학 합격 통지를 받은 날 아버지와 껴안고 폴짝폴짝 뛰던 기쁨의 순간, 그러고 나선 볼이 어는 줄도 모른 채 칼바람 부는 겨울 시내를 가슴 펴고 돌아다니던 일. 기숙사 축제 때 친구들을 모아놓고 어설픈 콘서트를 벌일 때의 두근거림……

　어떤 정해진 순서도 없이, 유노에게 아름다움이나 기쁨을 주었던 순간들이 빠른 속도로 떠올랐다. 진정 아름다운 것에는 그런 힘이 있는 것이다. 지나간 모든 아름다움을 한꺼번에 반추하게 만드는 힘. 유노는 이제 기억으로만 남은 그 아름다운 것들에게 손을 내밀 듯 석양이 물든 바다를 향해 팔을 쭉 뻗어보았다. 바로 그때 아름다운 마술처럼 음악 소리가 들려오기 시작했다. 유노는 환청이 아닌지 자신의 귀를 의심했지만 뜰을 내려다보고서야 밴드가 직접 연주하는 재즈 음악이라는 것을 알았다. 기억이 정확하다면 언젠가 들어본 적 있는 '보내지 못한 편지'라는 곡이었다.

뜰에 의자와 테이블을 나르기 시작하는 것을 보니 저녁에 파티가 열릴 모양이었다. 유노는 재빨리 욕실로 들어갔다. 작전은 내일 아침부터 시작되지만 오늘 저녁에는 유노 자신만을 위해 즐기고 싶었다. 그러기 위해서는 시간을 그냥 허비할 수 없었다.

호텔 앞뜰에는 잔디밭 사이로 산책로와 아름다운 꽃들, 푸른 조명으로 밝혀진 수영장이 있었고, 수영장과 해변 사이에도 야자수가 적당한 간격을 이루고 서 있는 녹지가 있었다. 석양에 물든 바닷가에는 이 분위기를 즐기며 사랑의 몸짓을 나누는 연인들이 보였다. 밴드가 가을에 어울리는 재즈 음악을 연이어 연주하는 가운데 테이블에는 뷔페로 먹을 수 있는 저녁 요리들이 채워졌다. 통돼지 바비큐를 굽는 요리사 옆에는 임시 칵테일 바가 모습을 갖춰가고 있었다. 어느새 캐주얼한 정장으로 갈아입은 남자들과 어깨가 드러난 이브닝드레스에 숄을 걸친 여자들이 야외 테이블에 자리를 잡기 시작했다.

유노는 조금씩 어두워지는 바닷가를 홀로 산책했다. 불현듯 외로움이 엄습했다. 그것이 이곳의 공기가 지닌 마력인지도 몰랐다. 딱히 누군가의 얼굴이 떠오르는 것도 아니면서, 가슴이 텅 빈 듯하고 미치도록 그리운 감정이 밀려왔다. 이런 상태라면 처음 만난 사람과도 쉽게 사랑에 빠질 수 있을 것 같았다.

한 여사를 찾는 것은 어렵지 않았다. 세 남자에게 둘러싸여 대화를 주도하고 있었고, 술잔이 비기가 무섭게 남자들이 서로 술을 따르겠다고 경쟁했다. 이번에는 가슴보다 등이 많이 팬 검은 드레스 차림이었다. 덕분에 브래지어를 착용하지 않은 것을 알 수 있었다. 올림머리를 하고 있어서 뒷목부터 허리까지 길고도 우아한 곡선이 드러났다. 그 선은 육체의 은밀한 부분에 이르는 곡선처럼 요염하고 관능적이었다. 여자의 자태와 움직임은 당당하고 기품이 있었다. 어떠한 경우에도 허리와 목을 꼿꼿이 펴고 턱을 끌어당긴 자세에서 긴장을 놓지 않았다. 그래선지 옆 사람을 보려고 고개를 돌리거나 먼 곳을 바라볼 때는 어딘가 오만한 인상이 풍기기도 했다. 한 여사는 자연스럽게 슬쩍슬쩍 옆에 있는 남자들과 스킨십을 취했다. 그렇게 의도되지 않은 듯 단순하고 은근한 살갗의 스침이야말로 남자들을 흥분시키는 것이었다. 한 여사는 그 사실을 충분히 알고 이용하는 것 같았다.

유노가 테이블에서 음식을 고르고 있을 때 한 여사가 칵테일을 가지러 왔다. 여자는 바텐더에게 무언가 특별한 주문을 할 기세였다.

"오늘은 자극적인 것이 싫어요. 대신 극소량의 남성적 서늘함, 모성애가 결여된 여자의 냉랭함과 히스테리, 동심이 조심스럽게 생동하는 듯한 귀여움이 깃든 맛을 만들 수 있을까요? 거기에 해풍의 향기까지 곁들인다면 더 좋겠네요. 똑같은 걸로 두 잔 만들어주세요. 너무 난해한 부탁인가? 그래도 재밌잖아요? 호호호……."

　여자는 혼자 말하고 혼자 웃었지만 바텐더의 표정을 보니 아주 즐거워하는 것 같았다. 만약 그런 말을 그녀가 아닌 다른 여자가 했다면 자칫 천박하거나 유치하게 느껴졌을지도 모른다. 그러나 한 여사는 이지적이면서도 귀엽고 친화력과 흡인력이 돋보이는 여자였다. 한 여사는 실제 국내 굴지의 생명보험 회사의 회계사로 일한다고 했다. 거액의 자금을 운용하면서 한 치의 실수도 없어야 하는 냉철한 정신의 소유자인 것이다. 유노는 지금 한경희라는 여자의 가려진 뒷면을 보고 있는 것이다. 유노는 한 여사를 향해 온 신경을 집중하고 있으면서도 전혀 무관심한 척하며 바다가재 요리와 새우버터구이, 약간의 샐러드를 담아 자리로 돌아왔다. 유노의 자리는 한 여사가 앉았던 자리에서 남쪽으로 세 번째 테이블이었다. 유노는 화이트 와인을 조금 마신 후 음식을 먹기 시작했다. 배가 고팠기 때문인지 음식은 매우 맛있었다.

　"바다의 눈물이래요."

　유노는 맑은 음색의 여자 목소리에 놀라며 고개를 들었다. 역삼각형의 칵테일 잔에 담긴 엷은 초록빛 액체가 눈에 들어왔다. 에메랄드 반지를 낀 여자의 손은 섬세하고 연약해 보였다. 유노는 놀라움을 표현하는 것 외에는 아무런 말도 꺼낼 수가 없었다.

"놀랐죠? 오늘 새로 보이는 얼굴인 것 같아 인사차 왔어요. 저는 한경희예요. 반가워요. 이곳에는 처음이시죠?"

한 여사는 잔을 내려놓은 후 오른손을 내밀었다.

"김유노입니다."

유노는 얼떨결에 일어나 악수를 한 후 한 여사를 위해 의자를 빼주었다. 유노는 아까의 세 남자가 있는 테이블 쪽으로 시선을 돌렸다.

"아, 거기에는 꼭 돌아가지 않아도 돼요. 어차피 잠깐 합석했으니까. 저도 파트너가 오늘 돌아가 버려서 혼자예요. 당신처럼."

"아, 그렇군요."

"여기에 혼자 오는 것은 이곳 사람들 전부를 상대로 공개 구애장을 내는 것과 같아요. 저처럼 파트너를 먼저 보내고 혼자 남아 있는 경우와는 많이 다르죠. 어떤 목적으로 오셨나요? 정치범처럼 보이지는 않는데……."

유노는 한 여사를 똑바로 바라볼 수가 없었다. 오늘은 혼자 즐기려 했던 만큼 아무런 마음의 준비도 되어 있지 않았다. 지금 상태에서 섣불리 말을 꺼내다가는 실수할 것만 같았다.

"아직 뭔가 할 준비가 되어 있지 않다면 오늘은 제가 당신의 가이드가 되어드리죠. 어때요?"

한 여사는 이미 유노에게 충분히 관심을 드러내고 있었다. 그러나 오늘의 시간을 누구에게도 뺏기지 않으리라는 유노의 결심은 확고했다. 오늘만큼은 의뢰인을 위한 놀이가 아니라 자기 자신만을 위한 휴식이 필요했다. 일로서의 놀이는 내일부터다.

"죄송하지만…… 오늘만큼은 혼자 있고 싶어요. 아직 정리하지 못한 생각도 있고요. 괜찮으시다면 내일 찾아뵈도 될까요?"

한 여사는 기분이 상한 듯 웃음기가 가신 얼굴로 유노를 쳐다보았다. 그러나 이내 마음을 돌린 것 같았다.

"좋아요. 그럼 이 술을 다 마실 동안만 여기 있을게요. 건배하죠."

칵테일은 빛깔만큼이나 푸르고 씁싸름한 맛이 났다. 유노가 예습한 바로는, 칵테일은 한 여사가 남자에게 자신을 알리는 방식 중 하나이기도 했다. 한마디로 쿨한 관계를 원하는 것이다. 쿨하다는 것은 뒤끝이 없다는 것, 여자의 명령에 군말 없이 복종하겠다는 것, 그녀의 몸에 맞춤한 안락의자가 되어주겠다는 것과도 통했다.

"이곳에 자주 오십니까?"

유노는 알면서도 모르는 척하고 물어보았다. 한 여사는

은근한 미소를 지으며 고개를 끄덕거리더니 정확히 3분의 1에 해당하는 술을 비웠다.

"자주는 아니지만, 일 년에 한두 번씩은 꼭 오게 되네요. 원래 끼를 타고났어요. 다들 그걸 부정하고 끼를 꺾어 놓으려 들었지만 나 자신은 알고 있었어요. 내 속에 숨어 있는 괴물 같은 존재를……. 내가 다른 여자들에 비해 욕망이 강한 편인지, 다른 여자들도 사실 나랑 같은데 아닌 척하는지는 모르겠지만, 난 너무 자주 가능성을 느꼈어요."

"무슨 가능성요?"

"일탈이라는 말은 좀 우습지만, 굳이 표현하자면 그 말이 가깝네요. 결혼을 하기 전이나 후나 가능성은 얼마든지 열려 있었지요. 내게는 특히 사랑이 자주 찾아오더군요. 한 걸음 더 내딛으면 벼랑으로 곤두박질치게 되는데도 포기하기가 쉽지 않더라고요. 단정하고 우아하고 손가락질 받지 않는 삶이라는 것을 지켜내기 위해 내가 치러야 할 대가가 너무 컸어요. 점점 싫어하는 것들이 내 삶의 터부가 되는 것이 아니라, 사랑할 수밖에 없는 것들이 나의 터부가 되어 삶의 길목들을 막아서고 있는 거예요. 돌아가고 피해 가는 것 외에 제가 어떻게 하겠어요. 더 있으면 그와 사랑을 나누게 될 것이고, 그 다음은 그든 나든 혹은 양쪽 모두 상처를 입고 헤어질 수밖에 없는 상황인데. 사랑하지 않으려는 노력을 하면 할수록 그 사람에 대한 열망은 더

강해졌어요. 그런 일들이 내게는 너무 자주 찾아왔다고요. 이해할 수 있어요?"

"모든 사랑이 다 벼랑을 향한 것은 아닐 텐데요. 왜 하필 그렇게 생각하십니까?"

"오호, 좋은 질문이에요. 제가 원래 미식가 기질이 있어서 독특한 매력이 있는 사람에게 끌리거든요. 그런 사람들은 대체로 깊은 상처를 간직하고 있어요. 숲의 나무는 상처가 나면 스스로 상처를 치유하는 물질을 내놓아요. 소나무가 송진을 만들어내듯이. 그런데 문제는 그 치유 물질이 너무나 향기롭고 맛이 있어서 숲의 곤충들과 동물들을 자극한다는 점이죠. 그들이 몰려와 치유 물질을 맛보다가 결국 그 나무의 상처를 더 악화시키고 말죠. 그 나무는 다른 나무에 비해 오래 살지 못하고 일찍 죽어버려요. 상처 있는 사람들이 매력적이라는 점과, 그들이 사랑을 통해 더욱 치명적인 상처를 입는다는 점에서 나무들의 생리와 많이 닮았죠. 그렇게 생각하지 않으세요?"

유노는 대답 대신 고개만 끄덕였다. 어떤 이에게는 단 한 번도 찾아오지 않는 사랑이 이 여자에게는 그토록 자주 찾아오는 이유가 뭘까. 어쩌면 그런 재능과 운도 타고 나는 것인지 모른다.

"저를 비웃어도 좋아요. 하지만 저는 좋은 가정에서 우수한 교육을 받으며 자랐고, 적어도 내 삶을 단순한 충동

들이나 위험에서 지켜낼 수 있을 만큼 인내심과 자존심을 가졌죠. 천성적으로 색녀나 그 비슷한 것으로 타고났다고 해도 말이죠. 결혼 전에 한두 번 용기를 내어 그 벽을 넘어서고자 한 적이 있었는데 그 결과는 비참하더군요. 내 양심이 내 행위를 용서하려 들지 않았고, 상대편을 결국 혐오하게 만들었으니까. 그 후로는 소도 밖에서 책임질 수 없는 연애나 불륜 따위를 행한 적이 없어요.”

한 여사는 또 한 번 정확히 3분의 1을 마시고 잔을 놓았다. 그녀는 유노 쪽으로 몸을 숙이며 두 손으로 턱을 괴었다. 그 바람에 앞가슴이 다 들여다보였다. 매우 노골적인 유혹 행위였다.

“이제 당신 차례예요. 당신은 왜 여기에 왔죠?”

자기도 모르게 여자의 가슴을 더듬고 선이 고운 목덜미에 키스하는 상상에 빠져들던 유노는 미리 준비해 두었던 대답이 생각나지 않아 당황했다. 한 여사가 발산하는 매력이 유노를 압도해 버린 것이다. 그녀는 뻔뻔스러우리만치 솔직하고 대담했다. 유노는 단숨에 술잔을 비워버렸다. 해풍과 열기에 들뜬 소도의 공기, 불어오는 산들바람, 별빛을 달래는 재즈 연주, 갑자기 오르는 취기가 유노에게 용기를 더했다. 유노는 과감해지기로 했다.

“당신을 만나기 위해서입니다.”

한 여사가 웃음을 터뜨렸다. 기분 좋은, 만족스러운 웃음이었다. 유노를 전혀 의심하지 않는 것 같았다.

"당신은 처음부터 저를 흥분시키는군요. 하지만 의외예요. 당신은 초면에 그런 말을 쉽게 할 타입은 아닌 것 같은데……. 내일 오전 11시에 여기서 만나요."

한 여사는 남은 술을 다 비우지 않은 채 자리에서 일어났다. 한 여사는 좀 전에 함께 있었던 남자들 중 한 명이 내민 손을 못 이기는 척 잡았고, 밴드 앞에서 블루스를 추기 시작했다. 한 여사는 처음부터 남자의 가슴에 자신의 가슴을 밀착시키고 자신의 이마를 남자의 목덜미에 기댄 자세였다.

유노는 한 여사가 일어난 자리를 한참 동안 쳐다보며 낯설고도 매혹적인 느낌을 즐겼다. 그녀는 유노보다 한참 연상이었지만 연상의 여자같이 느껴지지 않았다. 아마 한 여사가 유노의 나이에 맞춰주었기 때문인지도 몰랐다. 그렇지 않다 하더라도 한 여사에게는 어딘가 소녀 같은 느낌이 있었다. 자기 자신에 대한 사랑과 세상에 대한 두려움, 미지의 인생에 대한 동경을 지녔다는 점에서. 이 부장은 그렇게 말했다. 일단 한 여사에게 선택되기만 한다면, 그 다음에는 모든 과정을 한 여사가 리드할 것이라고. 그러므로 구체적인 행동 전략을 세우기보다는 그때그때의 임기응변이 중요하며, 호기심을 해결한다는 자세로 모든 제안에 수용적인 태도로 임하라고 했다.

2단계의 놀이에는 3단계의 놀이와 비교할 수 없는 것들이 있었다. 그것은 흔히 게임에서 기대하는 흥분과 미스터리, 위험과 긴장, 스토리 같은 것들이었다. 두엇보다 3단계의 놀이에는 없었던 '인간'의 요소가 추가됐다. 상대가 있는 만큼 이 놀이의 과정과 결말은 수많은 우연과 돌발적인 변수를 지니고 있었다. 어떤 이야기가 펼쳐질지는 아무도 알 수 없는 것이다. 비록 단순하게 보면 불륜의 사랑 놀음을 시작하고 끝내는 것이라는 점에서는 똑같다고 하더라도.

유노가 방에 들어와 잠이 들 때까지 야외의 음악 연주는 계속됐다. 덕분에 그는 천창으로 별을 바라보면서 감미로운 단잠에 빠져들 수 있었다.

15

잠이 오지 않아 뒤척이다 다시 일어나기를 몇 번씩 되풀이하던 혜리는 갑자기 울리는 벨 소리에 소스라치듯 놀랐다. 새벽 1시에 집에 찾아와 벨을 누를 사람이 누구란 말인가. 혜리는 잠옷 위에 가운을 걸쳐 입으며 현관문으로 다가갔다. 비디오 폰을 들여다보았지만 아무도 없었다. 이럴 때는 트랜스가 여자보다 용감하지. 혜리는 혼자 사는 이답게 능청스레 혼잣말을 하며 문을 열었다. 누군가 곧 쓰러질 듯한 자세로 벽에 기대앉아 있었다.

"미니……?"

긴 생머리가 얼굴을 뒤덮었지만 마른 몸집은 분명 미니였다. 혜리는 다른 사람이 있는지 확인하기 위해 계단 주변을 살펴보았다. 혜리는 미니의 얼굴을 덮은 머리칼을 얼른 넘겨 보았다. 눈가에는 멍이 들었고, 찢어져 퉁퉁 부은 입술에는 아직도 피가 흘렀다. 그렇게 흘러내린 피는 티셔츠의 앞가슴을 붉게 물들이고 있었다. 혜리는 충격을 안으로 삭이며 침착하게 미니를 부축해 일으킨 후 집으로 데리고 들어갔다. 미니에게서는 달큰하고 비린 피 냄새 외에 강한 양주 냄새도 풍겼다.

"선생니임……."

"지금 당장 설명하지 않아도 좋아. 일단 상처가 어느 정도인지부터 확인하자."

미니는 오른쪽 눈꺼풀이 심하게 부어올라 있었다. 다행히 눈동자는 괜찮았다. 입술을 벌려 보니 위쪽 앞니 두 개가 없었다. 미니가 오른손을 내밀어 펼쳐 보였다. 손바닥에 미니의 피 묻은 앞니 두 개가 놓여 있었다. 혜리는 웃음이 나려 했지만 지금 웃는 것이 적절하지 않다는 생각에 입을 다물었다.

"일단 병원부터 가자. 잘하면 네 이를 그대로 심을 수 있겠다."

혜리는 급히 수건에 물을 묻혀 와 미니의 얼굴을 닦아준 후 청바지에 티셔츠를 급하게 꿰어 입고 지갑을 챙겨 나왔다. 그러나 다시 생각난 듯 부엌으로 달려가 먹다 남은 우유가 담긴 플라스틱 우유병을 가져왔다. 거기에 미니의 앞니 두 개를 빠뜨린 다음 뚜껑을 닫았다. 군 복무 시절에 군의관 친구에게 배운 응급조치 방법이었다. 가장 좋은 방법은 환자의 혀 아래 머금고 가는 것이지만, 술에 취한 미니가 삼켜버릴 우려가 있었다. 엘리베이터를 타고 내려가는데 미니가 술에 취해 꼬인 혀로 웅얼거렸다.

"전에 제가 다니던 나이트클럽에 갔어요. 저도 이제 거기에서 일하는 애가 아니라 손님으로 갈 수 있다는 것을 자랑하고 싶었거든요. 그런데 전에 같이 놀던 애들이 제 말을 믿지 않는 거예요. 술 마시고 나와서 일 대 이로 하자고…… 돈을 막 내 브래지어 속에 찔러 넣는데도…… 이제 난 그런 일 안 해도 된다고 거절했더니…… 두 놈이 막 때렸어요. 그래도 끝까지 버텼어요. 개네들 되게 변태거든요. 두 놈이 한꺼번에 붙어서 별별 추잡한 짓을 다 하고…… 그러다 자기네끼리도 붙어먹고…… 내가 그거 아니까…… 정말 하기 싫었어요. 계속 맞기 싫어서 그놈 발목을 물어 뜯었는데 그놈이 소리 지르면서 걷어차는 바람에 이빨이…… 아…… 등도 아파죽겠어요."

혜리는 미니의 셔츠를 올려 보았다. 등허리 윗부분도 벌겋게 멍이 들어 있었다. 눕혀놓고 구둣발로 짓밟은 것 같았다. 혜리는 당장이라도 두 녀석을 잡아 몸의 구멍구멍마다 총알을 박아주고 싶은 심정이었다.

미니가 그 와중에도 자신의 앞니를 챙길 수 있었다는 것이 놀라웠다. 미니는 그런 아이였다. 이민희. 천상의 지극한 행복을 누리다 하루아침에 지하로 곤두박질쳐 버린 아이. 전교에서 넘버 5에 드는 부잣집 딸로 공부까지 잘하는 모범생이었다. 똑똑하고도 다부진 아이였다. 그러나 중학교 3학년 때 아버지 회사의 부도로 온 가족이 도망자 신세가 되었다. 혜리는 당시에 이민희의 담임선생이었고, 2학기 때부터 민희의 얼굴을 볼 수 없었다. 몇 달을 찾아다녔지만 민희의 행방은 묘연하기만 했다. 오 년 후, 강남의 요정에서 재회했을 때 담임선생과 제자는 각각 트랜스와 호스티스로 변해 있었다.

미니가 혜리의 손을 잡더니 검지를 끌어당겨 자신의 앞 잇몸에 갖다 대었다. 이가 뽑혀 나간 자리에는 아직도 축축하고 뜨듯한 피가 조금씩 배어 나오고 있었다. 영문을 알 수 없었지만 그리 기분이 나쁘지 않았다. 생전 처음 사랑하는 여자의 질을 만졌을 때의 느낌이 떠올랐다.

"여기는 지금 제 몸에서 가장 여리고 순결한 곳이에요."

혜리가 급히 손가락을 빼내려 했지만 미니는 완강했다.

"여기를 선생님에게 드리고 싶어요. 오랫동안 선생님을 사랑해 왔어요. 저에게는 유일한 남자예요. 신태우 선생님……."

미니가 아플 것을 알면서도 혜리는 거칠게 손가락을 빼냈다.

"미안하다만, 난 이제 그 남자가 아니야. 이미 삼 년 전에 그 남자는 깨끗이 사라졌어. 내게는 그 남자의 여성적인 부분만 남았지."

"알아요. 하지만 선생님 얼굴을 보면 아직도 예전 신태우 선생님의 흔적이 남아 있어요. 그 표정, 웃음, 섬세하고 따뜻한 마음…… 그건 옛날이랑 똑같아요. 나에게만, 나에게만 남자로 남아주시면 안 돼요? 마음으로만 기댈 수 있게…… 제발……."

혜리는 머리로 애써 부인하고 있었지만 미니의 잇몸을 만졌을 때 발기가 되는 것 같은 느낌이 들었다. 몸이 화끈 달아오르며 흥분했던 것이다. 성기를 제거해서 속으로 말아 넣었기에 실제로는 일어날 수 없는 환각지 현상이었지만, 그것은 분명 발기의 느낌이었다.

"너, 술 깨려면 아직도 시간이 한참 걸리겠다. 머리가 맑아지면 네가 무슨 소리를 했는지도 모를 거야. 피를 더 흘리기 전에 빨리 가서 수술하자."

병원에 도착하자마자 곧바로 치아 재식 수술에 들어갔다. 혜리는 터진 잇몸과 입술을 꿰맨 미니를 데리고 집으로 돌아왔다. 그리고 그제야 샤워를 하고 옷을 갈아입은 미니를 자신의 침대에 눕혀주었다.

"악몽은 이제 끝났으니까 한숨 자도록 해. 불편한 것 있으면 나한테 말하고."

입가와 눈 옆에 거즈를 붙인 미니는 혜리의 손바닥에 얼굴을 얹은 채 소리 없이 눈물을 흘렸다.

"울면 상처가 쓰릴 거야. 울지 마."

혜리는 자신의 손에 넝쿨처럼 매달린 미니의 눈물이 상처 속으로 스며들지 않도록 수건으로 눈물을 닦아주었다.

"선생님…… 저에겐 아직도 기대고 싶기만 한 선생님이세요. 저의…… 첫사랑이고요…….

혜리는 미니의 손을 이불 속으로 넣어주고는 말없이 자리에서 일어났다. 가슴속이 차가운 소주를 부은 듯 싸하게 저려왔다.

미니의 흐느끼는 소리를 뒤로하고 거실로 나온 혜리는 뭔가 견딜 수 없는 감정에 마음이 갑갑해졌다. 이 감정의 정체는 무엇일까. 소파에 앉아 있어도 베란다에 나가도 뱃속에서부터 시작된 불편하고 불안한 느낌은 사라지지 않았다. 그럼에도 술을 마시거나 담배를 피우고 싶지는 않았다.

욕실로 들어가 욕조에 뜨거운 물을 받기 시작했다. 음악을 들으며 뜨거운 물속에 잠겨 있는 것만큼 마음을 안정시키는 일은 없을 것이다. 혜리는 욕실 거울을 보고서야 자신의 옷에도 미니의 핏자국이 남아 있다는 것을 알았다. 혜리는 천천히 옷을 벗었다. 옷을 벗으며 자신의 몸을 감상하는 것이 트랜스가 된 후에 생긴 버릇 중 하나였다. 남자였을 때도 자신의 몸을 보는 것을 즐기는 편이었으나 여자가 된 후에는 그 횟수와 즐거움이 더 늘어났다. 여자들에 비해 유두가 작은 편이긴 하지만 실리콘을 둘러싼 피부에는 푸른 실핏줄까지 돋아 있었고 손으로 만져보면 그 느낌도 여자의 가슴과 차이가 없었다. 혜리는 생각난 듯 수납장에서 프에라리아 약병을 꺼내 알약 한 알을 삼켰다. 여성 호르몬 유도체인 이소플라본이 다량 함유된 약으로 최근 트랜스들 사이에 인기를 끌고 있었다.

'프에라리아'는 태국과 미얀마 깊은 산속의 한정된 지역에서만 자라는 희귀 식물로 양식이 되지 않고 오로지 자연 채취만 가능합니다. 태국의 산악 원주민인 '몬 족'은 예부터 이것의 분말을 벌꿀과 혼합해서 먹었다고 합니다. 몬 족의 여성들이 유난히 큰 가슴과 하얀 피부를 가지고 있는 것은 '프에라리아' 덕분입니다.

혜리는 오늘로 약병 뒷면에 적힌 글을 아흔아홉 번째 읽었다. 윤택하고 부드러우며 탄력 있는 피부라…… 혜리는 남자였을 때부터 피부가 부드럽고 매끄러운 편이었다. 허리가 잘록하게 들어가고 엉덩이가 동그래서 친구들이 여자라고 놀려대곤 했던 것이다.

욕조에 몸을 눕히고 나자 한결 마음이 진정됐다. 거실에 있는 오디오에서 귀에 익은 슈만의 곡이 들려오는 가운데 눈을 감았다. 차츰 산란한 마음도 정겨운 음악과 따뜻한 물속에 녹아드는 것 같았다. 그러다 다시 미니의 말이 생각나자 아까의 갑갑한 증세가 되살아났다. 내 표정 속에 예전 신태우의 모습이 그대로 남아 있다고?

혜리는 옛 사진 속에 있던 자신의 모습을 천천히 떠올려 보았다. 오래전에 외모와 마음속에서 동시에 추방해 버린 남자였다. 모든 여자 속에는 남성이 있고 모든 남자 속에는 여성이 있다지만, 트랜스는 마음으로 한 가지 성을 철저히 부인하는 법이다. 그것을 인정하지 않으려는 사람들도 있겠지만, 혜리의 마음속에 남성은 남아 있지 않았다. 그러므로 혜리는 여자보다 더 순수한 여자인 것이다.

내 안에서는 사라졌는데 왜 타인의 눈에는 보이는 걸까. 나의 착각이거나 미니의 착각이겠지. 남매의 얼굴을 서로 겹쳐 보며 닮은 점을 찾듯이……. 그게 아니라면 내가 애써 부인해도 무의식중에 예전의 남자가 불쑥불쑥 나타나 내 육체의 주인처럼 행세하는 것일까.

혜리는 이런 생각들을 부정하기 위해서 자신의 매끄러운 목과 둥근 가슴, 여성화된 성기, 체모가 거의 없는 허벅지를 차례로 만져보았다. 설령 내 안의 남자가 그대로 남아 있다 하더라도 괴로워할 것은 없다. 만약 그렇다면 난 진정 내가 원하던 독립체, 즉 자웅동체의 상태에 이른 셈이 될 테니까. 여자도 남자도 필요하지 않은 자족의 상태. 이브가 될 갈비뼈를 여전히 자신의 몸에 내장한 태초의 아담으로 돌아가는 것이다. 원래의 아담은 남성이 아니라 스스로 충일한 중성의 존재였을 것이다. 그것은 아이 상태로 돌아가는 것을 의미하기도 했다. 이 상태에 얼마든지 만족할 수 있어.

혜리는 심각한 기분을 잊고 슈만의 「어린이 정경」을 들으며 아이처럼 비누 거품을 날리기 시작했다.

　꿈속에서 유노는 기괴한 놀이판을 벌이고 있었다. 유노는 농구 경기장에서 골대 바로 뒤편 자리에 앉아, 맞은편 관중석에 앉은 상대와 대결하는 중이었다. 상대는 남자라는 것 외에는 너무 멀어서 얼굴을 알아볼 수도 없었다. 자세히 보려고만 하면 그 얼굴은 가까워지다가도 갑자기 초점이 흐려지곤 했다. 시작종이 울리자 양쪽 선수 출입구로 모자가 달린 붉은 가운을 입은 이들이 같은 수로 입장하기 시작했다. 그들은 얼굴의 절반가량이 모자에 덮여 있어서 남자인지 여자인지 알 수 없었지만, 가운 아래로 드러난 매끈한 맨발로 보건대 여자들이 틀림없었다. 그들은 마구 뒤엉키며 달려 나갔다가 모였다가를 반복하더니 가운데에 여덟 명의 여자가 띄엄띄엄 간격을 만들며 둥글게 늘어섰고, 남은 여자들 중에서 한 명이 유노 쪽으로 달려오고 나면 또 다른 한 명이 상대편 쪽으로 달려가는 방식으로 유노와 상대편 앞에 각각 열 명씩 일렬횡대로 섰다. 남은 무리의 여자들은 가운의 모자를 깊이 눌러쓰고 앞섶을 단단히 여미고서는 중앙에 일렬로 밀착하여 서 있었다.

다시 한번 종이 울리자 중앙에 간격을 지키며 둥글게 섰던 여덟 명의 여자들이 동시에 가운을 벗어 던지고 상체를 위로 한 채 바닥에 누웠다. 놀라운 것은 여자들이 모두 나체였으며 가슴 아래에서 음모 바로 위까지 화투 패의 그림이 하나씩 보디페인팅되어 있는 것이었다. 여자들은 게이머들과 관중을 위한 배려인 듯 교태로운 몸짓으로 가랑이를 벌리기도 하고 자위를 하기도 했다. 유노는 거리를 두고 그 장면을 바라보고 있으면서도, 동시에 바로 위에서 내려다보는 것처럼 가까이 볼 수 있었다. 꿈이니까 가능한 일이라는 것을 유노는 알고 있었기에, 꿈이 여기서 중단되지 않기만을 바랐다.

유노 앞에 횡대로 선 열 명의 여자들이 유노를 향해 서서 가운을 벗었다. 그들의 배 한가운데에는 각기 다른 화투 패의 그림이 그려져 있었고, 몸에는 실오라기 한 점 걸치지 않았다. 꿈속이었지만 유노는 짜릿함과 함께 온몸이 달아오르는 것을 느꼈다. 여자들은 어디선가 들려오는 음악에 맞춰 절대 뒤돌아서지는 않은 채로 유노를 향해 몸을 흔들기 시작했다. 여자들은 두 유방을 눌러 젖을 짜내기도 하고, 의도적으로 유노를 향해 한쪽 다리를 높이 들어 올리기도 했다.

상대방이 먼저 게임을 시작했고, 솔 피의 여자가 나와 솔 광의 여자를 데리고 들어갔다. 그러자 중앙에 줄지어 서 있던 여자 중 제일 앞에 있던 여자가 가운을 벗어 던지며 나왔다. 붉은 띠를 두른 매화였고 새가 달린 화관을 쓴 매조의 여자를 데리고 달려갔다. 상대편의 패로 확정된 여자들은 계단으로 올라가 상대방 게이머를 사방에서 애무하기 시작했다.

유노의 차례였다. 유노는 어떤 패를 먼저 낼까 고민하다가 쌍둥이처럼 꼭 닮은 국화 피 여자 두 명 중 한 명을 푸른 띠를 맨 국화 패 여자에게 보냈다. 중앙에서 가운을 벗고 나온 여자는 유노가 바라던 대로 배에 국진이 그려져 있었다. '효자빽'이었다. 국진의 여자가 그를 향해 고개를 들었을 때 유노는 깜짝 놀라고 말았다. 국진의 여자는 한 여사였다. 그리고 그 얼굴은 이내 헤어진 여자 친구의 얼굴로 바뀌었다가, 잠깐 동안 짝사랑했다 바람맞은 대학 동창의 얼굴로 바뀌어갔다. 바로 그때 알람 소리에 잠이 깨고 말았다.

혹시나 하는 생각에 알람을 끄고 다시 자리에 누웠지만,

더 이상 꿈을 꾸는 것은 불가능했다. 이미 잠이 달아나 버린 것이다. 천창에는 깊이를 알 수 없을 만큼 새파랗고 투명한 하늘이 고여 있었다. 창으로 다가가 커튼을 걷고 창문을 활짝 열었다. 바다 냄새를 머금은 상쾌한 바람이 불어 들어왔다. 즐기기에 좋은 날이었다. 이제 노는 일을 시작할 때가 온 것이다.

"비가 오지 않는 날에는 이렇게 항상 야외에 식탁이 차려져요. 햇빛이 싫은 사람들은 실내 식당에서 식사를 해도 상관없지만."

푸른색 컬러 렌즈를 껴서 더욱 바다 빛을 닮은 눈빛이 유노의 식탁을 내려다보고 있었다. 한 여사는 편해 보이는 흰색 면 스커트에 푸른색 꽃무늬가 프린트된 투명한 블라우스 차림이었다. 우유 한 컵과 토스트 한 조각, 과일 몇 조각이 담긴 접시를 유노의 식탁에 내려놓더니 허락도 없이 자리에 앉았다.

"오늘 하루는 제가 안내하는 대로 따르는 것이 어때요? 가이드 비용은 필요 없어요."

한 여사가 포도 한 알을 입에 넣으며 태연하게 말했다.

"겉으로는 평범해 보이지만, 이 호텔은 사실 타이타닉 호와 비슷해요. 지하층에 더 많은 것들이 묻혀 있죠. 그리고 저기 50미터 정도 떨어진 곳에 보이는 작은 섬까지 해저

터널이 있다고 하면 믿으시겠어요?"

유노는 대답 대신 생수를 마시며 그녀의 다음 말을 기다렸다.

"이곳은 어른들을 위한 거대한 놀이동산이에요. 아담과 이브처럼 나체가 되어야만 들어갈 수 있는 '천국의 정원'도 있어요. 날씨를 마음대로 선택하는 카페도 있죠."

"어떻게 그런 일이 가능합니까?"

유노의 말에 한 여사는 조용히 미소를 지었다.

"비가 오라고 한번 명령해 보세요."

"네?"

한 여사는 소녀처럼 쾌활한 웃음을 터뜨렸다.

식사를 마친 후 한 여사는 유노를 호텔 로비 안으로 데리고 들어갔다. 호텔 후방 쪽으로 난 복도를 걸어가더니 'Rain Forest'라고 적힌 문을 열었다. 그냥 보기에는 창이 있어야 할 맞은편 벽면 전체가 유리로 되어 있는 작은 카페였다. 유리 벽 바깥으로는 천장이 높고 사방이 유리로 된 온실이 있었고, 그 속에는 작은 뜰을 연상시키는 구조로 대나무와 오솔길, 서로의 발등을 베듯 끝을 겹치고 누운 기다란 바위, 물이 잔잔히 넘쳐흘러 수면이 거울처럼 보이는 돌확, 나무 벤치, 청동 프레임의 램프가 달린 가로등들이 배치되어 있었다. 온실 바닥에는 새하얀 자갈들이 빈틈없이 깔려 있었다. 카페 안에는 나무로 만든 수공예품

다탁과 의자 들이 놓여 있었고, 한쪽 벽면에 놓인 탁자 위에는 불이 밝혀진 고전적인 램프 뒤로 작은 석고 조각상이 있었다.

"이 뜰 전체가 뉴욕에 뮤지엄을 갖고 있는 노구치라는 일본 작가의 작품이에요. 여기 있는 바위들도, 바위들이 놓인 배치도 어느 것 하나 작품 아닌 것이 없죠."

한 여사는 온실로 통하는 유리문을 열더니, 문 옆의 버튼을 눌렀다. 그러자 거짓말처럼 온실 전체에서 비가 내리기 시작했다. 그 온실 너머로 아득히 바다가 보였다. 유리 벽 위로 투명한 회색 스크린이 내려오자 비가 내리는 온실은 흐린 하늘 아래 뜨락처럼 어둑어둑해졌다. 그리고 투둑투둑 빗방울 듣는 소리와 함께, 한낮의 맑은 섬이라는 실제 배경은 온데간데없이 사라지고, 어느 이국에서 맞는 비 내리는 저녁 시간이 그 자리를 대신 차지했다.

놀라서 입을 벌린 유노를 향해, 한 여사는 뒤돌아보지도 않고 말했다.

"바닷물을 정수해서 만든 빗물이에요. 소금기를 걸러냈지만, 짠맛이 약간 남아 있어서 맛을 보면 꼭 눈물 같지요."

호텔 직원이 들어와 커피 메이커에 원두커피 가루와 물을 넣어주고, 온실 유리 벽과 맞붙은 자리에 커피 잔과 쿠키를 놓아주더니 말도 없이 사라졌다.

"감상적이네요."

유노는 애써 이성을 찾으며 말했지만 사실 당혹감이 더 컸다.

"그렇죠? 하지만 가끔은 이런 것이 그립지 않던가요?"

"그립지만…… 이런 것이 이토록 쉽게 연출된다는 걸 안다면 감정도 속으려 하지 않겠죠."

"쉽게 연출된 것은 아니에요. 소도가 한때 잘나갔을 적에, 국내외의 부자들이 찾아와 이런 시설들을 지어가며 놀았죠. 하지만 요즘은 뜸해졌고, 이 카페도 거의 버려져 있다시피 했어요. 이 카페에서는 원한다면 눈이 내리는 창밖을 볼 수도 있지요."

커피 냄새가 가슴속 한구석을 자극했다.

"이 카페에서 제가 뭘 하길 원합니까?"

커피 주전자를 가져와 직접 유노의 잔에 따르던 한 여사는 대답하지 않고 커피를 마저 부었다. 신성한 제의를 치르기라도 하듯 그녀의 몸놀림에는 경건함이 가득했다.

"저한테 그런 걸 왜 물어봐요? 당신은 당신이 하고 싶은 대로 하면 되는 거죠. 우리는 여기에 함께 있지만, 당신은 당신대로, 나는 나대로 생각과 느낌의 자유를 즐기면 돼요. 원래 사람이란 그렇잖아요. 결국은 영원한 평행선일 수밖에 없는 인생을 살면서도, 그것이 맞닿거나 영원히 하나가 될 수 있으리라는 기대와 착각 속에 살죠. 나는 당신이 나와 사랑에 빠져주길 기대하는 것은 아니에요. 다만

한 가지 제안하고 싶은 것은, 이 공간을 하나의 무대나 제
의 공간처럼 생각하고 특정 상황에 있는 연인처럼 연기에
빠져보자는 거죠. 우리가 연기자인 동시에 관객인 연극."

"하지만 그런 일이 어떻게 가능합니까? 저는 당신의 이
름 말고는 아는 것이 없는데……."

"사랑에 빠진 사람들은 사실 상대를 잘 모르죠. 상대에
게 빠졌다기보다는 마약에 빠지듯 일종의 자아도취감에 빠
져 있으니까. 화약이 불꽃을 만나면 화학 반응에 의해 활
활 타오르게 되지만, 화약이 다하면 당연히 불꽃도 꺼지
죠. 그처럼 내 안의 어떤 요소와 상대의 어떤 요소가 만나
격렬하게 타오르지만, 서로를 파악하기도 전에 사랑은 끝
나게 마련이에요. 사랑은 붙잡을 수 있는 현실이 아니라
잠시 내게 덧씌워지는 왜곡된 환상일 뿐이죠. 붙잡았다고
생각하면 이미 날아가 버려요. 소유할 수 없는 파랑새처
럼. 그렇다고 자기 우리 안에 가두면 곧바로 악귀로 변해
버리거나.

낭만적인 분위기와 감정에 빠져들 수만 있다면 누구라도
사랑할 수 있다는 것 모르세요? 이 세상 사람들이 전부 마
법에 빠져 원숭이로 변하고, 사람이라곤 오직 우리 둘만
남았다고 생각해 보세요. 그런 착각이 바로 사랑의 전제
조건이에요."

"말씀을 꽤 그럴듯하게 하시네요. 꼭 전도사같이."

유노의 말에 한 여사는 또 한 번 웃음을 터뜨렸다. 유노는 한 여사의 말에 반박할 수 없었지만 어떻게든 말려들지 않으려고 안간힘을 썼다. 아니, 겉으로는 말려들어 가는 척하면서도 속으로는 자기를 지켜야만 한다. 어디까지나 타인의 놀이를 대신하고 있을 뿐, 진정으로 자신의 감정을 빼앗기거나 조종당해서는 안 된다. 하지만 이 순간에 진지해지는 것이 옳은 것일까, 그른 것일까. 설령 그랬다고 한들 누가 알겠는가. 이 순간에 자기를 바치는 것이 정말 대신 놀아주는 것일까, 아니면 그런 척하는 것만이 대신 놀아주는 것일까.

"꿈을 생각해 보세요. 꿈속에서 당신은 처음 본 사람과도 자연스럽게 사랑에 빠지지 않던가요? 그러면서도 한 몇 년 만나왔던 것같이 굴기도 하죠. 그 사람이 자신의 사랑이라는 것을 전혀 의심하지도 않으면서. 혹은 영화를 볼 때 단 두 시간 동안에도 그 영화의 주인공과 사랑에 빠지지 않던가요? 하지만 꿈에서 깨거나 영화가 끝나면 우리는 그 자리에서 훌훌 털고 일어나 그 사람을 잊어버리죠. 별 고통도 없이.

우리, 한 삼 개월 만났던 사람같이 사랑을 나눈 다음에, 한 삼 년 만나 지겨워진 연인처럼 미련 없이 헤어지는 것이 어때요? 사랑이란 정점을 향해 가는 도중에 끝나면 영원히 아쉽지만, 그 정점을 넘어서기만 하면 하강하게 되어 있어요. 그러니 이곳에서 우리는 정점 직전부터 시작해서, 정점을 넘어서서 하강하기 시작할 때 곧바로 헤어지는 거예요. 어떤 사랑도 그 단계만 거칠 수 있다면 미련이나 아쉬움에서 자유로울 거예요.”

“당신도 상처가 많은 사람인가 보군요. 그토록 사랑을 부인하려 들다니.”

유노는 한 여사의 반응을 보기 위해 한마디 던졌다. 한 여사는 아무런 대꾸도 없이 그냥 커피만 한 모금 마셨다.

“사랑을 부인하다니요. 나는 그 누구보다도 사랑을 원하고 많이 사랑하길 바라요. 그보다는 당신같이 순진한 사람을 보면 안타까워서 그래요. 모든 것의 속성을 있는 그대로 인정하려 들지 않기 때문에 정작 중요한 일들을 그르치잖아요. 안 되는 것을 억지로 붙잡으려 애쓰기도 하고, 그냥 넘어가면 그다음 장이 열릴 텐데 기다리지 못해서 사생결단 내듯이 포기해 버리기도 하고.”

유노는 기분이 상해서 입을 다물어버렸다. 자신에 대해 아무것도 모르면서 점쟁이처럼 함부로 말하는 것이 싫었다.

“기분이 상했다면 미안해요. 이렇게 좋은 곳에서 서로를 괴롭힐 이유가 뭐 있겠어요? 이 분위기를 즐겨요. 자아…… 모든 것을 잊어버리는 연습을 해보는 거예요. 방금 전에 했던 대화까지도……. 이 커피 향에 몰입해 보세요. 몸도 마음도 편안해지면서 인생의 모든 긴장이 풀릴 거예요.”

한 여사는 유노가 보는 앞에서 황금색 캡슐에 든 용액 한 방울을 그의 커피 잔에 떨어뜨렸다.

“그게 뭡니까?”

“사랑의 묘약이죠. 장미 추출액과 벌꿀과…… 그밖에 금실 좋기로 소문난 동물들의 페로몬 향이 섞여 있죠.”

유노는 사랑의 묘약이 섞인 커피 향을 음미하다가 천천히 한 모금을 마셨다. 은은한 장미 향이 혀끝을 감돌았다.

한동안 아무 말도 하지 않은 채로 빗소리를 들으며 커피를 마셨다. 비는 봄비처럼 차분히 내리다가도, 어느 순간 격렬하게 퍼부었다. 그치는가 하면 다시 거세지고, 거세지는가 하면 다시 안개비로 변해 갔다. 마치 선율 없는 음악과도 같았다. 빗소리 때문인지 약 기운 때문인지 노곤함과 취기가 올라왔다.

자신을 바라보는 한 여사의 눈빛이 한없이 다정해서, 유노는 그녀를 몇 달쯤 만나온 듯한 친근감이 들기 시작했다. 유노의 긴장이 풀린 것을 눈치 챈 한 여사는 말없이 일어나 샌들을 벗었다. 그리고 유노의 구두와 양말을 벗기더니 그의 손을 잡고 일어나 비가 내리는 온실로 이끌었다. 유노는 저항 없이 그녀를 따랐다. 다정한 연인처럼 손을 맞잡고서 비 내리는 오솔길을 함께 걸었다. 맨발바닥에 닿는 젖은 자갈의 느낌이 나쁘지 않았다. 가슴이 설레며 따스한 기운이 온몸에 퍼지기 시작했다. 처음 사랑을 느끼던 때처럼.

맨발로 낮은 벤치에 올라선 한 여사는 자신의 가슴으로 유노의 얼굴을 껴안아 주었다. 비는 차가웠지만 한 여사의 가슴은 너무나 부드럽고 따뜻했다. 이제 갓 솜털이 돋은 새끼 새가 어미 새의 겨드랑이에 안겨 비를 맞는 기분이 이럴까. 잃어버리지 않으려 안간힘을 썼으나 결국은 잃어버렸던 무엇인가를 잠시 되찾은 것만 같았다.

한참 그렇게 얼굴을 묻고 있던 유노는 서서히 자신의 몸이 관능에 눈뜨는 것을 느꼈다. 유방이 드러나도록 윗옷을 밀어 올렸으나 한 여사는 거부하지 않았다. 빗속에 드러난 새하얀 가슴에 입술을 갖다 댔다. 젖은 유두에서 눈물처럼 짭조름한 빗물 맛이 났다. 그건 언젠가 입술로 스며들었던 눈물 맛이었다. 유노는 자신이 울고 있는지도 모른다고 생각했다. 극도의 평화를 맛보자 억눌러 두었던 삶의 피로와 갈증이 고개를 들었다. 좀처럼 젖어드는 법이 없던 딱딱한 외피가 떨어져 나가면서 한 마리 연약한 애벌레가 모습을 드러냈다고 할까. 그러나 살이 연한 애벌레에게 비는 위험이기도 하다. 유노는 감은 눈을 더욱 굳게 감았다. 깨어나지 않도록, 깨어나지 않아도 되도록. 더 세게 껴안으면 껴안을수록 황홀감이 커졌다. 둘은 카페로 뛰어 들어와 카펫 위에서 사랑을 나누기 시작했다.

그야말로 디오니소스적인 황홀경이라 할 만했다. 자신의 얼굴에 보이지 않는 가면이 씌워져 완전히 다른 사람으로 화해 버린 듯한 기분이었다. 유노는 노는 일을 시작한 후 처음으로 진짜 놀이에 몸을 맡겼다. 그러면서도 이 놀이는 지극히 진지했다. 황홀한 꿈속에서 그것이 꿈이라는 것을 인식하지 못하듯이. 언제나 자신을 지배하던 이성의 속박이 헐거워지면서 현실과 놀이 사이의 경계가 사라져버렸다. 그의 몸과 영혼 전부가 한 여사에게 빨려들고 있었다. 그녀가 아니면 죽을 것 같고, 그녀 속에 있으면서도 더욱 그녀의 깊은 곳으로 파고들고 싶었다. 그녀가 자신의 모든 것을 내놓았음에도 그녀에 대한 허기와 갈망이 고조됐다. 마침내 끝없이 낭떠러지로 추락하는 느낌과 함께 강렬한 오르가슴이 연속적으로 찾아들었다.

17

　상인은 시간이 날 때마다 빌딩의 이곳저곳을 누비고 다녔다. 25층짜리 빌딩에는 생각보다 많은 회사들이 들어차 있었다. 주차장이 있는 지하 4층부터 25층, 그리고 헬리포트가 있는 옥상까지 몇 달 동안이나 헤매고 다녔지만 그날 새벽에 보았던 장소만은 찾을 수 없었다.

　상인이 풀어야 할 수수께끼는 두 가지였다. 지하 정원의 비밀과 여자의 정체.

　상인이 생각해 봐도 엘리베이터에 표시되지 않은 층은 충분히 존재할 수 있었다. 다만 그곳으로 통하는 또 다른 비밀 통로가 있는가 하는 점이었다. 그러나 그날 상인은 분명 평소에 익숙하게 이용하던 후문 쪽의 비상 엘리베이터를 탔고, 엘리베이터 문이 열리는 곳에서부터 그 지하 공간이 시작됐다. 취중이긴 했어도 올라가는 느낌이 아니라 내려가는 느낌이었던 것만은 확실했다. 이 일이 '축복의 섬 프로젝트'와 관련이 있을까 싶어 몰래 싹스리의 아이디로 다시 인트라넷에 접속해 보았지만, 이미 그 메일들은 완전히 삭제됐는지 사라지고 없었다.

혹시 지하 2.5층이나 3.5층이 있을까 하여 계단 수를 세어보고, 주차장의 높이를 재기까지 했지만 중간층이 있을 확률은 없다는 결론이 나왔다.

만약 지하 5층 이하에 그 공간이 있고, 그곳은 아무나 갈 수가 없는 데라고 할 때, 그곳으로 가야 할 사람들이라면 리모트 컨트롤러나 카드 키 같은 것으로 엘리베이터의 비밀 버튼을 작동할 수 있을지도 모른다. 그렇다면 지하 4층에서 다른 사람이 내렸는데도 그 사람은 내리지 않는 상황이 가능할 것이고, 지하 4층에서 엘리베이터를 탔는데 이미 그곳에 지하 5층에서 탄 사람이 있을 수도 있다. 하지만 이 경우에 사람들은 그 사람이 위층에서 실수로 내려가는 엘리베이터를 타게 되었다고 생각할 것이다. 혹은 함께 타고 있다가 지하 4층까지 내려갔는데도 거기서 내리지 않는 사람은, 아마 다른 층에 볼일이 생겼거나 역시 엘리베이터를 잘못 탄 사람일 수 있다.

상인은 이 경우를 체험해 보기 위해 여러 번 지하 4층까지 엘리베이터를 타고 내려가 그곳에 내렸다가, 다시 엘리베이터를 타고 위로 올라오는 실험을 수십 번씩 해보았다. 가장 의심스러운 경우는, 지상 층에 있는 엘리베이터가 아래로 내려오기를 기다리던 중 지하 3층과 지하 4층 사이에서 꽤 오래 머무는 때였다. 지하 3층에서 누군가 내리고 탔기 때문이 아니라 지하 5층까지 내려갔다가 올라오느라 지체될 수도 있을 테니까. 문제는 이럴 때 지하 3층에서 누군가 정말 타고 내렸는지를 확인하는 것이었다.

상인은 동료를 꼬드겨서 지하 3층에서 기다리게 하고 휴대폰으로 확인하는 실험에 동참시키기도 했지만, 자신이 원하는 현상을 포착할 수 없었다. 1일 2교대로 근무하는 경비들에게 여러 번씩 이 엘리베이터에서 이상한 현상을 발견한 적이 없냐고 물어보았으나 그들은 하나같이 부인했다. 경비들이 거짓말을 하는지, 그곳을 출입하는 사람들이 경비들을 속이고 다니는지 알 수가 없었다.

비상계단은 정확히 지하 4층에서 끝이 났고, 그 아래로 내려가는 문 같은 것은 보이지 않았다. 유노의 동영상을 보지 않았다면 꿈을 꾸었다고 생각할 수도 있겠지만, 유노의 옷차림까지 맞힌 걸로 봐서 꿈이 아닌 것은 분명했다. 상인은 하다못해 상상력을 발휘하여 그런 생각까지 해보았다. 자기와 유노가 소울 메이트라도 되어 유노의 상황을 취중 꿈속에서 목격했을 수도 있다고. 그러나 상인은 유노에게 그런 종류의 끈끈함을 느껴본 적이 전혀 없었다. 상인은 그런 생각까지 진지하게 하고 있는 자신이 우스워 킥킥거렸다.

한번은 드라이버를 몰래 숨기고 들어가, 사람 없는 시간에 엘리베이터 내부의 버튼 덮개를 해체하려고 한 적도 있었다. 그러나 엘리베이터 내부에 설치된 카데라에 잡히는 바람에 경비들이 달려와 곤욕을 치렀다. 결국 드라이버를 압수당하고 엘리베이터에서 내려야 했다. 작전은 성공하지 못했어도 첩보 영화의 주인공이 된 듯한 뿌듯함은 있었다. 나름대로 긴장과 스릴이 있는 일이었다. 보안 전문 업체에서 파견된 요원 중 한 명에게 접근하여 슬쩍 물어보기도 했지만, 그런 것이 있더라도 극비 사항이 아니겠냐는 대답만 들었을 뿐이다.

여자가 지하 정원과 관련이 있을 확률도 없지는 않았다. 야근하고 돌아가는 직원의 옷차림이라기보다는 지하 정원에서 파티를 즐기다 가는 옷차림에 더 어울렸기 때문이다. 상인은 매주 요일을 달리하여 자정부터 새벽까지 엘리베이터 앞을 지켰다. 보안 업체 직원들은 상인을 엘리베이터맨이라 불렀다. 결국 두 달 만에 심영호 앞으로 불려가 왜 그런 짓을 하느냐고 문책을 받은 후에 그 일을 그만두어야 했다. 두 달 동안 일주일에 한 번씩 불침번을 섰건만 여자를 다시 만나지도 못했다. 엘리베이터도 수십 차례 탔으나

지하 4층 아래로는 내려가지 않았다. 지하 정원은 또 다른
비밀 통로를 가지고 있는 것이 분명했다.

18

혜리의 모습이 어딘가 달라진 것 같았다. 언제나 수수께끼 같던 그 얼굴 위로 쓸쓸한 베일 같은 것이 드리워져 있었다. 하지만 혜리에게는 따스한 석양을 머금고 흐르는 강물처럼 은은한 분위기가 있었고, 그것이 상대를 편하게 해주었다. 비밀을 털어놓고 싶은 부류의 사람이랄까.

"그래, 2단계 일을 해보니까 어때요?"

혜리는 보일 듯 말듯 미소를 흘리며 말했다. 충분히 짐작한다는 표정이었다.

"글쎄요, 뭐가 뭔지 하나도 모르겠어요."

유노는 솔직히 말했다.

"저도 처음에는 그랬죠. 사실 그만두어야겠다고도 많이

생각했고 만만치 않은 일, 만만치 않은 사람도 자주 만났어요. 어떤 일이든 자기 확신이 필요한 것 같죠?"

"제 입사 동기들은 다 잘하고 있습니까?"

이제 만나는 일이 드물어진 나머지 동료들이 생각났다. 제인은 지금쯤 어디에서 무엇을 하고 있을까?

"네, 다른 분들은 아직 3단계에 머물러 있어요. 하지만 그들이 느린 것은 아니에요. 유노 씨가 특별히 빠른 거지."

며칠 전 축복의 섬 사무실 앞에서 마주쳤던 정민은 이 일이 너무나 적성에 맞다면서 수다를 떨어댔다. 그는 길게 길렀던 머리를 단정하게 깎아 무스를 발라 넘겼다. 놀이 정보와 각종 홍보 자료를 열심히 보고 연구함으로써 자기 안에 있는 욕망을 최대치로 끌어올리려 노력한다고도 했다. 자기가 지금처럼만 열심이었다면 록 가수로도 몇 번이나 성공했을 거라는 말도 했다. 귓속말로 얼마 전에는 난교 파티에 초대되어 갔는데 하룻밤에 무려 다섯 명의 여자들과 섹스를 했노라고 자랑했다.

"놀이를 할 때 즐거움을 느끼지 못한다면 어떻게 됩니까? 놀이를 했다고 할 수 있을까요?"

"놀이가 늘 즐겁지만은 않다는 것을 아시잖아요. 이 직업을 택하기 전에 유노 씨의 체험들을 돌아보세요. 여행을 가서도, 술을 마시거나 단란 주점에 가서도 혼자만 외롭거나 힘이 들 때가 없던가요? 게다가 성격상 원래부터 스트레스가 강한 놀이도 있잖아요. 도박이나 스포츠처럼. 암벽 등반은 또 어떻고요. 막판에 한꺼번에 몰려드는 환희를 위해 고통의 과정을 감수하죠."

"그렇긴 하지만 이런 일에 돈을 대는 의뢰인 입장을 생각하면, PL이 즐겁지 않은 것도 해고 사유가 되는 게 아닐까 싶어서요."

혜리는 천천히 고개를 저으며 허공을 바라봤다.

"의뢰인들은 그렇게 생각하지 않을 거예요. 그들이 대신 놀이를 하게 만드는 데는 그만한 계산도 포함되어 있을 테니까. 게다가 그들은 PL이 자신의 분신처럼 어딘가에서 자기 대신 놀고 있다는 사실 자체에 만족하죠. 몸을 두 개로 분리시켜, 다른 곳에서 또 하나의 인생이 돌아가고 있다고 생각하는 거예요. 어차피 두 가지 상반된 삶을 동시에 살 수는 없고, 이 삶은 저 삶을 대가로 지불한 결과물이니까. 적어도 자기가 선택한 삶이 더 우월하다는 확신이 있다면, 선택하지 않은 삶을 누군가 대신 살고 있다는 것만으로도 흡족하겠죠."

"과연 그럴까요? 이곳의 일들은 왠지 말만 무성한 공중 누각 같아요. 코에 걸면 코걸이, 귀에 걸면 귀걸이 식으로 끼워 맞추기 나름이고, 실상은 어디에서도 확인할 길이 없고, 딱히 기준도 없는 것 같고……."

"좀 더 빠져보세요. 유노 씨는 아직 바닷물에 무릎까지

만 담가보고선 바다가 너무 얕더라고 말하는 사람과 같아
요. 이 일은 참 매력적인 직업이에요. 깊이 몰두하면 할수
록 더욱 많은 것을 깨닫고 배울 수 있거든요. 과감하게 몸
과 마음을 던져보면 언젠가 스스로 만족과 희열을 얻는 경
지에 도달하게 될 거예요."

"자기를 버리라는 말입니까?"

"자기를 잠시라도 잊어보라는 거예요. 잊는다고 해서 버
리는 것은 아니니까."

"꼭 종교 체험 같군요."

중학교 때 다니던 교회 여름 수련회에서 사경회라는 것
을 한 적이 있었다. 모두가 미친 듯이 "주여!"라고 외치며
은혜를 체험할 때까지 소리 높여 기도를 해야 했다. 한두
시간 동안 전도사가 시키는 대로 남이 듣거나 말거나 고함
을 지르며 기도했다. 앞에서 이끌던 전도사는 아무리 해도
은혜를 받은 느낌이 오지 않는 사람들은 앞으로 나오라고
했다. 유노는 소리 높여 기도한 뒤의 속 시원함이 '은혜 받
은 증거'라고 지레 추측하며 앞으로 나가지 않았다.

사십여 명 중에서 앞으로 나간 사람은 불과 서너 명에
지나지 않았다. 그들은 거듭거듭 전도사의 지도를 받으며
통성 기도를 했지만 끝까지 아무 느낌이 없다고 솔직히 고
백했다. 그때 앞으로 나가지 않았던 사람들은 모두 정말
은혜를 느꼈을까. 유노는 두고두고 궁금했다. 한두 명은

알아들을 수 없는 말을 웅얼거리게 되었고, 그들은 그것이 신이 내린 방언이라고 했다.

유노는 자신이 정말 자기를 내던지지 않았기 때문이라고 생각했다. 그것은 초능력자 유리겔라 열풍이 불어 모든 아이들이 숟가락 구부리기를 연습할 때도, 네 명의 아이들이 손가락만으로 아이 하나를 높이 들어 올리는 시도를 할 때도 마찬가지였다. 유노에게는 아무 느낌도 오지 않았고, "진짜 된다."라고 말하는 이들이 모두 거짓말을 하는 것이라고 믿었다.

"너무 쉽게 종교와 연결하지 마세요. 이것은 신비 체험도 아니고, 제가 말씀드린 것은 종교라기보다는 모든 직업의 속성에 가까워요. 미칠 정도로 열심히 하다 보면 원리를 깨우치게 되고, 그러면 그때부터 본격적으로 재미를 느끼게 된다는 말이에요. 당신이 정말 두려워하는 것이 뭔지 제가 알아맞혀 볼까요?"

"뭔데요? 말씀해 보세요. 나도 모르는 나의 두려움을 당신이 알아맞힐 수 있다면……."

"당신은 변하는 것이 두려운 거예요. 당신의 오래된 고정관념들이 깨지거나 바뀔까 봐. 당신은 전통적인 가부장제 가정에서 자란 한국 남자이고, 한 번도 큰 실패를 겪어 본 적이 없어요. 게다가 일류 대학을 나왔지요. 당신은 사회적인 토대에 의해 어쩔 수 없이 보수주의자로 길들여졌어요. 자아 개조를 곧 지하 파괴라 여기고, 그것이 곧 타락으로 이어지리라고 생각하죠. 원래부터 당신의 욕망이 아니었던 것을 받아들이는 순간, 즉 타인의 욕망이 당신의 욕망이 되는 순간을 두려워하는 거예요. 자기 자신을 잃을까 봐, 혼란에 빠질까 봐……."

유노는 뒤통수를 둔기로 강타당한 듯 멍한 느낌이었다. 화도 나지 않았다. 혜리의 말을 부정할 수 없었다. 그런 생각을 스스로 한 적은 있었지만, 남이 정확하게 지적해 주긴 처음이었다.

"당신은 어쩌면 그렇게 저를 잘 알죠? 아니, 알은체하죠? 당신에게 제 얘기를 많이 한 적도 없는데. 참 신기한 일이군요."

빈정대는 유노에게 혜리는 다시 미소 지었다.

"우리는 모두 다른 개성을 갖고 있지만, 큰 틀에서 보면 몇 가지 부류로 분류가 가능해요. 즉 전형성을 갖고 있다는 거예요. 당신 역시 거리에 나가면 당신 같은 생각을 가진 사람들을 몇십 명은 발견할 수 있을 정도로 전형적인 사람이에요. 제가 당신을 분석한다고 해서, 당신을 공격하거나 당신에게 큰 영향을 미치기를 원하지는 않아요. 다만 선배가 된 입장에서 한 가지 조언을 해주고 싶어서 그래요."

유노가 고개를 들어 혜리의 눈을 정면으로 바라보았다. 혜리는 눈으로 말하기라도 하듯 한참 동안 유노의 시선을 뚫어져라 마주 보았다. 혜리는 보일 듯 말듯 고개를 끄덕거렸다.

"당신은 자신을 조절할 수 있는 능력을 가진 사람이에요. 그게 당신의 재능이에요. 의뢰인을 지배하고 싶나요? 그러면 의뢰인의 욕망과 당신의 욕망을 정확히 일치시켜버리세요."

"하지만 어떻게……?"

혜리가 두 손을 뻗어 유노의 얼굴을 감싸더니 자기 얼굴 앞으로 바짝 끌어당겼다.

"저를 보세요. 저 역시 옛날에는 당신과 다를 바 없는 한국 남자였어요. 그런데 지금은 트랜스가 되었어요. 당신은 이렇게 된 저를 끔찍하게 느끼겠지만 저는 아무렇지도 않아요. 트랜스가 된 것을 자랑하는 게 아니라, 나는 그런 과정을 거쳐서 트랜스 수술까지 받아들였고 한 번도 후회한 적이 없다는 거예요. 왜냐하면 난 이렇게 해서 나의 의뢰인을 지배하게 되었으니까."

유노는 혜리의 손아귀에서 벗어나려 했지만 그녀는 남자처럼 완강했다. 그러자 유노는 욱하고 감정이 끓어올랐다.

"그래, 사실 끔찍하고 징그러워! 당신같이 되느니 이 일에 더 빠져들지 않는 편이 좋을 것 같아. 난 당신이 의뢰인을 지배한 사람처럼 보이지 않아. 당신은 놀이에 갇혀버린 사람이야. 남자로 돌아가고 싶어도 돌아갈 수 없잖아! 원

래의 당신을 찾고 싶어지면 그때는 어떻게 할 거야? 당신
은 결국 자기를 잃고 그들에게 조종당한 거야. 난 그렇게
하지는 않겠어. 허위의식에 빠진 사람은 바로 당신이야!
난 최대한 그들을 교묘히 속일 거야. 자기를 버린 것처럼
보이면서도 사실 자기를 버리지 않고 지키는 거지. 이 일
이 의뢰인과의 끝없는 게임이라면 난 절대로 지지 않을 거
야. 아직 방법은 몰라. 하지만 당신의 전철을 밟아서는 안
된다는 것을 알아! 당신이 불쌍해!"

혜리가 유노의 얼굴을 붙잡았던 손을 내려놓았다. 많이
놀라고 깊이 상처받은 여자의 표정이었다. 혜리는 애써 당
혹감을 감추며 핸드백을 챙겨 자리에서 일어났다.

"유노 씨, 당신은 누가 뭐래도 훌륭한 PL이 될 자질이
있어요. 용기가 있다면 내가 맞는지, 당신이 맞는지 한번
증명해 보세요. 건투를 빌어요."

혜리는 급히 카페를 빠져나갔지만 허둥대는 기색이 역력
했다. 유노는 창밖으로 도로를 오가는 차들을 내려다보며
멍하니 앉아 있었다.

갑자기 휴대폰 벨이 울렸다. 혜리처럼 차분하고 안정된
느낌의 아름다운 클래식 선율이었다. 혜리의 은분홍빛 휴
대폰이 소파 구석에 남아 있었다. 얼른 휴대폰을 집어 들
고 출구로 달려갔지만, 혜리는 이미 택시를 타고 사라진
후였다. 전화벨이 계속 울렸다. 혜리가 전화를 해올 것 같

아 꺼놓을 수는 없었다. 전화를 받지 않자 문자가 들어왔다. 유노는 엿볼 생각이 없었으나 듀얼 폴더의 액정 화면에 문자가 지나가는 것을 어쩔 수 없이 보게 되었다.

"선생님, 저 죽을 것 같아요. 빨리 와주세요. 미니."

유노는 다급한 생각이 들었다. 미니에게 무슨 일이 생긴 것이다. 미니에게 바로 전화를 걸까 망설이던 중에 또 한 번 문자가 들어왔다.

"선생님, 보고 싶어 미치겠어요. 제발 사랑할 수 있게 해주세요. 미니."

유노는 자기도 모르게 얼굴을 붉혔다. 뜻하지 않게 혜리의 비밀을 엿보게 된 것이다. 이런 뜻이라면 미니가 지금 위험한 지경은 아닐 것이다. 미니가 혜리를 사랑한다면 그건 도대체 무슨 관계란 말인가. 그때 유노의 전화벨이 울렸다. 혜리였다. 가던 길에 휴대폰을 두고 온 것을 깨닫고 택시 기사의 휴대폰으로 전화한 것이다. 혜리는 바로 택시를 돌려 왔다.

"전화가 여러 번 울렸는데 받지 않았어요."

"네…… 고마워요."

혜리가 건성으로 말하며 휴대폰 플립을 열었다. 그리고 통화 기록과 수신 메시지를 차례로 확인했다. 태연한 척했지만 혜리의 낯빛이 창백하게 질렸다.

"죄송해요. 문자가 뜨는 것은 보지 않으려 해도 그냥 보이더군요."

유노는 자신이 왜 그렇게 말했는지 알 수 없었다. 그냥 모른 척 넘어가도 혜리는 알았을 것이다.

"괜찮아요."

혜리의 하이힐 소리가 다시 문을 빠져나갔다.

유노는 지난번 환영회 때 미니가 혜리를 다른 이름으로 부르며 '선생님'이라고 하던 것이 기억났다. 왠지 혜리가 미니를 예전부터 알고 있었던 것 같은 느낌이 들었던 것도.

19

“아침부터 웬일이야? 간밤에 비디오를 보느라 늦게 잠들어서 정오까지 자려던 참인데…….”

유노는 잠옷과 실내복 공용으로 입는 낡은 추리닝 차림으로 눈을 비비며 문을 열었다. 머리카락은 베개에 닿았던 그대로 삐죽삐죽하게 솟아 있었다. 전형적인 백수의 몰골이었다. 상인은 편의점에서 산 라면과 과일이 든 봉지를 내밀었다.

“매일 노는 백수가 무슨 일요일을 챙기려고 그래?”

“야, 백수건달에게도 나름대로 생활의 규칙과 패턴이 있다. 무시하지 마.”

유노는 태연스럽게 받아쳤지만 속으로 약간 당황했다.

노는 일을 시작한 후로, 이전에 알던 사람을 집에 들인 적
이 없었기 때문이다. 유노는 언뜻 좁은 아파트 내부를 살
펴보았다. 뭔가 자기 일의 비밀을 노출하고 있는 물건은
없는지.

상인이 유노의 컴퓨터 위쪽 벽에 붙어 있는 오로라 사진
과 번개 사진을 발견했다.

"어, 이건 뭐야? 설마 여기 갔다 온 것은 아니지?"

"어? 어…… 그래…… 미국에 있는 친구가 여행하면서
찍은 사진을 보내줬어."

유노는 대충 둘러댔지만 상인이 알아챌까 봐 불안했다.
그것은 지난번 유노가 캐나다 옐로나이프에 갔을 때 영하
30도의 추위 속에서 찍은 초록빛 오로라 사진과, 미국의 라
스베이거스에서 텍사스까지 열여섯 시간을 운전하는 동안
사방에서 번쩍이는 번개를 보고 차를 멈춘 채 찍은 사진이
었다.

바싹 타버린 듯한 마른 풀들과 선인장들만 서 있는 텍사
스의 끝없는 도로를 하루에 열여섯 시간씩이나 운전한다는
것은 미친 짓이었다. 유노는 그곳을 운전하는 동안 무척
따분하리라고 지레 겁을 먹었다. 그러나 의뢰인의 말대로
사막은 낮과 밤에 다양한 볼거리를 제공해 주었다. 사방이
지평선이므로 하늘의 장관들이 눈앞에 고스란히 드러났다.
서쪽 하늘에 막힘없이 뜬 활처럼 둥그런 무지개나, 구름

사이를 비집고 떠오르는 여명이 구름의 틈새와 가장자리로 넓게 쏘아대는 빛살도 장관이었지만, 국지성 소나기가 내리는 광경도 너무나 신기했다. 실제로는 무척 넓은 장소에 내리는 것일 텐데도, 멀리서 보면 샤워기로 퍼붓듯 한 장소에만 비가 내렸다. 운전을 계속하다 보면 점차 소나기에 근접해 가다가, 소나기 속에 잠겼다가, 다시 언제 그랬냐는 듯 말끔한 하늘 아래로 빠져나오는 것이다. 일주일째 계속되고 있는 산불 연기를 한참 동안 뭉게구름으로 오해하기도 했다.

그러나 무엇보다 아름다운 것은 바로 번개였다. 그것은 진짜 번개 쇼라 할 만했다. 어두운 밤길을 달리는 것이 전혀 지겹지 않을 만큼 구름 낀 사막의 하늘에는 사방에서 간헐적으로 번개가 쳤다. 2시 방향에서 강렬한 광선 줄기가 어둠을 밝히며 내리꽂히는가 하면, 갑자기 11시 방향에서 더 두껍고 눈부신 광선들이 쏟아져 내렸다. 그물 모양으로 넓게 퍼져 내리는 것이 있는가 하면, 두세 갈래의 가지가 있는 나무가 거꾸로 떨어져 내리는 듯한 것도 있었다. 뜨거운 대낮에 먼 길을 운전해 들어가 겨우 한 시간만 구경하고 나온 그랜드캐니언보다 사막의 하늘이 보여주는 풍광이 더 다채로웠다. 착각이었는지도 모르지만 한동안 보이다가 갑자기 사라진 은빛 비행 물체는 아무래도 유에프오 같기도 했다.

"야, 네 형편이 아주 어렵지는 않은가 보다."

상인은 벌써 싱크대 옆에 세워진 냉장고로 다가가 문을 열고 내부를 들여다봤다.

"예전 같으면 소주에 먹다 남긴 안주, 고추장 단지 정도만 있었을 텐데, 와인도 들어 있고 비싼 과일까지 가득하네. 너, 요즘 착한 여자라도 생겼냐? 아니면 혹시 다단계 회사에 들어간 것 아냐?"

유노는 상인을 냉장고에서 떼어내며 문을 닫았다.

"허튼소리 좀 작작 해. 용건이 뭔데? 백수건달이 되면 어떻게 사는지 미리 살펴보려고 온 것은 아니겠지? 회사에서 잘릴 예정인가?"

"그럴 리가……. 나처럼 유능한 직원이 없으면 우리 회사는 당장 부도날걸."

상인은 넉살을 떨면서도 열심히 집 안을 살폈다. 유노는 상인의 그런 점이 옛날부터 싫었다. 친하고 편한 사이라고 생각해서 그러는가 본데, 꼭 남의 집 서랍이나 찬장, 지갑, 수첩 속을 마구 뒤지며 이 소리 저 소리 간섭을 해댔다. 그래도 유노는 상인에게 그러지 말라는 말을 한 번도 해본 적이 없었다. 상인은 이제 서랍장 속에 정리된 유노의 셔츠들을 살펴보다가 좀 괜찮다 싶은 것은 꺼내 들고 자기 몸에 맞춰보고 있었다. 유노는 상인이 가방을 뒤지지 못하도록 책상 위에 있는 가방을 들어 슬쩍 옷장 안에 넣어버렸다.

라면 세 개를 끓여 나눠 먹은 후 커피를 마시면서 담배를 피웠다. 유노는 상인이 늘어놓는 잡다한 일상사를 그저 묵묵히 듣는 척하며 사실 텔레비전에만 귀를 기울였다. 그래도 오랜만에 옛 친구를 만나 한가롭게 시간을 보내는 기분이 그리 나쁘지 않았다.

라면을 다 먹고 나서야 상인이 밤을 샌 사람처럼 충혈된 눈에 면도도 하지 않아 수염이 몇 밀리미터 자라나 있는 것이 눈에 들어왔다. 상인의 분위기로 봐서 유노에게 뭔가 곤란한 질문을 던지거나 부탁을 할 것이 분명했다. 그렇잖아도 상인의 상사인 싹스리를 만나고, 상인 회사의 상무를 대신해 놀이를 해준 것이 마음에 걸렸다.

"지난번에 내가 우리 회사의 빌딩 지하에서 겪었다는 일 기억나지?"

유노는 최대한 포커페이스를 유지하며 고개만 끄덕였다.

"아무리 생각해도 이상해. 네가 내 입장이라면 그냥 넘어가겠니?"

"그렇게 질문법 같은 것 쓰지 말고 네가 하고 싶은 말이 있으면 다 해봐."

유노는 약간 짜증이 났다. 유노는 단도직입적으로 자기 의사를 말하는 사람이 좋았다. 먼저 질문을 던지는 것으로 자기의 지적 우월성을 입증하면서 다른 사람을 가르치려드는 사람은 정말 신물이 났다.

"제발 날 좀 도와줘. 나, 그동안 정말 별짓을 다 해봤거든. 궁금해 죽겠어. 그때 네가 제주도에 갔을 때 뭔가 이상한 점은 없었어?"

"없었다니까……. 나도 네 말을 믿어. 그리고 그게 모두 이상하다는 것도 알아. 하지만 난 그냥 단순히 제주도에 가서 렌터카로 기분을 냈던 것뿐이야. 우연히 그곳이 카메라에 잡혔을 수도 있잖아. 너, 미스터리 영화를 너무 많이 본 것 아냐? 별것도 아닌 일에 괜히 설치다가 다른 회사의 스파이로 몰리기라도 하면 어떡하려고 그래?"

그렇게 말하면서도 유노 역시 불안한 것은 마찬가지였다. 그 건물 지하의 멀티큐브에 자신의 영상이 담겼다는 것도, 상인이 '축복의 섬 프로젝트'라는 명칭을 알고 있다는 점도 이상했다. 그곳이 어쩌면 얼굴을 모르는 의뢰인이 머무는 곳인지도 모른다. 그곳이 어쩌면 HMD로 놀이자의 체험을 간접 경험하는 장소일 것이다. 자기가 모를 음모가 진행되고 있다는 느낌은 상인보다 유노에게 더 절실했다. 정말 그곳의 실체를 알아야 할 사람은 유노인 것이다.

"아니야, 분명히 뭔가 있어. 내가 꿈을 꾼 것은 절대 아니니까. 네가 무슨 일을 하고 돌아다니는지는 모르겠지만, 너도 조심해야 할 거야. 누군가 너를 주시하거나 너를 갖고 논다고 생각해 봐. 무시무시하지 않아? 혹시 알아? 북한 스파이들이 너를 포섭하려고 작전을 꾸미는지도 모르잖아."

상인의 추리는 거기까지 비약했다. 상인에게 모든 것을 털어놓고 싶은 유혹이 일었지만 유노는 애써 자제했다. 섣불리 말했다가 모든 것을 다 잃게 될지도 몰랐다. 축복의 섬은 일반인들에게는 분명히 극비 사항으로 해두어야 할 일이었다.

"네가 하는 일이나 열심히 해. 네가 언제부터 나한테 그렇게 관심이 있었다고……. 내가 좀 노는 것이 그렇게 못마땅하면 너도 그만두고 나처럼 놀아."

"그런데 넌 무슨 사업이라도 준비하고 있는 거야? 계속 놀기만 할 것은 아니잖아."

"생각하고 있는 것이 있어. 아직 좀 더 연구해 볼까 해. 처음부터 사업 아이템을 잘 잡아야지."

상인은 그 말에 갑자기 강한 흥미를 드러냈다.

"뭔데? 네가 생각하는 사업 아이템이?"

상인은 꼬치꼬치 캐물을 태세였다.

"확실해지면 말해 줄게. 아직은 공개할 수가 없어."

상인은 눈을 한 번 흘기다가 생각이 바뀌었는지 다정하게 유노의 팔을 붙잡았다.

"기막힌 아이템이면 나도 끼워주라. 사실 나도 이런 회사 생활이 너무 갑갑하다. 자본금을 보태줄 수는 없지만 몸으로 열심히 뛸게. 같이 잘 먹고 잘살아야지. 우리 친구

아이가!"

"알았어. 생각해 볼게. 그래도 남의 밑에 있을 때가 행복한 거야, 얌마."

두 친구는 오래간만에 내기 당구를 치러 밖으로 나갔다. 유노는 가슴 한구석이 다시 갑갑해져 오는 것을 느꼈다. 이제껏 약간의 특권 의식 같은 것을 가졌던 유노였다. 그러나 서서히 자신이 의뢰인을 대신해서 놀았던 것이 아니라, 의뢰인이 자기를 갖고 놀았을지도 모른다는 생각이 들기 시작했다.

20

　제인은 양손에 테이크아웃 커피가 담긴 종이컵을 들고
있었다. 무미건조하고 텅 비어버린 듯한 표정, 언제 봐도
변함이 없는 레이어드 커트의 머리에 티 없이 하얀 피부,
화장을 했는지도 거의 알아볼 수 없을 정도로 옅은 화장기
에 높지도 낮지도 않은 코, 약간 도톰한 편인 입술, 동그스
름하게 튀어나온 이마, 반짝거리지는 않지만 투명해서 깊
어 보이는 눈동자, 활을 정확히 두 동강 낸 모양으로 잘 정
리된 눈썹, 대체로 갸름한 편이지만 약간 광대뼈가 솟은
얼굴, 너무나 무난한 스타일의 크림 색 브이넥 니트와 연
한 오렌지 빛 주름 스커트 차림. 제인은 스카프나 액세서
리조차 하고 나오는 법이 없었다. 옅은 화장품 냄새나 비

누 냄새 외에는 특별한 향수 냄새라곤 풍기지 않았다. 여자 PL들의 공통점이 자기 연출에 능하고 개성적인 옷차림과 화장 스타일을 갖고 있다는 점인데, 제인은 그들 속에 있으면 수수함으로 인해 오히려 눈에 띄었다. 대기업 직원이 퇴근 후에 잠시 들렀다고 말하면 모두 믿을 정도로.

이번에도 제인이 먼저 만나자고 했다. 유노는 최근에 겪은 여러 가지 강도 높은 체험들로 인해 사실 제인에 대해서는 거의 잊고 지냈다. 전화로 말하면 안 되겠냐고 했더니, 아무런 힌트도 주지 않고 대뜸 덕수궁에서 만나자고만 했다. 이 일을 하게 된 데는 제인의 공이 절대적이었으므로 그녀의 부탁이라면 어떤 것이든 거절하기 어려웠다. 사실 한 여사를 만나기 전까지만 해도 유노는 제인에게 이성으로서의 호감과 관심을 갖고 있었다. 그러나 한 여사를 만나고 돌아온 이후에는 그녀에 대한 아쉬움과 미련으로 얼이 빠져 있었다. 시간이 조금 지난 후에 생각해 보니, 그것은 누구나 인생에서 한 번쯤은 경험해 보고 싶어 하는 종류의 짧고도 강렬한 로맨스였다. 환상적인 조건에서 거의 완벽한 대상과 나눈 로맨스는 현실이라기보다 꿈에 가까웠다.

모카커피의 달콤하고 풍부한 맛이 혀를 감싸자 유노는 자기도 모르게 한 여사의 가슴이 떠올랐다. 얼굴이 달아오를 것 같아 제인이 눈치 채지 못하도록 고개를 돌렸다.

"제 얼굴을 잘 봐두세요."

제인이 그렇게 말하며 이마에 흘러내린 머리칼을 손가락으로 쓸어 넘겼다. 난데없이 얼굴을 보라는 이유는 또 뭘까. 하지만 이제 유노는 제인의 엉뚱한 말과 행동에 어느 정도 익숙해져 있었다.

"지금껏 계속 제인 씨를 보고 있었잖아요?"

유노의 말에 제인은 늘 그렇듯 즉각적으로 대답하지 않았지만, 커다란 눈동자가 미세하게 떨리더니 이내 유노의 시선을 피해 버렸다. 유노는 이럴 땐 질문을 계속 던져 빨리 답을 얻으려 하기보다는 참을성 있게 기다려야 한다는 것을 알았다.

"새삼스럽게 얼굴은 왜요? 어디 먼 곳으로 떠나기라도 하세요?"

"저도 이번에 2단계 일을 맡게 됐거든요."

"아, 그래요? 축하해요."

유노는 제인에게서 어떤 말이 이어질지 궁금했지만 이번에도 애써 질문을 삼켰다.

"원래 저는 이번 달에 그만두려던 참이었고, 이 일은 3단계에 머무른 제가 할 일이 아니었는데, 2단계 일을 하는 PL들 중에 아무도 맡으려는 사람들이 없어서 제게도 선택권이 주어진 거예요. 2단계 일을 하고 싶었던 것은 아닌데…… 놀이 내용을 보니 꼭 제가 해야겠다는 생각이 들더군요.”

“잘됐네요, 뭐. 저도 이제 2단계 일을 시작한 지 얼마 되지 않았지만 3단계 일보다 낫다 싶더군요.”

“그런데 놀이 내용을 말씀드리기가 뭣하긴 하지만, 유노 씨에게만은 알려두고 싶었어요. 그래야만 저를…… 제 얼굴을 기억해 주실 것 같아서요.”

“그게 무슨 소리입니까? 도대체 어떤 성질의 놀이기에……. 혹시 위험한 것은 아닙니까?”

유노는 문득 걱정이 되었다. 최근에 듣기로는 PL들 중에 서바이벌 프로그램에 무리하게 참가했다가 중상을 입거나 실종된 사람들도 있다고 했다.

“의뢰인과 얼굴을 바꾸는 놀이예요.”

“네?”

유노는 자기가 제인의 말을 잘못 들었거나 딴생각에 빠져 있었던 것이라고 생각했다.

“저는 다른 모습으로 다시 태어나고 싶은 갈망을 갖고 살아왔어요. 이걸…… 보세요.”

제인이 손목시계를 풀고서 유노에게 손목 안쪽을 내밀었다. 유노는 섬뜩한 느낌에 제인의 손목을 계속 쳐다보고 있을 수가 없었다. 화상 자국처럼 매끈한 두 줄의 켈로이드. 너무나 선명한 자살 시도의 흔적이었다.

“그럼…… 어떻게?”

제인이 천천히 고개를 끄덕이며 눈으로 먼저 무엇인가를
호소하더니 마침내 입을 열었다.

"수술을 받을 거예요. 얼굴을 모두 고치는 거예요. 저는
의뢰인의 얼굴로, 의뢰인은 제 얼굴로."

"아니, 그게 말이 됩니까. 그 말은 다시는……."

"알아요. 이건 다른 놀이와는 달리 제가 원하는 경우에
도 그만두거나 원상 복귀가 불가능하다는 것……."

제인의 목소리에는 절박감이 묻어났다. 그녀에게도 얼마
나 힘든 결정이었는지, 그러면서도 그것을 얼마나 절실히
원하는지 알 것도 같았다. 하지만 이건 놀이가 아니다. 유
노의 사고 체계로는 절대로 놀이라고 인정할 수 없었다.
놀이란 언제든 그만두고 싶을 때 그만둘 수 있어야 하고,
그만둔 후에는 곧 잊을 수 있는 성격의 것이어야 한다. 하
지만 이건 어찌 보면 인생을 개조하는 일에 해당됐다. 아
무리 삶이 곧 놀이라지만, 놀이에는 즐거움이 따라야 하는
것이다. 무엇보다 이것은 너무 위험하다.

"무슨 생각을 하는지 다 알아요. 저 역시 생각해 본 것
들이니까. 하지만 저와 제 의뢰인은 그걸 놀이로 인정했
고, 이후에 후회하거나 소송을 걸어 문제를 복잡하게 하지
않겠다는 각서도 이미 썼어요. 어떤 놀이는 완전히 돌이킬
수 없는 성질 때문에 더 큰 용기를 필요로 하지만, 그만큼
고도의 스릴과 만족을 안겨 주죠. 도박처럼. 지금까지 우

리는 이 일을 하는 동안 이전부터 갖고 있었던 사고 체계
나 안목이 많이 바뀌었죠. 그런 것 역시 이전으로 되돌릴
수 없는 것들이에요. 저는 지금 이걸 하지 않으면 언젠가
또 한 번 이 흉터를 가르게 될지도 몰라요.”

　유노는 그녀의 마음을 돌려놓을 수 있는 결정적인 말을
찾고 싶었지만 당장 적합한 말이 생각나지 않았다. 제인은
정말 이해할 수 없는 것투성이였다. 그런 이상한 제안을
놀이로 받아들인다는 것도, 그 일을 하지 않으면 안 될 만
큼 자기 자신을 부정한다는 것도 말이 되지 않았다.

　“어떤 인디언 부족은 축제를 열 때마다 가진 재산을 모
조리 다 써버린대요. 그러고는 그 자리에 초대되어 온 부
족들 중에서 다음 축제를 열 부족을 선정하여 그들에게 선
물을 준대요. 그럼 그 선물을 받은 부족은 그 다음번에 더
욱더 성대한 축제를 여는 것으로 그것에 응답해야 한대요.
그게 되풀이되면서 재산은 모조리 잃었다가 또 모조리 되
찾았다가 하면서 부족들 사이를 돌고 도는 거예요. 그들은
가장 중요한 것을 과감하게 버림으로써 자기 명예를 지키
는 거죠. 또 그들은 경쟁자에게 모욕을 주기 위해 자기 부
족민들 몇 명을 그 자리에서 잡아 죽이기도 하는데, 그러
면 경쟁자는 자존심을 지키기 위해 그보다 더 많은 부족민
들을 과시용으로 죽였다는 거예요. 자기 파괴 행위를 통해
쾌감을 느끼고 일시적으로나마 명예심과 자존심을 되찾을

수 있다면, 그 행위 역시 놀이가 될 수 있어요. 그런 심리는 사실 우리 삶 속에도 깊이 스며들어 있지요. 제가 정신병자라서 특별히 저만 그런 것도 아니고요. 게다가 제가 혐오하는 제 얼굴이 마음에 들어 갖고 싶다는 사람이 있으니, 하루속히 그에게 제 얼굴을 주고 싶어요. 그 의뢰인의 얼굴을 보니…… 미인이더군요.”

유노는 제인이 그런 위험한 놀이를 하려는 이유를 알고 싶다기보다 막무가내로 막고 싶은 마음뿐이었다. 아무리 놀이자라지만 현실 감각 정도는 있어야 하는 것 아닌가. 하지만 제인의 성격상 지금 유노가 어떤 말을 해도 영향을 받지 않을 것이다.

“유노 씨한테라도 말하고 나니까 속이 시원하네요. 이제 얼굴을 바꾸고 나면 이전에 알았던 관계들을 모두 끊을 생각이에요. 부모도, 가족도, 친구도, 나의 과거도 모두…….”

제인은 애써 눈물을 참았지만, 눈물은 이번에도 그녀를 배반하고 말았다. 유노는 단순히 남의 일이라 생각하려 해도 그렇게 되지가 않았다.

“그런데 왜 하필이면 서로의 얼굴을 닮게 고친다는 거죠? 그게 완벽하게 실행될 리도 없을 테고, 별 의미도 없을 것 같은데…….”

“예뻐지기 위해서가 아니라 다른 사람이 되어보기 위해서니까요. 그냥 이목구비를 조금씩 더 예쁘게 고친다면 그

건 자기 자신이 조금 더 개선되는 것이지, 이미 지상에 살
던 다른 누군가가 되는 것은 아니잖아요. 의뢰인은 타인이
되어보고 싶은 욕망이 있는 사람이지만, 또한 자기 자신의
얼굴이 이 세상에서 완전히 사라지는 것도 원치 않아요.
그래서 자기 얼굴을 저에게 남겨두고 제 얼굴을 자기가 가
져가겠다는 거죠."

"미쳤군요. 정말 미쳤다고 밖에는…… 이게 무슨 할리우
드 영화도 아니고……."

유노는 이제 이 세계가 무섭기까지 했다. 도무지 2단계
의 의뢰인들 중에는 제정신인 사람이 없는 것 같았다. 그
들은 PL들에게 너무 큰 것을 기대하기 시작했다. 그들은
해외 토픽에 나온 어떤 사람들보다 기괴하고 변태적인 욕
망의 소유자들이었다. 그들은 놀지 못하는 사람들이라기보
다, 어쩌면 너무 많이 놀아봐서 구태의연한 놀이들에 신물
이 난 사람들일지도 몰랐다.

"어쩌면 나도 미쳤는지 몰라요. 그 사람이 절 버렸을 때
저도 절 버렸으니까……. 그러고도 오랜 시간이 지났으니
까."

제인이 다시 눈물을 흘리기 시작했다. 어깨 떨림도 없이
너무나 고요히.

"전 제인 씨에 대해 아무것도 모르지만, 제인 씨는 제가
모를 깊은 슬픔이 있는 분인 것 같아요. 나중에 제인 씨를

떠올릴 때 얼굴보다 그 눈물이 먼저 생각날 듯해요.”

유노의 말에 제인은 잠시 미소를 보이더니 다시 가슴 위로 고개를 떨어뜨렸다.

“사실 사랑하던 사람이 있었어요. 많은 역경을 딛고 우리 꿈을 실현하기 위해 시골에 집을 한 채 사서 살림을 차렸죠. 하지만 일 년도 채 못 되어 그 사람은 저를 그곳에 혼자 남겨두고 떠나버렸어요. 거기서 혼자 일 년을 더 기다리면서 살다가…… 타 죽을 생각으로 집에 불을 지르고 손목을 그었어요. 그런데 죽지 못한 것은…… 그 사람에 대한 미련 때문이었어요. 전 아직도 제게 그토록 고통만 준 사람을 기다려요. 그 사람한테 화가 나지 않고, 그 사람이 제 곁에 없다는 현실이 슬프기만 해요. 제가 못나서, 제게 문제가 너무 많아서 그 사람이 저를 버린 거예요. 저도 이렇게 못난 제가 너무 싫어요.”

그것이 유노가 처음으로 알게 된 제인의 비밀이었다. 차라리 듣지 않았으면 더 좋았을 것이다. 유노는 갑자기 자기가 당한 일처럼 울분이 치솟았다.

“당신은 바보 아니에요? 그게 무슨 사랑이에요! 그런다고 그 사람이 알아주기나 할 것 같아요? 아마 당신의 존재 따위는 까맣게 잊고서 어디선가 잘만 살고 있을 거예요. 제인 씨를 보니 이 세상에 사랑보다 더 가혹한 형벌도 없다는 생각이 들어요. 제인 씨는 구제 불능의 마조히스트예요. 그게 무슨 사랑이에요! 정말 화가 나는군요!"

유노는 답답하고 미칠 것 같은 기분에 벌떡 일어서고 말았다. 제인은 아무 말도 하지 않았다. 머릿속에서는 어떻게든 논리적으로 그녀가 이번의 이상한 놀이를 포기하도록 설득해야 한다는 외침이 끝없이 들려왔지만, 가슴속에서는 견딜 수 없는 혐오감이 일어났다. 왠지 그녀를 마구 짓밟으면서 때려주고 싶어졌다. 상처 입을 대로 상처를 입고도 자기 상처를 감쌀 줄 모르는 영원한 약자의 모습, 그것은 두 번 다시 꺼내고 싶지 않은 유노 자신의 모습이기도 했다.

"죄송하지만, 전 바쁜 일이 있어서 먼저 가봐야겠습니다. 나중에 연락드리겠습니다."

유노는 뒤도 한 번 돌아보지 않고, 두 주먹을 단단하게 움켜쥔 채 걸어 나왔다. 그 자리에 계속 있다가는 자기마저 미쳐버릴 것 같았기 때문이다.

21

　현관문을 열자 구수한 된장찌개 냄새가 코를 파고들었다. 모시조개와 파를 넣고 끓인 된장찌개가 분명했다. 미니가 끓인 것일까. 열쇠도 없는 미니가 어떻게 집 안에 들어왔을까. 설마 도둑은 아니겠지. 어느 도둑이 집 주인을 기다리며 된장찌개를 끓인단 말인가.

　미니가 머리칼을 귀 뒤로 쓸어 넘기며 부엌에서 나왔다. 빨갛고 노란 꽃무늬가 선명한 앞치마를 두른 미니는 막 피어난 꽃처럼 싱싱한 웃음을 짓고 있었다.

　"미안해요. 사실은 지난번에 선생님 댁에 왔을 때 비상키 하나를 제가 챙겨두었어요. 그걸 쓸 일이 생기리라고는 생각하지 않았는데…… 선생님이 제 전화도 안 받으시고 안 만나주시니까."

"그렇다고 이렇게 마음대로 들어와도 되는 거니? 내가
언제 들어올 줄 알고?"

혜리는 애써 굳은 표정을 지었지만, 사실 반갑고 기쁜
마음이 드는 것을 감출 수가 없었다.

"선생님은 해물 된장찌개를 좋아하시잖아요. 옛날에 선
생님이 그렇게 말씀하신 적 있어요. 된장찌개를 잘 끓이는
아가씨가 있으면 얼마든지 장가들겠노라고. 저, 그때부터
연습했어요. 선생님은 모르시겠지만."

가까이 다가와 팔짱을 끼는 미니를 보자 애처로움에 가
슴이 아렸다. 이 아이는 아직도 소녀적인 낭만과 순수에서
깨어나지 못한 것이다.

"넌 어떻게 지금 내 모습을 보면서도 나를 선생님이라고
부를 수 있니? 차라리 언니나 팀장님이라고 불러. 아니면
편한 대로 이모나 고모라고 부르든지."

혜리는 애써 여성스러운 목소리를 냈다. 톤이 높고 가늘
기는 해도 음색만은 여자답지가 못해서 불만이었다. 미니
가 마음이 아프리라는 것을 알면서도 혜리는 심술을 부리
며 그녀의 팔을 떼어냈다. 미니의 눈에 잠시 절망감이 스
쳤지만 이내 괜찮은 척했다. 혜리는 그렇게라도 말하지 않
으면 자기 자신조차 착각에 빠질 것만 같았다. 저녁에 퇴
근하면 철없는 아내가 앞치마 차림으로 맞아주며 서투른

솜씨로 지은 저녁밥을 먹여주는 그림. 그것은 언젠가 혜리가 꾼 적 있는 소박한 꿈의 일부이기도 했다. 혜리 역시 한국 땅에서 삼십 년을 남자로 살아온 사람이었다. 비록 짧은 기간이었지만 그 행복을 최대한 만끽하며 살았던 적도 있었다.

"어서 손부터 씻고 오세요. 전 오늘 한 끼도 못 먹었어요. 배고파 죽겠어요. 선생님이 드셔야 저도 먹죠."

미니는 얼른 몸을 돌려 가스레인지 쪽으로 뛰어갔다. 혜리는 어쩔 수 없이 방으로 들어가 옷을 갈아입고 손을 씻고 나왔다. 가슴이 깊게 팬 분홍색 실내용 원피스 차림이었다. 거기 맞춰 입술에 분홍색 립스틱을 한 번 더 바르는 것도 잊지 않았다. 미니는 그런 혜리의 모습을 아무런 거부감 없이 바라보았다.

미니의 요리 솜씨는 썩 훌륭했다. 맛이 있으리라곤 기대하지도 않았는데, 꽤 괜찮은 냄새만큼이나 맛도 좋았다.

"화학조미료는 일절 넣지 않았어요. 선생님의 피부 미용을 생각해서."

그 말에 처음으로 혜리가 미소를 지었다.

"저도 나름대로 노력하고 있어요. 하지만 언니라고는 도저히 못 부르겠어요. 호칭만큼은 그냥 선생님이라고 부르게 놔두세요, 제발."

"그래, 알았으니까 밥이나 많이 먹어라. 배고프다면서?"

미니가 고른 치열을 드러내며 환하게 웃었다. 앞니는 거의 원 상태로 회복되어 있었다. 미니를 다시 만난 후로는 처음 보는 웃음이었다. 혜리는 냉정을 유지하려 애썼지만 머릿속에서는 온갖 기억이 한꺼번에 일어나며 회오리쳤다. 과거에 인연을 맺었던 사람은 되도록 피하며 살아왔다. 상대편을 위한 배려이기도 했지만, 무엇보다 혜리 자신을 위한 방편이었다. 완전한 여자라고는 할 수 없어도 삼 년씩이나 완전한 여자로 살려고 애썼다. 수술 전의 갈등과 번민에 비하면, 오히려 남자를 탈피한 후에는 속세에 섞여 사는 신선이라도 된 양 초연함을 유지할 수 있었다.

혜리는 수술 전에도 여자들을 대하는 것이 더 편했고, 여자들의 마음을 비교적 잘 이해하는 편이었다. 남자로서 여자를 사귀었던 일도 어찌 보면 몸은 남성으로서 반응했지만, 마음은 완전한 이성애가 아니었던 것도 같다. 어떨 때는 엄마 같은 심정으로 챙겨주었고, 또 어떨 때는 오빠나 아빠 같은 자세로 사랑했다. 그러나 대체로 한국에서 남자로 길러지고 군대까지 다녀온 사람답게 그런 마음이 들더라도 크게 걱정하지 않았다. 에로스에서 박애주의나 아가페적인 사랑으로 발전하는 것이 모든 남녀 간의 사랑이 궁극적으로 지향해야 할 길이라 믿었던 것이다.

그 때문에 사랑에 빠져 번민하는 남자나 여자 들은 혜리를 찾아와 상담하고 싶어 했다. 그녀와 한 번 이야기를 나누고 나면 답답하게 끓어오르던 가슴이 냉수를 들이켠 것처럼 시원해진다고 했다. 사람의 과거나 미래를 보는 능력이 있는 것은 아니었지만, 반은 장난으로 반은 짐작으로 하는 말들이 잘 들어맞는 경우가 많았다. 누군가의 말처럼 어쩌면 혜리는 남자와 여자 모두를 몸소 체험한 사람이기에 인간을 통찰하는 능력이 생긴 것인지도 모른다.

혜리는 밥을 먹는 동안 예전에는 한 번도 생각해 보지 못한 것들을 고민하기 시작했다. 자신에게 닥칠 수 있는 가능성들을 미리 조합해 보는 것만이 최대한 현명하게 남은 인생을 살아가는 대책이었다. 우선 미니의 입장에서 생각해 보면, 둘의 관계는 미니가 혜리를 남성으로 인식한다면 이성애에 가까울 것이고, 미니가 혜리를 여성 혹은 중성으로 인식한다면 동성애에 가까울 것이다.

문제는 여기에 혜리의 경우까지 더해지면 더욱 복잡해진다는 점이다. 혜리가 지금처럼 여자로서의 정체성을 고수할 수 있다면 미니가 어떻게 생각하든 둘의 관계는 분명 동성애일 것이다. 그러나 혜리는 미니가 찾아왔던 밤에 느꼈던 발기의 느낌을 똑똑히 기억하고 있었다. 만의 하나, 미니에게 반응하는 부분이 혜리 안의 남성적인 부분이라면 그것은 최악의 이성애가 될 것이다.

정신분석학자들의 이론에 따라 여자 안의 남성적인 것과 남자 안의 여성적인 것까지 적용한다면 문제는 더욱 복잡

해진다. 의식의 세계만으로도 복잡한데 무의식의 세계까지
고려해 본다는 것이 무슨 의미가 있을까. 누군가의 말처럼
'범성애'라는 말로 동성애와 이성애를 전부 하나의 범주
안에 넣어버릴 수도 있겠지만, 혜리가 겪어본 바로는 남자
와 여자가 분명히 다르고, 남자가 여자를 사랑하는 방식과
여자가 남자를 사랑하는 방식에는 차이가 있었다.

식탁을 치운 후 혜리는 과일을 꺼내려고 냉장고를 열었
다. 혜리의 작전은 어떻게든 자신이 지극히 평범한 여자에
불과하다는 것을 미니에게 인식시켜 주는 일이었다.

"미니야, 넌 무슨 과일을 좋아하니? 키위, 사과, 오렌지
가 있는데?"

혜리가 냉장고를 열고서 과일 박스를 뒤적이며 말했다.

"다 좋아요. 전부 조금씩 먹으면 되죠."

혜리는 미니의 말을 듣고서 키위 세 개와 사과, 오렌지
하나씩을 꺼내 식탁에 올려두었다. 냉장고를 닫으려고 몸
을 돌리다가 목욕탕 앞에서 옷을 벗고 있는 미니를 보았
다. 미니는 팬티와 브래지어 차림이었고, 이제 브래지어의
호크를 벗기는 중이었다. 미니의 속살은 싱그럽고도 탄탄해
보였다. 알이 꽉 차다 못해 껍질이 터져버린 석류 같았다.

"너, 지금 뭐하는 거니?"

혜리가 살짝 얼굴을 붉혔다. 그러나 미니는 전혀 개의치
않고 브래지어를 벗었다. 미니의 동그란 젖가슴이 드러났

다. 혜리는 갑자기 요의를 느꼈으나 태연한 척했다.

"샤워를 좀 하려고요. 생리를 시작하려는지 몸이 너무 찌뿌드드해요. 욕실에 고급 물 안마기도 달려 있더라고요."

"그럼 목욕하고 나서 먹을래? 과일은 나중에 깎을까?"

혜리는 미니를 같은 여자로 아무렇지도 않게 바라보아야 한다고 생각했지만, 자신의 의지와는 달리 민망한 마음에 고개 숙여 과일만 응시했다. 어쩌면 보통 여자들도 이런 상황에서는 어색해하는 게 당연할 것이다. 혜리는 늘 그래 왔듯이 강한 이성의 힘으로 감정을 통제하려 애썼다.

"아뇨. 선생님은 먼저 드셔야죠. 저도 몇 조각 집어 먹고 욕실에 들어가면 돼요."

미니는 팬티 바람으로 식탁을 향해 달려올 기세였다. 혜리는 재빨리 안방으로 들어가서 면으로 된 목욕 가운을 꺼내 왔다.

"이걸 입고 과일 먹어."

혜리는 비스듬히 고개를 돌린 채 목욕 가운을 내밀었다. 가운을 받아 든 미니는 이미 팬티마저 벗은 상태였다. 미니의 얼굴은 너무나 천연덕스러웠다. 이게 요즘 아이들의 뻔뻔스러움일까? 혜리는 미니가 자신을 유혹하고 있다는 것을 알았지만 그녀에게 대놓고 말할 수도 없었다. 그런 미니를 태연하게 바라보지 못한다면 오히려 자신이 미니의 덫에 걸려든 셈이 되고 만다.

미니의 몸은 질투가 날 정도로 아름다웠다. 팔다리가 길고 약간 마른 편이긴 했지만 가슴과 엉덩이, 허벅지에는 살이 적당히 붙어 있었다. 또래들에 비해 고생을 많이 한 탓인지 미니의 몸에는 젊은 여자의 풋풋함보다는 어딘가 성숙한 여성의 자태가 느껴졌다. 언젠가 잡지에서 읽은, 경력이 십 년이 넘었다는 누드모델의 글이 기억났다. 그는 여자의 벗은 몸을 보면 그녀가 어떻게 살았는지 다 알아볼 수 있다고 했다. 창녀들의 몸과 정숙한 여자들의 몸은 확연한 차이가 난다는 것이다. 그 몸을 스쳐 간 손길들의 흔적이 몸에 새겨지기 때문이란다.

미니는 마지못해 가운을 걸쳤지만 끈을 묶지는 않았다. 혜리가 과일을 깎는 동안 맞은편 식탁 의자에 앉은 미니는 의도적으로 유방을 드러내는 동작을 취하곤 했다.

"선생님, 제 가슴이 좀 작은 것 같지 않아요? 유방 확대 수술을 하면 좀 섹시해 보이지 않을까요?"

미니는 그렇게 말하면서 자기 가슴을 두 손으로 받쳐 들더니 천진난만하게 웃었다.

"선생님, 선생님은 어디서 수술을 받으셨어요? 나중에 저한테도 좀 소개해 주세요. 돈을 더 벌면 찾아가게……."

혜리는 대꾸하지 않고 그저 과일을 예쁘게 깎는 데만 집중했다. 그러나 손이 미세하게 떨려 왔고, 그것을 미니가 알아채지 못하기를 바랐다. 미니는 오렌지와 키위를 몇 조각 집어 먹더니 의자에서 일어났다.

"목욕물을 받아서 몸을 푹 담갔다가 때도 좀 밀어야겠어요. 그래도 되죠?"

미니는 또 한 번 깔깔거리고 웃더니 천천히 목욕 가운을 벗으며 욕실로 걸어갔다. 미니는 뒷모습을 보이며 욕실 안으로 사라졌고, 그제야 혜리는 미니가 사라진 욕실 문을 멍하니 쳐다보았다. 그때 갑자기 욕실 문이 열리면서 미니가 다시 튀어나왔다. 아무런 부끄럼도 없는 여자 아이처럼 가슴과 아랫배를 정면으로 내보이며 서 있었다.

"선생님, 이따가 등 밀어주실 거죠? 저, 등을 못 민 지 한참 됐거든요."

혜리는 마지못해 미니를 바라보며 고개를 끄덕였다.

아직 단련이 되지 않았기 때문이라고 생각했다. 성전환을 한 후 대중목욕탕에도 드나들면서 여자들의 벗은 몸에 자극받지 않는 연습을 해야 했는데. 여자가 된 지 삼 년 만에 혜리는 자신의 성 정체성에 최대의 시련을 맞게 된 것이다. 아직도 남자의 신분으로 여탕을 구경하는 것만 같은 기분이었다.

텔레비전을 보면서도 집중할 수가 없었다. 리모컨으로 채널을 계속 바꾸면서도 어느 프로를 볼지 결정할 수가 없었다.

"선생님, 등 좀 밀어주세요."

욕실 문이 열리고 미니가 젖은 얼굴을 내밀었다. 혜리는 어쩔 수 없이 소파에서 일어나 욕실로 걸어 들어갔다.

혜리의 헤어밴드로 머리칼을 올려 묶은 미니는 천연덕스럽게 혜리의 손에 때수건을 들려 주고는 뒤돌아 앉았다. 혜리는 미니의 가느다란 목덜미에 때수건을 갖다 댔다. 위에서 내려다보이는 미니의 가슴과 그 아래의 검은 음모, 허리 아래에서 동그랗게 갈라진 엉덩이를 보자 아까처럼 갑자기 요의가 되살아났다. 아니, 어쩌면 지난번에 느꼈던 것과 같은 발기의 느낌인지도 몰랐다.

혜리는 자기가 미니의 몸을 열렬히 탐색하고 있다는 것을 인정했다. 하지만 이건 인류 보편적인 느낌일 것이다. 여체는 남자의 몸보다 객관적으로 아름답고 심미적인 가치가 있기 때문에, 남자든 여자든 그것을 보면 아름다움을 느끼는 것이다. 혜리는 어느 예술 평론가가 한 말을 떠올리며 안정을 유지하려 애썼다. 그러면서도 미친 듯이 미니의 몸을 갈구하는 자신을 느꼈다. 그녀의 새치름하니 젖은 입술에 입을 맞추고, 동그스름한 유방을 깨물어 보고 싶었다. 그리고 그녀를 눕혀서 은밀한 곳을 맘껏 바라보고 그 느낌을 손가락 끝으로 확인하고 싶었다.

혜리의 손이 자꾸만 자신을 배반하려 했다. 그러나 혜리는 극도의 자제심을 발휘하는 데 성공했다. 때수건에 비누를 잔뜩 묻혀 조금 세게 문지르기 시작했다. 아까와 같은 흥분은 다소 가라앉는 것 같았다. 혜리는 미니의 몸을 엿보는 일을 멈추고 정확히 등에서 허리까지만 밀어주었다. 때도 거의 나오지 않았다. 아니, 사실은 여자의 몸을 어느 정도로 세게 밀어야 하는지 알 수 없어서 최대한 가볍게 문지르기만 했던 것이다.

"됐지? 마저 씻고 나와. 난 꼭 봐야 하는 연속극이 있어서……."

혜리는 손을 씻은 후 도망치듯 욕실을 빠져나왔다.

잠시 후 목욕 가운 차림으로 욕실에서 나온 미니는 이슬을 머금은 새벽 장미처럼 싱그럽고 투명해 보였다. 혜리는 그런 미니를 똑바로 쳐다볼 자신이 없어서 얼른 소파에서 일어났다.

"난 좀 피곤해서 먼저 자러 갈게. 네가 자고 갈 거라면 저기 작은방에 이부자리를 펴줄게."

"연속극을 보신다더니 안 보세요?"

혜리는 자기가 연속극 핑계를 댔다는 사실조차 까맣게 잊고 있었다.

"저, 선생님이랑 같이 자면 안 돼요? 선생님 침대도 넓잖아요."

혜리는 미니를 거부할 만한 적당한 핑계거리를 찾고 있었다. 그러나 솔직히 미니를 거부하고 싶지 않았다. 그냥 여자들끼리 자매처럼 다정하게 자는 것이 더 자연스러운 일일 것이다. 한편으로는 자신의 마음속에 다른 욕구나 호기심이 발동한 것이 아닌지 궁금했고, 그것을 확인해 보고 싶은 마음도 있었다.

"그럼 난 먼저 들어가 잘 테니까 넌 텔레비전을 보다가 졸리면 자든지 해. 이제 겨우 9시네, 뭐."

혜리는 간단히 세수를 마치고 침대에 누웠지만 잠이 오지 않았다. 자기 삶의 방향과 색채가 모두 정해지고, 이제야 안정을 얻었다고 생각한 그녀에게 미니의 존재는 새로운 도전이었다. 미니에 대한 연민 때문만은 아니었다. 혜리는 분명 미니에게 육체적으로 끌렸으며, 정서적으로는 귀엽고 사랑스럽다고 느꼈다. 그 관계는 육체의 형식을 배제한다면 총각 선생님과 여제자 사이와 비슷했다.

혜리는 미니를 이 일에 끌어들인 것을 한동안 많이 후회했다. 혜리 자신을 위해서는 반드시 피해야 할 결정이었는데, 옛 사제 관계의 연민과 애틋함이 결국 미니를 위한 결정을 내리도록 만들었다.

사실 지난번에 미니의 잇몸을 만져본 이후로, 가슴 한구석에 미니에 대한 생각이 뿌리를 내리기 시작했다. 그녀의 손을 잡아주고 싶었고, 하루에 한 번씩 껴안고 힘내서 열심히 살라고 말해 주고 싶었으며, 좋은 음식을 먹거나 아름다운 것을 볼 때 미니에게 얘기해 주고 싶었다. 인생의 굽이굽이에서 마주치는 문제들에 대해 좀 더 현명한 길로 나아갈 수 있도록 언제든 조언도 해주고 싶었다. 심지어 미니가 지금 지내는 월세 자취방을 나와 자기 아파트에서 같이 살면 어떨까 하는 궁리까지 했다.

미니가 자신에게 연정을 느끼는 것을 막기 위해서 그동안 그녀의 연락을 회피해 왔지만, 사실 매일 두세 번씩 걸려오는 전화와 문자 메시지에 길들여진 것을 부인할 수 없었다. 하루라도 미니의 연락이 오지 않는 날에는 초조했다. 그럴 때는 버림받은 느낌에 하루 종일 외롭고 우울했다. 솔직히 오늘 저녁, 미니가 집에서 음식을 해놓고 자신을 기다리고 있는 것을 확인하는 순간, 혜리는 오랫동안 느껴보지 못한 행복에 도취됐다. 언제나 밤만 계속되는 날들을 살다가 반짝 해가 비치는 눈부신 한낮을 맞본 느낌이었다. 그 햇살은 따스하고도 매혹적이었다. 미니의 눈을 볼 때마다 한때 길렀던, 털이 새하얀 몰티즈 강아지의 커다랗고 새카만 눈이 떠올랐다. 아무리 들여다봐도 질리지 않는 눈이었다. 언제까지라도 얼굴을 마주하고 끝없이 바라보고 싶은 눈이었다.

깜박 잠이 들었는지 미니가 이불을 들치고 옆 자리에 눕는 기척에 정신이 들었다. 혜리는 계속 잠자는 척했다. 미니가 혜리의 뺨에 가만히 손을 올려놓았다. 은은한 스탠드 불빛 아래 혜리는 자기를 바라보는 미니의 시선을 느낄 수 있었다.

미니는 이불 바깥에 나와 있는 혜리의 오른손을 살포시 들어 올려 손바닥을 만지작거렸다. 혜리의 손을 자신의 왼 손바닥과 맞춰보는가 싶더니 엄지손가락에서 새끼손가락까 지 다섯 개의 동그스름한 손가락 끝을 맞댔다. 혜리는 못 이기는 척 슬며시 눈을 떴다.

"안 자니?"

"저 때문에 잠 깨셨어요?"

"아냐, 괜찮아."

"선생님, 그럼 절 좀 안아주세요. 엄마처럼."

'엄마처럼'이라는 말에 혜리는 꼼짝없이 걸려들었다. 뭐 라 대답을 하기도 전에 미니가 혜리의 한쪽 팔을 베고 누 우며 겨드랑이 사이로 파고들었다. 그리고 혜리의 반대편 팔을 끌어당겨 자기 쪽으로 돌아눕게 만들고는 혜리의 등 을 껴안았다. 혜리도 어쩔 수 없이 미니의 등을 토닥거려 주었다.

"너무 좋아요. 제 소원이 이뤄졌나 봐요. 이렇게 선생님 가까이에 있게 되다니요."

혜리는 뭐라 말할 수 없는 복잡한 감정에 시달렸지만, 그저 눈을 꾹 감고서 신음 섞인 한숨을 내쉬었다. 이제 이 아이를, 아니 자기 자신을 어떻게 해야 한단 말인가.

"선생님을 보면…… 선인장을 보는 것 같아요. 그 느낌 은 예나 지금이나 변함이 없네요."

“선인장이 어때서?”

“선인장은 단단하지만 항상 목이 말라 보이잖아요. 그래서 물을 주고 싶어도, 물을 너무 많이 주거나 자주 주면 죽어버리니까 조심스럽고요. 그런데도 물을 얼마만큼 원하는지, 어느 정도 목마른지를 드러내지 않기 때문에 얼마나 물을 주어야 할지를 알 수 없어요. 게다가 누군가 다가오는 것을 거부하는 듯하면서도, 또 누군가의 사랑을 갈구하는 듯한 뾰족한 가시 잎들 때문에 무척 외로워 보이기도 하고요.”

“선인장이 그런 식물이긴 한데, 그게 나랑 비슷하다는 말은 처음 들어.”

“가까이 가면 찔릴 것이 분명한데도 왠지 안아주고 싶은…… 그런 사람이에요, 선생님은.”

미니의 마지막 말이 혜리의 가슴을 무너뜨렸다. 언젠가 바다에 갔을 때 높이 솟아오른 파도 벽을 보고서 휘말리지 않으려 뒤돌아선 순간, 무너져 내리는 파도에 온몸이 휘말렸던 기억이 났다. 손쓸 틈도 없이 그의 몸은 해변에 내동댕이쳐졌다가, 바다로 밀려 내려가는 파도의 힘에 온몸으로 모래를 쓸며 물속으로 끌려갔다. 파도는 거기서 멈추지 않고, 다시 한번 그의 몸을 들어 올려 내동댕이쳤다. 혜리는 지금 곧 무너져 내릴 듯한 파도 벽 앞에서 등을 돌리고 선 것이다. 이제 그것을 피해 보려는 노력은 무용지물이 되고 말 것이다. 아니, 피해야 한다는 생각조차 내리치는 파도의 힘에 산산조각 나고 말 것이다.

"그래선지 가끔 선생님이 웃으실 때, 웃음소리의 여운이 울음소리처럼 들릴 때가 있어요."

갑자기 미니의 입술이 혜리의 입술에 닿았다. 혜리는 화들짝 놀랐지만 피할 수가 없었다. 뱃속 어딘가에서 시작된 짜릿한 느낌이 길게 이어지다가 전신으로 소용돌이치기 시작했다. 활자들이 모조리 검은 잉크로 녹아내린 책처럼 머릿속이 하얗게 비어버렸다. 혜리는 진짜로 물 한 모금 못 마시고 사막을 건너온 사람인 양 미니 속의 수분을 모조리 빨아들이기 시작했다. 미니의 혓바닥은 물을 잔뜩 머금은 스펀지처럼 누르기만 해도 물이 솟아나는 것 같았다. 그 물은 영원히 목마르지 않을 샘물일 것이다. 길고 긴 키스가 이어지는 동안 두 사람은 어느새 서로의 몸을 세게 끌어당기고 있었다. 더 이상 가까워질 수 없을 만큼 격렬하게.

22

커튼이 걷히며 눈부신 햇살이 침대 위를 비추었다. 오래간만에 늦게까지 단잠을 잔 혜리는 머리맡의 시계부터 보았다. 오전 10시 30분이었다. 알람이 울리는 것도 듣지 못하고 잔 모양이었다. 미니가 자신을 깨우기 위해 커튼을 걷었을 것이다.

"잘 잤어요?"

미니의 목소리가 아니라는 것을 알아채자마자 혜리는 얼른 이불로 가슴을 가리며 일어나 앉았다. 창가에 서 있던 여자가 혜리를 향해 고개를 돌렸다.

"아니? 당신이 어떻게……."

제인이었다. 혜리는 얼른 주변을 살펴보았지만 어디에도

미니의 흔적은 없었다.

"걱정 말아요. 문을 열어준 사람이 미니였으니까. 미니는 먼저 갔어요."

"하지만 제인 씨가 여기까지 저를 찾아올 이유가 있었던 가요?"

"신태우 씨, 아직도 내가 누군지 모르시겠어요? 내 목소리도 기억 못 하세요?"

혜리는 자신의 옛 이름을 부르는 여자 앞에서 갑자기 등골이 서늘해지는 것을 느꼈다. 미니 말고 아직까지도 신태우라는 이름과 그의 모습을 기억해야 하는 사람이라면 부모님 말고는 단 한 사람밖에 없었다.

"설마 혜수…… 혜수는 아니겠지? 혜수는 방화 사건으로 죽은 줄 알았는데?"

제인은 대답하지 않고 고개만 끄덕였으나 온몸을 부들부들 떨고 있었다.

"불행히도 나는 죽지 않았어요. 화상을 입은 얼굴을 이 년에 걸쳐 성형했어요. 그러고 나서 계속 당신을 찾아다녔는데 찾을 수 없더군요. 당신은 죽은 것도 아닌데 자취를 감춰버렸어요. 결국 당신을 찾아냈는데, 당신은 죽은 것이나 다름없는 사람이 되었더군요. 바보같이……. 그런데도 난 포기가 안 되어서, 당신을 꼭 만나기로 결심했고, PL이 되었어요. 역시 당신은 날 알아보지 못했고, 나를 버린 당신에게 내가 어떻게 복수할 수 있을까 고민했어요. 그때 미니의 이용 가치를 발견했죠. 당신이 남자의 몸을 버린 것뿐만 아니라, 당신의 인생 전체를 후회하게 만들 수 있다면 그 이상의 복수는 없겠다 싶었죠. 그래야 공평하니까!"

혜리는 너무 짧은 시간에 그토록 엄청난 이야기를 듣자 오히려 머릿속이 텅 비어버리면서 아무것도 생각할 수 없는 지경이 되었다. 혜수가 살아 있었다니…… 혜수가 살아 있었다니…… 그리고 미니는…….

"왜 나를 버렸죠? 왜 내가 죽었는지 살았는지도 제대로 확인하려 하지 않았죠? 왜 아무 말도 없이 떠나버려서 나를 그렇게 기다리게 만들었냐고요?"

"제발 조금만 기다려주세요. 내가 천천히 생각할 수 있게……. 일단 난 이제 더 이상 신태우가 아니고, 무책임하게 들릴지 모르지만 그 사람이 한 일에 대해 감정적인 책임을 져야 한다고는 생각지 않아요."

제인이 다가와 혜리의 몸을 가려주던 이불을 순식간에 걷어냈다.

"지금 이 순간에 그런 소리가 나오다니 역시 당신은 무서워. 이렇게 가짜 젖퉁을 달고 페니스를 잘라낸다고 해서 당신이 딴사람이 되거나 여자가 될 수는 없어. 혜수가 제인이 될 수는 없었던 것처럼. 그런다고 도망칠 수 있을 것 같아? 왜? 내가 살아 있어서 화나? 이제 미니랑 둘이 잘 먹

고 잘사는 일만 남았는데, 하필 지금 내가 나타나서 원망
스러워?"

제인은 혜리의 벗은 몸을 인정사정없이 내리치기 시작했
다. 혜리는 아무 저항 없이 맞고만 있었다. 제인을 처음 만
났을 때 그녀의 목소리를 듣고 잠시 혜수를 떠올렸던 것은
사실이었다. 한동안 사랑했던 사람의 기억이나 흔적은 그
렇게 쉽게 지워지는 것이 아니다.

"미안해……. 때리는 걸로 부족하다면 날 죽여도 좋아."

그 말에 제인이 오열을 터뜨렸다. 그러면서 혜리의 머리
칼을 쥐어뜯고 얼굴과 가슴에 온통 손톱자국을 남겼다. 마
침내 힘이 거덜 나자 침대에 누워버렸다.

"마땅히 분노를 터뜨릴 대상이 필요하다면 너를 위해 신
태우가 되어줄 수는 있어."

"이제 말해 봐. 왜 나를 버렸는지 알고 싶어. 나한테 싫
증이 났던 거라면 그렇게 말해도 좋아!"

제인은 눈을 꼭 감은 채로 말했다. 혜리는 긴 한숨을 내
쉬었다. 오랫동안 잊고 있던 얘기였다.

"사실 널 만날 때 난 이미 초급 PL이었어. 너에게 끌리
고 있었지만 용기가 없어 망설였는데, 마침 그때 축복의
섬에서 2단계 놀이를 제안했어. 사랑의 감정을 거래하는
놀이였어. 대상은 자유롭게 선택하되, 그 사람과 사랑을
하면서 느낀 모든 감정들을 의뢰인에게 전달한 후에 그 사

랑의 소유권을 포기해야만 하는 놀이. 위험천만한 거래라
는 것을 알면서도, 나는 일단 너를 사귀어보고 싶었어. 네
가 내 사랑을 진정으로 받아들여 줄지도 확신이 없었을 때
였지. 난 젊었고 집안 사정상 돈이 필요했어. 너와 지내면
서 행복했지만 놀이자의 임무에도 충실해야 했어. 그래서
너를 떠나야 했고, 그 놀이가 완전히 종료된 후에 다시 너
를 찾을 생각이었어.

하지만 그 다음부터는 줄곧 외국에서 일이 이루어지는
바람에 너에게 가는 날은 자꾸만 미뤄졌어. 네가 방화로
자살했다는 소식을 들은 후에 오랫동안 죄책감을 안고 살
다가, 놀이에 전념하는 척하며 성전환 놀이까지 도전했지.
너의 기억을 안고서 신태우로 살기는 어려웠어. 한 번도
악몽을 꾸지 않은 날이 없었어.

솔직히 인정할게. 난 그때 이미 신태우가 아니라 놀이에
따라 카멜레온처럼 몸 색깔을 바꾸는 비열하고 교활한 익
명의 놀이자가 되어가고 있었던 거야.”

무엇인가 생각난 듯이 갑자기 제인이 몸을 일으켰다.

“사랑의 감정을 거래한다니, 그게 말이나 되는 일이야?”

“그런 일은 불가능할 것 같았는데 꼭 그렇지만도 않더
군. 의뢰인이 나의 경험을 간접 체험하면서 내 감정을 확
실히 자기 것으로 만들었는지는 알 수 없지만, 내가 그 감
정을 확실히 포기하게 된 것은 맞아. 도파민 분비를 억제

하는 약물 요법과 최면 요법을 강요하더니, 나중에는 확인차 거짓말 탐지기까지 들이대더군. 그때 처음 우리의 놀이가 얼마나 비논리적이고 악독한 것일 수 있는지 깨달았어.”

“그럼 당신은 그 감정을 포기한다지만, 나는? 내 감정은 어떻게 하라고? 내 사랑은……?”

이번에는 혜리가 제인의 손목을 붙잡았다.

“미안해. 냉정하게 들리겠지만, 두 사람이 사랑한다 해도 감정은 어차피 각자의 것이니까…….”

“말은 잘 하는군. 그런데 내가 죽었다는 소리는 누구한테 들었어?”

“내 의뢰인한테서.”

“의뢰인이 누구였는데?”

“사실 알고 보니 그는 그냥 의뢰인이 아니라, 축복의 섬 전체의 최종 의뢰인이었어. 그래서 다른 놀이를 할 때보다 더 큰돈을 받을 수 있었지.”

“나쁜 새끼!”

제인은 뚫어져라 벽을 응시했다. 그러나 더 이상 폭력을 휘두르지는 않았다.

“정말 미안하다. 내가 어떻게 해주면 되겠니?”

“내가 비록 살아나긴 했지만 당신은 나를 죽인 것이 맞아. 게다가 내가 원망하고 그리워할 사람의 존재마저 없애버렸어. 이 살인자! 당신 같은 쓰레기는 살아 있을 가치도

없어. 난 이미 복수를 한 셈이니까 우리는 비긴 거야. 미니
는 이제 당신을 만나지 않을 거야. 당신이 돈 때문에 나를
버렸듯이 미니도 돈이 필요했거든.”
　제인은 다시는 혜리와 눈을 마주치지 않았다. 냄새 나는
쓰레기를 피하듯이, 헝클어진 머리에 멍들고 할퀸 자국이
가득한 혜리를 내버려 둔 채 한마디 인사도 없이 방문을
쾅 닫고 나가 버렸다.

23

새벽 3시, 유노가 읽던 책을 덮고 막 침대에 누우려던 참이었다. 그때 전화벨이 울렸다. 혜리였다. 또박또박 발음하려 애썼지만 여지없이 거칠게 갈라지는 목소리가 술에 취한 것도 같고 막 울다 만 사람 같기도 했다.

"절 좀 데리러 와주세요⋯⋯."

혜리가 힘겹게 한숨을 내쉬었다. 유노는 얼른 장소를 묻고는 옷을 입기 시작했다.

혜리는 동작대교 남단에 차를 대놓고 홀로 다리 난간에 기댄 채 서 있었다. 택시에서 내리는 유노를 보자 반가움을 드러내며 자기 쪽으로 오라고 손짓했다.

"술을 마시고 대리 운전자를 불러 집에 가던 중에 생각이 바뀌어 이곳에 데려다 달라고 했어요. 여기 정말 아름답지 않아요? 잠들지 못하는 새벽에 가끔 바람 쐬러 오는 곳이에요.”

혜리는 난간에 두 손을 얹은 채 바람에 머리칼을 나부끼고 있었다. 오른 손가락에는 반쯤 타버린 담배가 기다랗게 재를 매달고 있었다.

“많이 마셨나요?”

“조금요…….”

푸른 조명으로 밝힌 둥근 아치 덕분에 혜리는 더욱 신비로운 분위기를 풍겼다. 두 줄로 다리를 밝힌 가로등 불빛들이 건너편 한강 변을 따라 점점이 늘어선 가로등들과 수직을 이루며 밤하늘을 향해 빛의 길을 만들었다.

유노는 혜리 옆에 나란히 섰다. 혜리는 아득히 멀게만 보이는 수면에다 담뱃재를 떨었다. 담뱃재를 삼켰을 강물은 검고 단단한 대리석처럼 모든 빛과 형상들을 거울처럼 되비추었다. 가까이에서 보니, 혜리의 턱 아래쪽에는 두꺼운 화장으로도 가리지 못한 수술 자국이 엷게 남아 있었다. 유노의 시선을 눈치 챈 혜리가 흘겨보는 시늉을 하며 웃었다. 길게 찢어진 눈초리를 따라 자연스럽게 뻗은 속눈썹과, 그 아래에 드러난 유난히 검은 눈동자가 매혹적이었다. 지난번과 달리 매직 스트레이트 파마로 곧게 펴고 검게 염색한 머리칼은 동그스름하게 튀어나온 이마와 어우러져 지적인 인상을 부각시켰다. 평소의 혜리라면 아마 이런 상황에서도 예의를 차리기 위해 늦은 시간에 불러내서 미안하다는 둥, 와줘서 고맙다는 둥, 그런 말들을 했을 것이다. 그러나 혜리는 유노를 오래된 친구처럼 대했다. 그저 눈앞에 있으면 아무 말 않고도 밤새 술을 마실 수 있는 친구. 함께 대중목욕탕에 가서 자기 몸에서 밀려 나오는 때를 보여주어도 아무렇지 않은 친구. 생각해 보니 유노 역시 그런 친구를 갖지 못한 지 오래됐다.

"맹인이 담배 피우는 모습을 본 적 있으세요?"

혜리는 뜬금없는 질문을 던졌다.

"네?"

혜리는 피우던 담배를 강물에 떨어뜨리고는 새로운 담배에 불을 붙였다.

"잘 보세요."

혜리는 불을 붙인 담배를 오른손 엄지손가락과 집게손가락으로 잡더니 눈을 꼭 감았다. 눈을 감은 채 입술과 손끝에 온 신경을 집중하여 담배 한 모금을 깊이깊이 빨아들였다. 그러고는 담배 필터를 아랫입술에 붙인 채 윗입술만 약간 열어 연기를 뱉어냈다. 그와 동시에, 왼손 엄지손가락과 집게손가락으로 불꽃이 타들어 가는 담배의 끝자락을 조심스럽게 더듬었다. 불이 있는 위치와 남은 담배의 길이를 확인하는 것 같았다. 연기를 뱉어내는 시간은 매우 짧았고, 담배가 더 타들어 가기 전에 얼른 다시 한 모금을 빨았다.

담배 연기를 빨아들일 때 혜리의 속눈썹은 바람에 날리는 새의 깃털마냥 가늘게 떨렸다. 같은 동작이 반복됐다. 담배 연기를 뱉어내는 동시에 왼 손가락으로 담배의 남은 길이를 확인하기. 오랫동안 연습을 했는지 담뱃불을 더듬는 손가락은 정확히 담뱃불이 시작되기 직전 지점을 짚었다. 유노는 그 손가락이 불을 짚기라도 할까 봐 가슴 졸였다. 담뱃불은 시시각각 타들어 가고 있었지만, 혜리의 감은 눈은 너무나 간절하고도 행복해 보였다. 담배를 붙잡은 채 재빠르고 정확하게 움직이는 양 손가락들은 마치 타들어 가는 피리를 연주하는 것만 같았다. 담뱃불이 거의 필터를 태울 지경이 되었을 때야 혜리는 눈을 뜨더니 담배 피우기를 멈췄다. 불과 몇 초에 지나지 않은 시간이 몇 분처럼 길게 느껴졌다. 잠깐 동안 어딘가 다른 세계를 다녀온 것만 같은 기분이었다.

"어떻게 그런 걸 다 아세요? 누가 맹인 놀이라도 해달라고 하던가요?"

유노의 말에 혜리는 또 한 번 미소를 지었다. 이번에는 혜리의 눈가에 주름이 깊게 팼다.

"언젠가 밤이었는데, 정체된 도로의 우회전 차선에서 한참을 기다렸어요. 그때 문득 오른쪽으로 고개를 돌렸더니,

버스를 기다리는 사람들 무리를 등지고 도로를 향해 선 중
년의 맹인 남자가 담배를 피우기 시작하더군요. 고생을 많
이 한 사람처럼 깡마른 몸집, 검은 피부에 동대문 시장 리
어카에서 샀을 만한 검은색 싸구려 바지와 짙은 고동색 점
퍼 차림이어서, 거의 사람 눈에 띄지 않는 초라한 행색이
었어요. 그는 그토록 가까운 곳에서 자신을 관찰하는 사람
이 있으리라곤 생각지 않았겠죠. 아니면 늘 그런 시선에
시달리며 살았기에 상관하지 않게 되었거나. 그가 담배 한
대를 피우는 모습을 보는 동안 온몸이 떨려왔어요. 그 사
람이 바로 나라는 생각이 들더군요. 그 사람은 꼭 삶이 아
무리 고달프더라도 담배 한 개비의 행복을 위해 살아남아
야 한다고 말하는 것 같았죠.”
　“그걸 깨달은 혜리 씨가 더 훌륭하네요. 나라면 정류장
에 서 있는 다른 여자들 옷차림이나 감상했을 텐데.”
　반쯤 빈정거림이 묻은 유노의 말에 혜리는 이번에도 고
개를 가볍게 저었다. 유노는 생각했던 것보다 혜리가 멀쩡
해서 안도했다. 아까는 목소리가 왜 그랬을까? 이 사람도
남 앞에서는 자신의 격정을 드러내지 못하는 부류인가.
　“자신의 정체성에 대해서 나만큼 많이 생각해 본 사람은
아마 없을 거예요.”
　“적어도 저보다는 많이 생각해 보셨겠죠.”
　유노는 말을 툭툭 던지면서도 눈으로는 악의가 없다는

뜻을 전했다. 혜리는 유노의 눈짓을 알아들었다는 듯이 코웃음을 쳤다.

"자꾸만 걸고넘어지면 제가 다음 말을 못 하잖아요. 하려던 말을 까먹는단 말이에요. 저도 예전 같지가 않아서 자꾸만 기억력이 나빠지는데……."

"알아들었어요. 그럼 도움이 되는 의사 진행 발언을 하죠. 이 새벽에 불러낼 정도였으면 아주 급하거나 중요하게 할 얘기가 있나 보죠?"

혜리가 눈을 내리깔며 천천히 고개를 끄덕였다.

난간은 허리께보다 조금 높아 마음만 먹으면 얼마든지 뛰어내릴 수 있을 것 같았다. 게다가 누구 하나 지켜보는 이라곤 없었다.

"유노 씨의 말이 맞는 것 같아서요."

혜리의 목소리가 가늘게 떨렸다. 유노는 영문을 모르겠다는 얼굴로 혜리의 옆모습을 뚫어지게 쳐다보았다. 혜리는 유노를 돌아보지 않고 먼 강변의 가로등만 바라보았다.

"놀이를 하면서도 자기 자신을 잃지 말아야 한다고 했던 말, 기억나죠?"

유노는 혜리에게 상처를 주고 말았던 지난번의 대화를 떠올렸다. 혜리에게 퍼부었던 말들을 생각하자 다시 볼이 화끈거렸다. 사과를 해야 한다고 생각은 했지만, 어떻게 말을 꺼내야 할지 알 수 없어서 그냥 모른 척만 하고 있었다.

“죄송해요, 그때 일은……..”

유노의 말에 혜리가 정색을 하며 손을 흔들었다.

“그럴 필요는 없어요. 당혹스러웠던 것은 사실이지만 유노 씨를 원망하지 않았으니까. 나…… 사실 너무나 오랜만에 후회라는 것을 하고 있어요. 놀이를 할 때는 괴로울 수도 있고 숨이 찰 수도 있지만, 언제든 원 상태로 돌아갈 수 있는 가능성을 전제로 해야만 하잖아요. 이제껏 나는 나를 되찾고 싶다는 생각을 하지 않고 살아왔는데, 생각해 보니 되찾고 싶은 나라는 것이 애초에 존재하지도 않았던 것 같아요. 이전에도 항상 내 인생은 내게 타인의 것처럼 객관적으로만 보였죠.”

그제야 유노는 어렴풋이 혜리가 봉착한 난관을 짐작할 수 있었다. 그와 동시에 지난번 미니의 문자 메시지가 떠올랐으나 섣불리 알은척하지 않기로 했다. 혜리의 얼굴에 여러 가지 표정이 떠올랐다가 스러졌다.

“요즘 가끔 내 안에 남자가 남아 있는 것을 느껴요.”

혜리는 너무도 솔직했다. 하지만 혜리는 분명 여성화 수술을 모두 거쳤다고 했다.

“어떻게……?”

유노의 말에 혜리가 시선을 떨어뜨리며 천천히 고개를 숙였다.

“이제는 없어진 어떤 신체 기관의 움직임이 느껴지더군

요. 일종의 환각지 현상······.”

혜리는 자신의 다리 사이에 시선을 두면서 말했다.

“혹시 사랑에 빠지기라도 하셨어요?”

유노는 말을 해놓고 나서 바보 같은 질문이라고 생각하며 후회했다. 그러나 혜리는 고개를 들어 유노의 눈을 바라보더니 천천히 눈만 깜박거렸다.

“그런 느낌은······ 그저 일시적인 착각이지 않을까요?”

혜리는 고개를 저었다.

“육체를 소유하지 못한 영혼이 된 것 같은 느낌이었어요. 한두 번도 아니고 여러 번씩이나 발기가 되는 것을 느꼈으니까. 정작 남자였을 때는 그다지 자주 발기가 되지 않는 편이었는데······. 차라리 사랑이라면 낫겠어요. 그런데 내가 느낀 것은 사랑이 아니라 그리움이었어요. 내 육체에 대한 그리움······. 마치 연인을 떠나보내고 나서야 비로소 사랑을 깨달은 사람처럼, 이제야 난 잃어버린 나를 알 것 같아요. 이해할 수 있어요?”

유노는 뭐라고 말해야 할지 알 수 없어서 그저 난간만 만지작거리고 있었다.

“적당한 선에서 놀이를 끝낼 줄 알아야 했는데 넘어서는 안 될 선까지 넘고 말았어. 내 길은 언제나 앞으로만 이어져 있다고 생각하고, 때로는 왔던 길을 되돌아가게 된다는 것을 왜 몰랐던 걸까. 내가 지나온 길은 모두 소중한 것인데……. 난 한 번도 나였던 적이 없으면서, 쉽게 남의 욕망에 동화될 수 있는 것을 내 능력으로 여기고서는 껍데기로나마 남아 있던 나 자신을 버리고 만 거야. 이 일을 어떡하면 좋아……. 난 놀이자였을 뿐인데……. 착각했어. 내가 그 놀이를 차지할 수 있다고 생각했는데…… 결국 내 인생만 잃어버린 거야. 그리고 나를 정말 사랑했던 사람까지도……."

혜리는 손으로 가슴을 쥐어뜯는 시늉을 하다가 바닥에 엉덩방아를 찧으며 주저앉아 버렸다. 차분해 보여서 알지 못했는데, 사실은 이미 유노가 올 때부터 혜리는 필름이 끊겨 있었던 것이다.

"너무 많이 마셨군요. 제가 데려다 드리겠습니다."

유노가 혜리를 일으키려고 겨드랑이에 손을 넣었다. 혜리는 일어서지 않으려고 완강히 저항했다.

"괜찮아요. 날 여기 그냥 놔두세요. 아까 대리 운전자더러 한 시간 후에 와달라고 했으니까 조금만 더 기다리면 올 거예요."

"그럼 그분이 올 때까지만 같이 있을게요."

"유노 씨, 전 떠날 거예요. 사실 작별 인사를 하려고 부른 거예요."

"네?"

혜리는 억지로 고개를 들어 미소를 지어 보이려 했다.

"그 사람에게 평생 미안한 마음을 안고 살아야겠지만, 그래도 삶을 포기하지는 않을 거예요. 이제 원래 제 모습을 찾아갈래요. 유노 씨한테도 미안한데…… 이건 제 진심이에요. 유노 씨도 하루빨리 이 일을 그만두는 것이 좋을 거예요. 사실 별로 좋은 일이 아니니까. 더 깊이 개입하기 전에……. 유노 씨라면 얼마든지 다른 일을 찾을 능력이 있으니까 굳이 이런 일에 몸과 영혼을 팔 필요 없어. 내가 알아서 할게. 내가 다 폭로해 버리고 말 거야. 악마 같은 놈……."

혜리의 눈에 눈물이 반짝였다. 유노는 혜리의 마지막 말에 약간의 섬뜩함을 느꼈다. 혜리는 이 조직의 비밀에 대해 어디까지 알고 있는 걸까? 혜리의 경고는 유노가 항상 꺼림칙하게 느꼈던 부분을 자극했다.

"언제는 더 깊이 빠져들지 않는다고 비난하더니…… 그게 무슨 말씀입니까? 제가 모르는 어떤 비밀이 있는 겁니까? 저한테도 가르쳐주세요."

혜리는 대답 대신 초점 없는 눈을 들어 유노를 바라보기만 했다.

"미안해요. 저로서는 그때 그렇게 말할 수밖에 없었어요. 모르는 편이 더 나아요. 그냥 모르는 채로 그만두는 편이……. 다만 모든 것을 게임으로 받아들이는 인간들에게는 윤리도 한계도 없다는 것…… 현실감이 없는 사람들은

현실을 파괴하는 것에 대해 아무런 죄책감도 가지지 않는
다는 것…… 그것만 알아둬요.”

혜리는 말끝을 흐리며 도저히 못 참겠다는 듯 바닥에 길
게 누워버렸다. 유노는 바닥에 앉아 혜리의 머리와 상체를
자신의 무릎에 올린 채 창백한 얼굴을 물끄러미 내려다보
며 기다렸지만, 혜리는 깨어나지 않았다. 몇 분 지나자 오
히려 혜리는 낮게 코를 골기 시작했다. 그때 마침 대리 운
전자가 도착했다.

유노는 운전자와 함께 혜리를 차에 태웠다. 혜리는 자신
의 집 주소를 또박또박 말할 정도로 의식을 되찾았고, 집
까지 동행하겠다는 유노를 한사코 거부했다. 그러나 유노
는 오늘 밤만은 혜리를 지켜주는 남자가 되고 싶었다.

혜리는 자기 집까지는 멀쩡하게 찾아갔으나 현관에서 신
발을 벗다가 그대로 쓰러지고 말았다. 어쩔 수 없이 유노
는 혜리를 안고 안방 침대까지 걸어 들어갔다.

겉옷을 벗기고 이불을 덮어주려는데 혜리가 유노를 끌어
당겼다. 유노는 중심을 잃고 혜리의 가슴 위로 넘어졌다.
한동안 유노는 움직이지 않고 가만히 있었다. 혜리가 작은
소리로 흐느끼기 시작했다. 유노가 가만히 옆에 눕자, 혜
리가 여자처럼 유노의 가슴을 파고들며 안겼다.

모처럼 만난 두 맹인이 함께 담뱃불을 나눠 피우면서 서
로의 존재를 더듬거리듯이, 유노는 혜리를 따뜻하게 보듬

어주다가 입술 속으로 파고드는 그녀의 혀를 받아들였다. 혜리의 혀가 적극적으로 유노의 혀에 감겨들거나 잇몸과 입술을 간질이자 유노의 몸이 반응하기 시작했다.

혜리는 아이가 엄마의 젖꼭지를 빨듯이 유노의 가슴을 애무했고, 유노의 손을 끌어당겨 자기 가슴을 만지게 했다. 유노는 저항하지 않고 혜리의 손에 온몸을 맡겼다. 유노의 전신을 차례로 애무하던 혜리가 마침내 유노의 배에 올라타더니 유노의 페니스를 자신의 질 속으로 집어넣었다.

따스했다. 그녀의 질은 여느 여자들과 다르지 않았다. 그때부터는 유노도 적극적으로 몸을 움직이기 시작했다. 이제껏 한 번도 느껴보지 못한 짜릿함이 온몸을 휘감았다. 혜리의 몸놀림은 환상적이었다. 누구보다 남성의 성감대를 정확히 알고 있어서인지 혜리의 입술과 손끝이 닿는 곳마다 극도의 흥분이 느껴졌다. 유노는 동성끼리 사랑을 나누는 사람들을 이해할 수 있을 것 같았다.

둘은 아무 말 없이 새벽이 올 때까지 뒹굴다가 누가 먼저랄 것도 없이 잠이 들었다. 아침에 눈을 뜬 유노는 잠든 혜리를 깨우지 않고 조용히 떠났다.

24

새벽에 혜리를 만나고 돌아온 이튿날 밤, 유노는 라면이 익기를 기다리며 소파에 앉아 9시 뉴스를 보고 있었다. 그러다 터무니없는 소식에 온몸의 신경이 날카롭게 곤두섰다.

"오늘 새벽 1시경, 서울시 영등포구 대림동 현대 4차 아파트 17층에서 32세의 성전환자 신혜리 씨가 만취 상태로 투신자살했습니다. 본명이 신태우인 신혜리 씨는 성전환 후 '신혜리'라는 이름으로 개명했다고 합니다. 유서에는 성전환 수술을 통해 여성의 삶을 살게 되었으나, 생각만큼 행복하지 않아 우울증에 시달렸으며, 부모와 가족으로부터 인정받지 못하는 것을 심히 비관하여 자살을 선택했노라고 적혀 있었습니다. 특이한 점이 있다면 투신한 후에도 손에는 휴대폰을 꼭 쥐고 있었다는 점입니다. 휴대폰은 추락의 충격으로 고장이 난 상태였습니다.”

유노는 자신의 귀를 의심했으나 영등포구 대림동 현대 4차 아파트 17층에 사는 32세 성전환자 신혜리가 두 명일 수는 없었다. 그러고 보니 그 시각 즈음 극장에서 영화를 보던 유노에게 혜리가 전화를 걸었던 사실이 기억났다. 전화를 받을 수 없어서 문자로 ‘지금 영화 보는 중’이라고만 알렸으나 달리 혜리의 답신은 오지 않았다.

영화가 새벽 3시가 다 되어 끝났기 때문에 유노는 혜리의 잠을 깨울까 봐 전화하지 않았다. 그러고는 출출해서 베트남 쌀국수를 사 먹고 집으로 돌아온 후 텔레비전을 보다가 새벽 6시경에 잠이 들었다. 오후 1시가 넘어서 일어나 근처 사우나에 갔다. 늦은 오후에 식당에서 밥을 먹다가 혜리가 생각나서 전화를 걸어보았지만 전원이 꺼져 있다고 했다. 그냥 전화를 받을 수 없는 상황인가 보다 하고 무심하게 지나쳤다. 그런데 혜리는 손에 휴대폰을 쥔 채로 투신했다. 혜리의 전화는 뭔가 다급한 상황을 알리기 위한 것이었거나, 마지막 인사를 하기 위한 것이었는지도 모른다.

화면에 성전환 전 신태우의 사진이 공개됐다. 유노는 또 한 번 놀라고 말았다. 신태우의 수술 전 얼굴이 유노 자신과 너무나 닮아 있었기 때문이다. 턱이 뾰족한 역삼각형 얼굴에 눈은 큰 편이고 코와 광대뼈에 볼록하게 살집이 있는 얼굴. 안경만 벗는다면 형제간이라고 해도 믿을 정도였다. 더 자세히 들여다보려고 하는데 다른 화면으로 바뀌고 말았다. 유노는 자리에서 일어나 불안하게 서성였다. 사진이 일으킬 수 있는 착시일지도 모른다. 지금 유노 자신도 제정신일 수는 없었다. 그러나 혜리가 유독 유노에게만 친밀하게 굴었던 것도 이상한 일이었다. 아직도 혜리의 입술과 손끝의 감촉이 유노의 온몸에 생생하게 남아 있었다. 이상하게도 혜리의 얼굴을 정확히 떠올릴 수가 없었다. 혜리의 얼굴은 자꾸만 신태우의 얼굴에 묻혀 지워지고 있었다.

뒤늦게 가스레인지로 달려갔으나 라면은 이미 불을 만큼 퉁퉁 불었고 국물이 보이지 않을 정도로 졸아든 후였다.

유노는 믿을 수 없었다. 혜리는 어떤 일이 있어도 투신자살할 사람으로 보이지는 않았다. 게다가 취중이긴 했지만 분명히 떠나겠다고 말했고, 열심히 살겠다고 다짐했고, 축복의 섬의 비밀을 폭로하겠다고 공언했다. 그런 사람이 하루아침에 자살을, 그것도 투신자살을 할 리는 없었다. 누군가 뒤에서 혜리의 등을 떠밀었을지도 모른다. 그런 생각을 하자 등골이 서늘해지면서 온몸이 덜덜 떨리기 시작했다. 유노는 베란다로 나가 블라인드를 치는 것으로도 모자라 거실 유리창을 닫은 후 빈틈없이 커튼을 치고 샹들리에의 불을 껐다. 갑자기 오한이 느껴져 침실로 가서 이불을 덮은 다음 텔레비전을 켰다.

혜리의 시체는 가족의 동의를 얻어 열두 시간 만에 화장됐고, 분향실에서 간단한 제례를 올리는 것으로 장례식을 대신했다고 했다. 유노는 새삼 한국 사회에서 성전환자가 된다는 것이 살아서뿐만 아니라 죽어서도 인정받기 힘든 일임을 깨달았다. 유노는 비현실적이기 짝이 없는 PL의 일을 시작한 후 처음으로 그 배후에 엄연히 존재하는 현실의 끈을 확인했다. 갑자기 정신이 번쩍 들었다.

혜리의 죽음에는 의심스러운 구석이 한두 가지가 아니었다. 우선 혜리가 정말 죽었는지조차 알 수 없었다. 유노는 혜리의 시체도 장례식도 보지 못했다. 설령 혜리가 죽은 것이 사실이라 하더라도, 유노의 판단으로는 혜리가 자살을 했을 가능성은 희박했다. 그보다는 타살이거나, 누군가에게 협박을 당하여 강제로 한 행위일 가능성이 높았다. 유서쯤이야 얼마든지 가짜로 조작할 수도 있는 일이었다. 축복의 섬이라면 그런 일을 충분히 하고도 남을 것 같았다. 혹시 유노와 잠자리를 한 것이 원인이 되었던 걸까? 그날 새벽에 혜리는 뭔가 극심한 정신적 상처나 슬픔을 가진 사람처럼 보이긴 했다. 자살할 가능성도 영 없지는 않았지만, 그의 죽음을 이런 식으로 빨리 덮어버린 것도 이상했다.

이런저런 수상한 점을 생각건대 분명 사체 부검을 통해

사건의 전모를 밝혀도 시원찮을 판에, 혜리의 부모는 서둘러 화장부터 하고 장례식을 치러버린 것이다. 혜리는 정말 죽은 걸까. 만의 하나, 그것이 교묘히 꾸며진 살인이라면 어떻게 할 것인가. 생각이 거기까지 이르자 등에서 식은땀이 흘러내리며, 방 안의 모든 사물이 눈을 시퍼렇게 치켜뜨고 자신을 노려보는 것만 같아 시선을 돌릴 수도 없었다. 분명히 그 새벽, 혜리는 "다 폭로하겠다"는 말도 했다. 혜리가 축복의 섬의 비밀을 폭로하려 하자 축복의 섬 측에서 그녀를 먼저 제거한 것은 아닐까.

유노는 그날 혜리를 만났던 동작대교 남단 지점을 다시 찾아갔으나 아무 흔적도 찾을 수 없었다. 혜리가 피운 담배는 이미 한강을 따라 멀리멀리 흘러가고 없었다. 축복의 섬에 전화를 걸어 자신이 최후 목격자였다는 말을 하고 수사를 요청하면 어떨까, 고민하면서 유노는 동작대교를 두 번이나 왕복하도록 망설이기만 했다. 까딱했다가는 유노 자신이 의심을 살 수도 있는 일이었다. 만약 축복의 섬이 사악한 의도를 갖고서 혜리를 죽도록 만들었다면 유노까지 그들의 제거 대상이 되기 십상이었다.

유노는 미니에게 전화를 걸었다. 적어도 미니라면 유노와 비슷한 생각을 하고 있을지도 모른다. 연속해서 여러 번 걸어보았지만 미니는 전화를 받지 않았다. 유노는 음성 메시지를 남기지는 않았다. 마음은 조급한데도 정작 무엇

을 먼저 해야 할지, 어떻게 해야 할지 알 수 없었다. 가슴
이 뛰고 아랫배가 살살 아파왔다. 초조해지면 찾아오는 증
상이었다. 함부로 일반인들에게 도움을 청할 수 없다는 것
도 어려운 점이었다. 그러자면 그들에게 '축복의 섬'의 실
체를 털어놓을 수밖에 없다. 축복의 섬은 하나의 거대한
폐쇄 공간이었다. 어디까지나 확장될 수 있으면서도, 그곳
을 벗어나는 문을 찾기는 쉽지 않았다. 목이 바짝바짝 타
고 가슴에 뭐가 걸린 듯이 답답했다. 한 사람이 의문의 죽
음을 당했는데도 쉽사리 법과 경찰의 힘에 도움을 요청할
수가 없다니.

세상 사람들의 눈에는 원래부터 일탈을 일삼다가 가족의
반대를 무릅쓰고 성전환 수술까지 한 남자가 결국 분열증
과 우울증에 시달리다 삶을 마감한 것으로만 보일 것이다.
그들은 자신들의 고정관념이라는 그물에 걸리지 않는 일에
대해서는 쉽게 잊거나 무시해 버리는 법이다. 공식을 모르
는 문제는 풀지 않고 건너뛰어야 하는 것처럼.

집으로 돌아오는 길에 미행 차량이 있는지 몇 번씩이나
룸미러와 백미러를 살펴보았다. 지하 주차장에 차를 대고
나서도 한참 동안 주변을 살펴본 뒤, 차에서 내리자마자
재빨리 엘리베이터로 걸어갔다. 그러나 평소처럼 5층에 내
리지 않고 6층에 내려서 비상계단으로 5층까지 내려갔다.
5층 복도로 통하는 철문을 살짝 열어보았다. 20여 미터 떨

어진 곳에 유노의 아파트 현관문이 있었다. 멀리 복도 끝에 어두운 그림자 둘이 서성거리는 것이 보였다. 마르고 키가 큰 편인 남자와 중키에 어깨가 벌어진 남자가 담배를 피우며 무슨 이야기를 나누고 있었다. 유노를 노리는 사람은 아닐 수도 있지만 왠지 느낌이 좋지 않았다. 방문할 집이 다른 집이라면 왜 초인종을 누르지 않고 밖에서 여유롭게 담배를 피운단 말인가. 만약 유노를 찾아온 사람이라면 그에게 전화를 거는 것이 정상적인 절차였을 것이다.

최대한 조심스럽게 철문을 닫은 후 발소리를 죽여 계단을 내려갔다. 지하 주차장에 도착했을 때는 겨드랑이 사이로 땀이 물방울처럼 흘러내리고 있었다. 전속력으로 달려 차에 올라타자마자 급하게 시동을 걸었다. 어디로 가야 할지는 떠오르지 않았으나 당장은 근방을 빠져나가는 것이 급선무였다. 몇 번씩이나 빨간 불을 보지 못하고 지나쳤으며, 다른 차들을 위험하게 추월해 갔다. 놀라고 화난 운전자들의 경적 소리는 귀에 들어오지도 않았다. 자신을 추적하는 차가 있건 없건 뒤차들을 따돌리기 위해 무리한 추월을 계속했다.

사람들로 붐비는 번화한 강남역 사거리에 도착해서야 유노는 갓길에 차를 세웠다. 이마에서 배어 나온 땀이 속눈썹을 뚫고 흘러들어 눈이 따끔거렸다. 땀과 열기를 식히려고 네 개의 차창을 모두 내렸다. 천연덕스럽게 거리를 오가고 횡단보도를 건너는 사람들을 보다가 길 건너편의 극장 간판으로 시선을 옮기던 유노는 갑자기 웃음이 터져 나왔다. 두 남자가 정말 자신을 기다리는 인물인지 알지도 못하면서 미친 듯이 도망을 친 것이다. 마치 악의 무리에게 쫓기는 영화 속의 주인공처럼. 아무래도 영화를 너무 많이 본 것이다. 그러나 그들이 정말 자신을 쫓는 인물은 아니었다 하더라도 유노는 이렇게 도망을 치지 않고는 견딜 수 없었을 것이다. 오늘 밤에는 집으로 돌아가고 싶지 않았다.

불현듯 상인의 얼굴이 떠올랐다. 상인의 아파트가 분당에 있었다. 유노의 집에서 멀기도 하지만, 상인과 유노의 관계를 아는 사람은 별로 없었다. 휴대폰으로 상인의 이름을 검색해서 통화 버튼을 눌렀다. 다행히 곧바로 상인이 전화를 받았다. 유노는 안도의 한숨을 내쉬었다. 상인은 막 집에 돌아와 세수를 하려던 참이라고 했다. 유노는 다짜고짜 아파트의 위치와 동, 호수를 물어보았다.

"잠깐만, 잠깐만…… 그러니까 정리하자면 너는 PL이라는 직업을 갖고서 노는 일을 해왔고, 너를 고용한 회사가 '축복의 섬'이라는 거지? 그게 내가 지난번에 봤던 비밀문서의 제목과 정확히 일치하고, 너는 바로 싹스리를 통해 우리 회사 상무를 대신해 놀아주었다는 거지?"

상인은 유노가 두서없이 내뱉던 말들을 하나씩 정리했다. 상인은 호기심 가득한 눈을 반짝이며 놀라움과 흥미를 동시에 드러냈다.

"그렇다니까……."

상인에게 어디까지 말해야 좋을지가 적잖이 고민이 되었다. 하지만 어차피 여기까지 온 바에야 유노도 PL로서의 직업을 그만둘 수밖에 없었다. 혜리의 암시도 있었고, 더 이상은 이토록 꺼림칙한 일을 계속하고 싶지 않았다. 높은 보수와 즐거운 놀이들을 포기해야 한다는 것이 가장 안타까웠지만, 떳떳하지 못한 일을 하고 돈을 받는다면 그건 몸을 파는 일과 다를 것이 하나도 없었다. 사실 유노 역시 지난번 한 여사와의 만남 이후로, 자신이 이 놀이에 너무 깊이 빠져들고 있는 것을 느꼈다. 단순히 즐거움을 느끼는 차원을 넘어서, 주체할 수 없을 만큼 감정이 흔들리는 경험을 한 것이다. 마치 극장에서 영화를 보다가 스크린 속으로 빨려 들어가 버린 기분이랄까. 가상현실을 체험하다가 기계 고장으로 가상현실 속에 갇혀버린다는 내용의 에스에프(SF) 영화가 생각났다.

"야, 그런데 넌 어떻게 지난번에 내가 그렇게 묻는데도 모른 척할 수가 있었어? 난 그 때문에 혼자서 얼마나 머리를 싸맸는데……. 중간에 해킹한 것이 들통 나서 잘릴 뻔한 적도 있단 말이야."

　상인의 원망 소리 따위는 유노의 귀에 들어오지 않았다. 중요한 건 이제 어떻게 할 것인가였다. 혜리의 죽음이 완전히 묻혀버리기 전에 어서 미니를 찾아내고 혜리의 유서라도 찾아봐야 한다. 이참에 축복의 섬의 비밀을 모두 캐내야만 한다. 하지만 무슨 수로 그렇게 할 수 있단 말인가? 혼자서는 도저히 엄두가 나지 않는 일이었다. 이럴 때는 좀 대담한 구석이 있고 호기심이 강한 상인의 도움을 받는 것도 나쁘지 않을 것이다.

　"미안해. 그때는 규정상 어쩔 수 없었어. 그리고 그때는 너희 회사의 상무 건을 맡기 전이라서 그 비밀 프로젝트의 제목이 내가 하는 일과 관련 있을 것이라는 생각은 정말 하지 않았어. 그나저나 시간이 없어. 내가 어떻게 하면 좋겠니?"

　"흠…… 글쎄다. 나는 우리 빌딩 지하층의 비밀이 이것과도 연관이 있을 거라고 생각해. 난 무엇보다 그게 궁금하거든. 그런데 일반인의 신분으로는 그 빌딩의 비밀을 탐사할 수 있는 힘이 없다는 거지. 내 생각에는 말이야…… 우리가 이 일을 언론에 알리고 그들의 힘을 빌리면 어떨까? 존 그리샴이나 마이클 크라이튼의 소설을 보면, 나중에는 꼭 믿을 만한 언론에 알려서 도움을 받잖아. 어때?"

　상인은 컴퓨터 앞에 앉으면서 전원 버튼을 눌렀다.

　"하지만 그렇게 하자면 결정적인 단서나 증거물 같은 것이 있어야 하잖아. 그런데 넌 그 빌딩의 지하에 어떻게 가는지 알아내지도 못했으니까 네 말을 믿어주긴 힘들겠지. 더군다나 넌 술에 취해 있었고……."

"그러니까 그곳은 언론이 공식적인 수사력과 연계해서 찾아내면 되는 이차적인 증거이고, 네가 갖고 있는 것들이 일차적인 증거가 되는 거지. 네가 그동안 해왔던 일에 대한 증거물들이 있을 것 아냐. 일했던 장소들이나, 만났던 사람들……. 네 말에 따르자면 '축복의 섬' 사무실이라든가, '소도'라든가, 너희 PL들의 집결지인 그 무슨 카페라든가……."

상인의 기억력은 비상했다. 유노가 한꺼번에 두서없이 얘기했는데도, 상인은 중요한 장소들을 정확히 집어냈다. 상인은 컴퓨터의 문서 프로그램을 실행시키더니 자신의 생각을 요약하여 기록하기 시작했다.

"내가 오늘 너의 타이피스트가 되어줄 테니까 넌 생각나는 대로 말만 해. 조금이라도 미심쩍은 부분이 있으면 그것도 숨김없이 다 말해. 넌 아직 정리가 잘 안 될 거야. 너보다는 객관적인 위치에 있는 내가 차근차근 정리하면 도움이 될 거야. 이렇게 하다 보면 새로운 허점 같은 것이 보일 수도 있고, 우리가 어떻게 행동해야 좋을지도 떠오르겠지. 이렇게 여러 가지 시나리오를 만들어서 각각의 성공 가능성들을 따져본 다음 최선책을 찾아내자고. 참, 넌 그

트랜스 여자네 집에는 가봤어?"

유노는 아직도 전날 새벽 혜리와 나누었던 섹스가 생생하게 떠올랐다. 그러나 차마 상인에게 그 얘기를 할 수는 없었다. 만약 그 집에 갔었다는 얘기를 했다가는 자기만 곤란한 처지에 빠질지도 모를 일이었다.

"안에는 못 들어가 봤어. 그냥 그 근처에 산다는 이야기만 들어봤지……."

"너무 소설 같군. 미니는 혜리의 죽음에 심한 충격을 받아서 스스로 잠적해 버린 것일 수도 있고, 네 집 앞의 복도에 있던 사내들은 이웃집을 방문했다가 잠깐 담배를 피우러 바깥에 나와 있었을 수도 있지."

상인의 말을 듣자 조금 안심이 되긴 했다.

"그게 사실이라면 얼마나 좋겠어. 나도 내 추측이 그냥 내가 지어낸 소설일 뿐이라면 좋겠다. 하지만 넌 내가 PL로서 겪었던 일들을 믿을 수 있어? 그게 사실이라는 것을?"

"넌 내가 우리 빌딩 지하에서 인공 파라다이스를 봤다는 것을 믿어? 내가 술에 취해서 꿈을 꾼 것은 아니라는 걸 너도 알잖아. 그리고 멀티큐브에서 네가 제주도 해안 도로를 달리는 걸 봤다는 것도."

둘은 서로의 눈을 마주 보며 고개를 끄덕였다. 달리 말이 필요 없었다.

"우리 고3 때 친구 중에 정형규라고 기억나? 그 녀석이 J

일보 기자잖아. 너와는 별로 안 친했지만, 나와는 같은 반에서 재수를 해서 더 친하지. 내가 그 친구를 만나서 도움을 요청할게. 이제 형규도 짬밥이 꽤 되니까 우리가 하는 말을 못 알아듣지는 않을 거야."

상인은 이 일의 위험 요소는 잊고, 그저 재미있는 사건의 해결사라도 된 듯 자기 흥에 도취되어 있었다. 상인이 그럴수록 유노는 불안감이 더욱 커졌다. 상인에게 너무 빨리 말했다는 후회도 뒤따랐다. 좀 더 신중했어야 하지 않는가. 이 사건에 가장 깊숙이 개입되어 있기 때문에 가장 많은 피해를 입을 수 있는 사람은 바로 유노 자신이었다. 그러나 이미 엎질러진 물이었다.

이 일을 하는 동안 유노가 마음으로 가장 많이 의지해 온 사람이 혜리였다. 이렇게 될 줄 알았더라면 그날 새벽에 어떻게 해서든지 혜리를 졸라서 축복의 섬의 비리에 대해 알아낼 것을 그랬다. PL 일을 시작한 후 일 년이라는 시간이 언제 갔는지 모르게 빨리 지나가 버렸다. 지금 와서 생각해 보면 이상한 것이 한두 가지가 아니었는데도, 유노는 비정상적일 만큼 의심을 품지 않았고 PL들이 지켜야 한다는 규칙을 고수했다. 유노가 그럴 수 있었던 것은 언제나 혜리가 보여주던 확고부동하고도 수용적인 태도 덕분이었다.

길을 잃었다는 생각이 드는 순간 불현듯 제인의 얼굴이

떠올랐다. 제인이라면 지금 유노가 빠진 상황을 더 깊이 이해해 줄 것이다. 하지만 지난번의 만남을 끝으로 제인에게서는 연락이 끊겼고 유노도 그녀에게 연락해 보지 않았다. 만약 그때 수술을 했다면 이제 다 회복되었을 것이다. 유노는 제인에 대한 얘기를 상인에게 하지 않았다. 돌이켜 생각해 보니, 제인만큼 유노가 PL이 되는 데 큰 역할을 한 사람도 없지만, 제인만큼 이 얘기에서 빼버려도 아무 상관이 없는 존재도 없었다. 유노는 자신의 이야기를 듣고 흥미를 드러내는 상인을 보며 한두 가지쯤은 감추는 것이 좋겠다는 생각을 했다. 그래서 되도록 인과 관계의 사슬에 엮여 있지 않은 에피소드들은 모두 제거하고 말했던 것이다. 유노는 화장실에 가는 척하면서 상인 몰래 제인에게 문자를 보냈다.

"헤리가 죽었어요. 지금 어디 계세요? 꼭 답신 주세요. 유노."

유노가 화장실에서 돌아왔을 때 상인은 신나게 타이핑하고 있는 중이었다. 상인은 벌써 A4용지 한 장을 다 채웠다.

"너, 회사에서도 그렇게 열심히 일하니?"

유노의 질문에 상인은 뒤돌아보며 웃었다.

"보는 사람이 있을 때만 그렇지. 자발적으로 신이 나서 뭔가를 해본 지도 참 오래됐다. 그런 것 있잖아. 꼭 해야 되는 일인데도 마음이 내키지 않아서 미적미적하는 것. 무

기억증이랄까…… 난 요즘 거의 모든 일에 그래."

상인은 말하는 동안에도 타이핑을 멈추지 않았다. 이제 결전의 시간이 다가오고 있었다. 아마 성질 급한 상인은 오래 기다려주지 않을 것이다.

"너무 서두르는 것 아니니? 이건 꽤 위험하기도 한 일인데. 너…… 나중에 날 원망하면 어떻게 할 거야? 난 강요는 안 했다."

"걱정하지 마. 어디까지나 자발적인 참여니까. 난 이번 일을 통해 나의 오래된 궁금증을 풀게 될 테니까 그거면 됐지. 그런데 넌 좀 그렇겠다. 고수익 직업을 그만둬야 하니까……. 고민을 너무 많이 해도 안 돼. 시간을 끌면 갈등만 늘어나고, 그러면 타이밍을 놓칠 수 있으니까. 너도 더 험한 꼴을 당하기 전에 이 일에서 손을 떼고, 더 많은 사람들이 말려들기 전에 축복의 섬의 비리를 밝혀내자."

유노는 자기 혼자 그만두면 모두 조용히 끝날 일인데, 왜 직접 나서야 하는지 후회가 되었다. 그러나 한편으로는 인간적으로 친밀했던 혜리의 죽음을 이대로 묻어버린다는 것이 용납되지 않았다. 유노는 제인의 응답이 오기만을 기다렸지만, 전화벨도 울리지 않았고 문자 메시지도 오지 않았다.

"자, 그럼 축복의 섬 사무실, 무슨 오렌지인가 뭔가 하는 카페, 소도의 위치가 어디쯤인지 말해 봐."

유노는 소도의 위치가 어딘지 정확히 말할 수는 없었지만 자신의 방향 감각을 믿었다. 목포에서 보트를 타고 남쪽으로 네 시간. 하지만 정남쪽은 아니고 남서쪽 정도 되었던 것 같다. 헬리콥터를 타고 그 일대를 돌아볼 수 있다면 아마 그 섬의 위치를 찾아낼 수 있을 것이다.

"야…… 이거 성공하기만 한다면 정말 특종도 이런 특종이 없겠다. 재벌 기업이 사회 공헌 활동의 명목으로 저지른 비리에다, 여의도 빌딩 지하에 숨겨놓은 그들만의 인공 파라다이스, 최상층 부자들의 놀이 방법, 놀면서 돈 버는 직업……. 세상이 완전히 뒤집히겠군. 형규 녀석은 특종상을 받고, 나는 평생 그놈한테 밥을 얻어먹을 수 있겠는걸."

상인은 유노의 기분 따위는 고려하지 않고 말했다. 유노는 그런 상인을 보자 화가 치밀었다.

"제발 좀 그만 해. 넌 지금 내가 어떤 기분인지 몰라서 그래. 이건 정말 위험한 일이란 말이야. 소도만 해도 부자들과 권력자들이 연관된 곳이고 역사도 오래됐다고 들었어. 어쩌면 이런 일을 잘못 들쑤셨다가는 우리 둘 다 한국에서 발붙이고 살 수 없게 돼."

상인의 얼굴에서 웃음기가 가셨다.

"일단 정리하고 해결책은 모색해 보되, 그걸 형규한테 넘기는 시기에 대해서는 좀 더 조사를 해본 다음에 신중하게 결정하자."

유노는 상인의 눈빛을 피하며 말했다. 원래 남한테 싫은 소리를 못 하는 유노였다.

"그래…… 미안하다. 나도 사실 무서워. 네가 많이 불안해하는 것 같아서 기분을 좀 바꿔주려고 그랬는데…… 내가 좀 심했지. 피곤할 텐데 너도 씻고 빨리 자라. 그리고 당분간은 우리 집에서 지내. 너를 기다리던 사내들이 내일과 모레도 나타나는지는, 내가 퇴근한 후에 한 번씩 가서 확인해 볼게. 안전하다고 판단되면 그때 집으로 돌아가고. 오늘은 여기까지 하자."

상인이 급히 문서를 저장한 다음 컴퓨터를 껐다. 그걸 보자 유노도 다소 안심이 되었다.

"나도 미안하다. 내가 지금 너무 예민해져 있나 봐. 아무튼 고맙다. 이렇게 발 벗고 나서 줘서."

상인이 싱긋 웃어 보이더니 의자에서 일어나 유노의 어깨를 토닥거렸다. 상인은 냉장고에서 맥주 캔 두 개를 꺼내 하나를 유노에게 내밀었다.

그날 밤 상인이 유노에게 자기 침대를 양보했다. 유노는 상인의 침대에 누워서도 오랫동안 잠들지 못했다. 소파에 누운 상인도 간헐적으로 몸을 뒤척였다.

혜리는 정말 죽어 한 줌 재로 사라진 걸까? 유노는 혜리의 죽음에 대해 간접적으로 듣기만 했을 뿐 아무런 증거도

얻지 못했다. 어쩌면 혜리는 그저 납치됐고 그녀의 죽음은
철저히 조작된 소문으로만 존재하는지도 몰랐다. 이게 다
단순한 숨바꼭질 놀이라면 얼마나 좋겠는가.

25

유노가 상인의 집에 머문 지 사흘이 지나도록 제인과 미니에게서는 연락이 없었다. 축복의 섬에서 새로운 일을 맡겠냐고 한 번 전화가 왔지만, 유노는 당분간 쉬고 싶다고 말해 두었다. 축복의 섬 측에서는 유노가 속한 팀의 새로운 팀장을 물색하는 중이라고만 했을 뿐, 혜리에 대해서는 더 이상 언급하지 않았다.

상인은 퇴근 후 곧바로 대방동에 있는 유노의 집으로 가서 그를 기다리는 사람이 있는지 망을 본 다음에 돌아왔다. 이틀 동안 상인은 유노의 집 앞에서 누구의 그림자도 발견하지 못했다고 했다.

유노는 축복의 섬 사무실에라도 들러서 뭔가 단서가 될

만한 것을 찾아보기로 했다. 외출복으로 갈아입던 유노는
딩동 소리를 들었다. 문자 메시지의 수신음이었다. 급히
재킷 호주머니에서 휴대폰을 꺼내 문자 메시지를 확인했다.

　　[성인광고]당신의 외로운 밤을 태워 줄게요. 당장 전화
주세요. 한 여사. 080-555-5555

　　성인 광고라는 것을 알고 삭제 버튼을 누르려던 유노는
아랫줄에서 '한 여사'라는 이름을 발견하고 동작을 멈추었
다. 한 여사라니…… 우연의 일치일까, 아니면 한 여사가
내게 무엇인가 메시지를 전하려는 걸까. 예전에 정체불명
의 사람에게서 받았던 경고 메시지가 떠올랐다. 그때도 메
시지의 내용은 포르노 사이트에서 보내오는 스팸 메일의
형태를 띠었다. 게다가 이 메시지는 뭔가 이상한 점이 있
었다. 지금은 오전 11시 30분인데 '외로운 밤을 태워주겠
다'는 문구를 쓰다니. 보통 성인 광고의 메시지는 밤을 겨
냥하고 있으므로 저녁 이후에 도착하는 것이 정상이었다.
유노는 혹시나 하는 마음에 통화 연결 버튼을 눌러보았다.
신호음이 네 번 울리자 누군가 전화를 받았다. 그러나 전
화를 받은 이는 아무 말도 하지 않았다. 상대방의 숨소리
가 낮게 들리는 것으로 봐서 통화 장애가 일어났거나 잘못
걸린 전화는 아닌 것이 확실했다.

“여보세요? 한 여사님……?”

유노는 일말의 기대감을 갖고 한 여사를 불러보았다.

“한 여사님 맞으세요? 맞으시면 대답해 주세요. 저, 유노입니다. 기억나세요?”

이번에는 낮은 한숨 소리가 들려왔다.

“전화를 잘못 거셨습니다. 딸깍.”

여자 목소리였다. 일부러 목소리를 낮춰 말하는 듯했지만 어딘가 익숙한 데가 있었다. 다시 한번 그 전화번호로 전화를 걸어보았지만 받지 않았다. 정말 한 여사가 전화했다면, 이 시점에서 그녀가 유노에게 연락을 취한 이유는 무엇일까? 이제 정수리 부근이 간헐적으로 쿡쿡 쑤시기까지 했다. 유노는 두통약 두 알을 입에 털어 넣은 뒤 결심한 듯 상인의 집을 나섰다.

축복의 섬 사무실로 통하는 복도를 걸어가던 유노는 막 화장실에서 나오는 상인을 발견했다. 유노보다 상인이 더 놀란 눈치였다.

“어떻게 된 거야? 상인이 네가 왜 여기 왔지?”

“아, 사실은…… 너를 못 믿어서 그런 것이 아니라 확인하러 왔어. 정말 이런 곳이 있는지 보려고……. 네 말이 맞는 것 같더라.”

유노는 날카로운 눈빛으로 상인을 쏘아보았다.

“그나저나 넌 집에 안 있고 왜 여기 왔어?”

상인이 얼버무렸다. 유노는 상인의 팔을 붙잡아 반대편으로 통하는 복도로 몰고 갔다.

"넌 나한테 상의도 하지 않고 이렇게 마음대로 행동하면 어떡해? 난 지금 너무 긴장이 돼서 폭발하기 직전인데, 넌 이 일을 무슨 게임으로 아는 것 같구나."

"이해해. 그렇게 오해할 수 있다는 것. 하지만 우리 회사에서 멀지도 않은 것 같아서 점심시간에 잠깐 나온 거야. 이 빌딩에 내가 아는 사람이 근무하는 사무실도 있고……. 지금 점심시간이 다 끝나 가거든. 미안하지만 저녁에 보자."

상인은 유노의 팔을 떼어놓으며 도망치듯이 엘리베이터를 향해 걸어갔다. 그때 마침 축복의 섬의 직원 한 명이 엘리베이터를 향해 다가오고 있었으므로 유노는 얼른 자리를 피했다.

처음에 친절하게 상담을 해주었던 기획팀장이 유노를 맞아주었다. 새로운 팀장이 올 때까지는 자기가 혜리의 일까지 대신하게 되었다고 했다.

"얼마간 쉬고 싶으시다더니…… 마음이 변하셨어요?"

기획팀장은 개구쟁이 같은 웃음소리를 냈다. 혜리가 죽은 마당에 이런 웃음을 짓는다는 것이 이상하게 느껴졌다. 사무실 분위기도 그리 무거운 것 같지 않았다.

"그건 아니고요…… 이 근처에 나왔다가 그냥 들렀어요."

"혜리 씨 일은 너무 안됐어요. 정말 좋은 사람이었는데."

기획팀장이 갑자기 미간에 주름을 세우며 목소리를 낮춰 말했다.

"정식으로 장례식이라도 치렀으면 좋았을 텐데요. 너무 서두른 것 아닌가요? 어떻게 팀원들에게 조문할 기회도 주지 않고…… 축복의 섬 내부에서 따로 간단한 장례식이라도 해주면 안 될까요?"

유노는 혜리의 장례식을 오래 염두에 두었던 것처럼 말했지만, 사실 방금 즉흥적으로 떠오른 생각이었다. 그러나 기획팀장은 세차게 고개를 저었다.

"그게 죽은 사람을 위해 무슨 위안이 되겠어요? 다 잊으세요. 혜리 씨의 가족은 그녀의 직업을 정확히 모르기 때문에 팀원들을 함부로 부를 수 없었어요. 그리고 아시잖아요, 성전환자의 부모들이 어떤 생각을 갖고 있는지……. 혜리 씨가 평소에 유노 씨를 참 좋게 평가했는데, 역시 유노 씨가 가장 많이 생각해 주시네요."

그 말에 유노는 쓴웃음을 지었다.

"알고 있어요. 유노 씨가 혜리 씨와 마지막으로 만난 사람이라는 것."

"네?"

유노는 놀라지 않을 수 없었다. 기획팀장이 의미심장한 눈으로 유노를 쳐다보았다.

"뭘 그렇게 놀라세요?"

"아니, 그걸 어떻게?"

"우리도 혜리 씨의 죽음이 자살인지 사고사인지 알기 위해서 백방으로 조사를 했거든요. 전화국을 통해 혜리 씨의 통화 기록과 통화 내용을 뽑아냈고, 전날 새벽에 대리 운전을 해준 사람이 누군지 알아내서 통화도 했죠. 유노 씨는 혜리 씨가 투신하던 시각에 심야 영화를 보고 계셨죠. 용산 CGV에서 밤 12시 30분에 신용 카드와 할인 카드, 신분증으로 결제한 기록이 있었고, 그날 관람객이 다섯 명밖에 없어서 당신이 극장에 입장한 사실을 매표원이 기억하고 있더군요. 완벽하게 알리바이가 성립한 거죠."

"그러면서 어떻게…… 제게는 연락하지 않으셨죠?"

"죄송해요. 그 일은 분명히 자살로 판명이 되었고, 아무 상관도 없는 사람에게 불안감을 주면 안 되니까요. 유노 씨는 마지막까지 혜리 씨에게 좋은 친구였어요. 유노 씨는 흔들리지 말고 그냥 지금의 자리를 지키시길 바라요."

"다른 사람들은 어때요? 미니와 제인은 혜리 씨의 소식을 듣고 어떻게 반응하던가요?"

유노가 기획팀장의 표정을 살피며 말했다.

"미니 씨는 지금 업무차 괌으로 떠났고, 제인 씨는 삼 개월간 휴직을 신청한 상태예요. 제인 씨는 그때까지 우리와 연락을 끊을 작정인지 전화도 받지 않더라고요."

유노는 너무 캐고 다닌다는 인상을 주면 안 될 것 같아서 입을 다물었다.

"잘 알겠습니다. 그럼 안녕히……."

유노는 그 자리를 되도록 빨리 벗어나고 싶은 마음에 일어났다.

"한 가지 물어봐도 될까요?"

막 자리에서 일어난 유노에게 기획팀장이 말했다. 유노는 기획팀장을 쳐다봤다. 기획팀장의 얼굴에서 처음으로 사적인 감정이 일렁이는 것이 보였다.

"혹시…… 혜리 씨가 사랑한 사람이 당신이었나요?"

유노는 무슨 소리인지 몰라 잠깐 생각에 잠겼다가 이내 쓴웃음을 지으며 고개를 저었다. 어쩌면 그들에게는 당연한 추측이었는지도 모른다. 그들은 PL들의 신상에 대해 도대체 얼마나 알고 있으며, 어디까지 감시할 수 있는 걸까? 축복의 섬 사무실을 나와서 엘리베이터를 탄 유노는 문이 닫히자마자 큰소리로 웃음을 터뜨렸다. 웃음이 그치자 다시 가슴이 아렸다.

26

다음 날 아침, 상인이 자고 있는 유노를 흔들어 깨웠다.

"유노야, 이것 봐! 이 기사 좀 보라고! 이럴 수가!"

눈곱 때문에 위아래 눈꺼풀이 붙어버려 억지로 눈을 뜬 유노는 상인이 내민 신문의 기사 제목을 읽어보았다.

"SG 그룹의 사회 환원── 여의도 중심가에 국내 최초의 장애자, 노인용 무료 여가 시설 파라다이스 오픈."

다소 긴 제목이긴 했지만 정신이 번쩍 들었다. 사진 아래에 실린 내용을 읽어보니 파라다이스가 있는 건물은 바로 상인의 회사가 있는 대한 빌딩이었다. 최근 SG 그룹에서 새로 개발한 의료 기기들을 각종 오락 시설과 함께 설치하여 장애인들과 노인들이 무료로 이용하게 했다는 것이

다. 이것은 외부에 사회 환원 기업으로서의 이미지를 알리
는 효과가 컸지만, 사업적인 측면에서 그들의 주요 고객인
노인과 장애인 들에게 간접적이고 지속적인 광고 역할도
해줄 것이다. 그들을 위해 건물 측면의 비상 엘리베이터
하나를 아예 그곳에 가는 전용 엘리베이터로 할애했다고
했다. 더욱 놀라운 것은 남해의 섬 하나를 사서 섬 전체를
이들을 위한 휴양지로 개발할 계획도 추진 중이라는 말이었
다.

"이게 어떻게 된 일이지? 여기가 혹시 네가 봤다는 그
곳일까?"

"틀림없어. 여기 사진을 보니까 아주 비슷해. 게다가 측
면 비상 엘리베이터를 타고 간다잖아. 오늘 내가 출근할
때 같이 가보자. 아니, 그 시간이면 너무 이르니까 내가 출
근한 다음에 점심시간 맞춰서 와라. 그런데 이렇게 되면
우리 계획은 어떻게 되는 거야?"

상인이 거의 비명을 지르다시피 했다.

"목소리 좀 낮춰!"

유노는 겨우 상인을 진정시켰다.

"이 사진을 다시 잘 봐. 정말 네가 본 장면과 일치해?"

"맞다니까! 여기, 이 멀티큐브 안 보여?"

상인은 과장스럽게 눈을 부릅뜬 채로 고개를 끄덕였다.
둘은 머리를 맞대고 이런저런 추측을 하기 시작했다. 가능

성은 두 가지였다. SG 그룹에서 이 사업을 원래부터 추진해 오다가 이번에 공개한 것이거나, 아니면 혜리의 죽음으로 인해 혹시라도 자신들의 비리가 밝혀질까 봐 미리 연막작전을 쓰는 것이거나. 만약 후자라면 유노와 상인은 한발 늦은 것이다. 그러나 아직까지도 유노는 이 일이 거대한 음모극의 일부가 아니길, 모든 것이 유노의 착각이고 억측이기를 바랐다. 그렇게 생각하는 편이 마음 편했기 때문이다.

상인은 부랴부랴 옷을 입고 평소보다 더 빨리 출근을 했고, 유노는 점심시간이 될 때까지 초조하게 기다려야 했다. 참다못해 오전에 상인에게 몇 번씩이나 전화를 걸었지만, 그는 회의 중이니 나중에 전화하겠다는 말만 했다.

11시 40분에 상인의 회사가 있는 대한 빌딩에 도착한 유노는 빌딩 로비에서 십 분 동안이나 상인을 기다리며 서성거렸다. 12시 정각부터 시작되는 점심시간을 십 분 앞당겨 내려온 상인은 엘리베이터에서 내릴 때부터 잔뜩 인상을 쓰고 있었다. 엘리베이터 쪽으로 다가가려는 유노에게 상인은 오지 말라는 뜻으로 손을 저으며 걸어왔다. 막무가내로 상인의 팔에 붙잡힌 유노는 상인과 함께 로비에서 건물 바깥으로 통하는 회전문을 빠져나왔다. 햇살이 환한 거리에는 조금 일찍 식당을 찾아가는 회사원들이 삼삼오오 지나갔다. 상인이 건물 모퉁이에 있는 가로수 아래로 유노를 끌고 가더니 작은 목소리로 말했다.

"문제가 생겼어."

"또 뭔데?"

유노는 궁금증으로 가슴이 터질 듯한데도 상인은 시원스레 말을 꺼내지 않고 뜸을 들였다.

"그게 말이야…… 지난번 내 기억으로는 그게 분명히 지하층 어딘가에 있었거든. 그런데 오늘 오전에 잠깐 찾아가 봤더니, 신문에 나온 곳은 이 건물의 25층이지 뭐야. 꼭대기 층이라고. 원래 그곳에 세 들어 있던 보험 회사가 빠져 나간 후에 그 층 전체를 개조해서 지었대. 내가 맹세하는데, 그날 내가 본 것은 분명히 지하에 있었어. 아무리 술이 취했기로서니 올라가는 느낌과 내려가는 느낌도 구분 못 하겠냐?"

"일단 가서 본 다음에 얘기하자. 너도 다시 한번 곰곰이 생각해 봐."

둘은 다시 건물 안으로 들어갔다.

건물 측면의 엘리베이터 상단에는 '파라다이스 이용자 전용'이라는 팻말이 붙어 있었다.

"이런 작업을 하려면 적어도 몇 달 전부터 준비했을 것 아냐. 그런 낌새는 못 느꼈어?"

엘리베이터 안에서 유노가 상인을 돌아보며 말했다.

"야간에만 작업을 했나? 난 왜 한 번도 못 봤지? 분명히 이 엘리베이터를 탔는데…….”

“잘 생각해 봐. 그때도 혹시 네가 25층 버튼을 잘못 눌렀던 것 아냐?”

상인은 대답 대신 시무룩한 얼굴로 고개만 저었다. 엘리베이터 문이 열렸다.

상인의 설명대로 엘리베이터에서 나가자마자 ‘파라다이스’로 통하는 유리문이 보였다. 가까이 다가가자 문이 자동으로 열렸고, 거동이 불편한 사람들을 위해서인지 한참 후에야 다시 닫혔다.

한쪽 면에 멀티큐브가 있는 것은 사실이었지만, 전반적으로 상인이 설명했던 것과 같은 파라다이스의 느낌은 아니었다. 잘 만들어진 피트니스 클럽 정도로 보였다. 군데군데 최신식 의료 장비들이 놓여 있었고, 쾌적한 분위기를 연출하기 위해 잎이 넓은 열대 식물 화분을 놓아두었다. 이런 시설은 보통 지하에 짓는 것이 맞았다. 공사하기에 번거로웠을 텐데도 굳이 꼭대기 층에 이런 시설을 만든 것이 이해되지 않았다. 더군다나 전체 건물이 거의 다 사무 공간으로 할애되어 있는 빌딩에서.

여의도와 한강이 바로 내려다보이는 빼어난 전경이 이곳의 자랑이라고 했다. 꼭대기 층의 반대쪽 절반은 장애인 및 노인과 일반인이 모두 이용할 수 있는 고급 퓨전 레스토랑이 차지하고 있었다. 원래 엘리베이터를 중심으로 양쪽에 각각 2백여 평의 큰 사무실 두 개가 대칭으로 있었는데, 그중 하나를 장애인 및 노인용 파라다이스로, 다른 하나를 레스토랑으로 개조한 것이다. 그 규모와 자금력에 놀라 유노는 어리벙벙했다.

"난 몰랐는데…… 알고 보니 최근에 대한 빌딩 소유주가 이 빌딩을 SG 그룹에 팔았대. SG 그룹에서 여의도 일대의 빌딩들을 거의 다 사들이다시피 했잖아. 여의도 바닥에 무슨 황금 궤짝이라도 묻혀 있나?"

바로 그때 유노의 휴대폰 벨이 울렸다. 처음 보는 전화번호였다. 유노는 상인에게 조용하라는 뜻으로 손을 들어 보이며 얼른 전화를 받았다.

"저예요. 기억나시죠? 한경희예요."

유노는 너무 당황하여 아무 말도 하지 못했다.

"네…… 웬일이시죠?"

"웬일이냐고 물으면 어떡해요? 정말 오래간만에 보고 싶어서 전화했는데……."

"……."

"하하, 농담이에요. 전 지금 대한 빌딩 1층 로비에 있어요. 친구 분과 얼른 내려오세요."

"네?"

유노는 숨이 막힐 것 같았다. 얼른 천장과 파라다이스 내부와 엘리베이터 주변까지 사방을 둘러보았다. 어딘가에 그들의 일거수일투족이 모두 보이는 카메라가 설치되어 있을지도 모른다.

"무슨 말인지는 내려와 보면 아실 거예요. 기다릴게요."

무슨 전화였냐고 상인이 물어댔지만, 유노는 한참 동안이나 아무 말도 할 수 없었다. 한 여사에 대해서는 상인에게 아주 약간 언급한 적이 있었다. 하지만 실타래는 아주 복잡하게 얽혀가고 있었다. 한 여사가 어떻게 그들의 움직임을 파악하고 있단 말인가.

"상인아, 설명하자면 아주 길어질 텐데 지금은 시간이 없으니까 일단 나랑 같이 내려가자. 우리를 기다리는 사람이 있어."

"뭐라고? 누군데? 왜 하필 지금 여기서야?"

"따라오든지 말든지 그건 네 맘이야."

상인이 계속해서 질문을 할 기세였지만 유노는 대답하지 않고 엘리베이터 쪽으로 성큼성큼 걸어갔다. 상인은 마지못해 유노를 따라왔다. 전용 엘리베이터로 만들긴 했지만 고속은 아니어서 1층까지 내려가는 데 꽤 시간이 걸렸다.

엘리베이터가 1층에 도착하여 문이 열렸다. 앞으로 뻗은 좁은 복도에는 보안 요원 한 명만 서 있었다. 그 복도 끝에서 좌측으로 모퉁이를 돌아가다가 다시 좌측으로 꺾어야 중앙 엘리베이터와 로비가 보일 것이다. 앞장서서 걸어가던 유노는 모퉁이를 돌기 직전에 강한 향수 냄새를 맡았다. 곧이어 고개를 숙인 갈색 단발머리의 여자가 나타났다. 짙은 선글라스를 낀 여자는 흘러내린 머리칼로 얼굴을 절반이나 가리고 있어서 처음에는 누군지 알아볼 수 없었다. 유노는 그냥 지나가려다가 이상한 느낌에 걸음을 멈추었다. 그러자 여자도 걸음을 멈추며 뒤돌아서더니 반짝거리는 붉은 입술 사이로 하얀 이를 드러내며 활짝 웃었다. 당황한 유노가 채 무슨 말을 꺼내기도 전에 여자가 선글라스를 벗었다.

"오랜만이죠, 유노 씨?"

유노는 어리둥절하여 아무 말도 할 수 없었다. 여자가 손을 들어 얼굴의 반을 가린 머리칼을 살짝 귀 뒤로 넘겼다.

"바로 저 여자야. 내가 그날 새벽에 만난……."

상인이 유노의 귀에 대고 속삭였다.

"당신이 어떻게 여기에……?"

여자는 어리둥절해하는 유노를 보더니 고개를 뒤로 젖히며 깔깔깔 웃었다.

"당신이 나를 다시 만나고 싶어 했잖아요."

그러나 소도에서 만난 한 여사와는 어딘가 달랐다. 한 여사보다 좀 더 제인에 가깝다고나 할까. 여자의 옷차림은 유노가 아는 한, 제인의 방식도 한 여사의 방식도 아니었다. 여자는 스타일이 살아 있는 캐주얼 정장 차림으로, 디자인은 단순하지만 한눈에 봐도 고급스러운 옷을 입고 있었다. 몸 전체에서 멋이 풍겼다.

"설마 당신…… 당신은 제인 씨 아닌가요?"

"한경희가 맞아요. 자세한 설명은 이따가 하고, 우선 친구 분에게 인사부터 할게요."

여자가 유노 뒤에 서 있던 상인에게 손을 내밀었다. 마지못해 악수를 하면서도 상인은 구조를 요청하듯 유노의 얼굴을 곁눈질했다.

"일단 저를 따라오세요."

자신이 한 여사라 우기던 여자가 일방적으로 지시를 내리며 방금 유노와 상인이 내린 엘리베이터 쪽으로 걸어갔다. 엘리베이터는 1층에 그대로 멈춰 있었다. 다시 파라다이스로 올라갈 생각이라면 왜 내려오라고 했을까. 여자는 아래로 내려가는 버튼을 눌렀다. 엘리베이터 문이 열렸고 유노는 상인에게 따라오라는 눈짓을 하며 엘리베이터를 탔다.

여자가 아무렇지도 않은 듯 13층 버튼을 누른 후 유노와 상인을 향해 의미심장한 웃음을 지어 보였다. 그러나 엘리베이터는 분명히 하강하기 시작했다. 유노와 상인은 놀라서 서로를 쳐다본 후 다시 엘리베이터 버튼을 쳐다보았다.

"그날 상인 씨가 탄 엘리베이터도 이렇게 움직였죠? 상인 씨, 엘리베이터를 한번 자세히 살펴보시겠어요?"

상인은 어리둥절한 눈을 하고서 엘리베이터 안을 살펴보

왔다. 그제야 무엇인가를 발견하고 작은 신음 소리를 내뱉었다.

"더 깨끗하군요? 똑같이 생겼는데 분명히 같은 엘리베이터가 아닌 거죠?"

"네, 맞아요. 이 엘리베이터는 1층과 지하 5층만을 왔다 갔다 하는 셔틀이에요."

"어떻게 그게…… 가능한가요?"

상인이 이해하는 것과 비슷한 속도로 유노도 두 대의 엘리베이터가 작동하는 방식을 상상해 보았다.

"이 빌딩의 지하 5층은 양 옆에 붙은 두 빌딩의 지하 5층과 이어져 있어요. 그래서 빌딩 세 개에 각각 하나씩 셔틀 엘리베이터가 설치되어 있지요. 지하 4층에서부터 꼭대기 층까지 움직이는 엘리베이터의 아래쪽에 설치된 셔틀 엘리베이터가 움직이려면 당연히 위쪽 엘리베이터를 지상 2층으로 올려두어야 하겠죠. 다소 복잡하긴 하지만, 지하 통제실에서 담당 요원이 철저하게 모니터링을 통해 작동하기 때문에 엉뚱한 사람이 지하 정원에 도착할 확률은 매우 낮아요. 엉뚱한 사람이 이 엘리베이터를 탄 것이 뒤늦게 발견될 경우, 어쩔 수 없이 그 사람이 버튼을 누른 층까지 실어다 주게 되어 있어요. 그래서 이 엘리베이터가 지상용 엘리베이터와 똑같은 모양을 하고 있는 거예요."

여자의 설명을 듣고 보니 지하 정원에 가는 방법 자체가 하나의 숨바꼭질 게임과도 같았다.

"왜 하필 13층 버튼입니까? 지하로 내려가는 버튼인데……. 다른 층 버튼도 많은데 왜 하필……?"

여자는 상인의 말이 끝나기도 전에 마구잡이로 다른 버튼도 누르기 시작했다. 2층, 5층, 7층, 20층에 불이 들어왔다.

"아까 말씀드렸죠? 이 엘리베이터의 기본 기능은 1층과 지하 5층만을 오가는 셔틀이라고. 뭘 눌러도 지하 5층으로 가죠."

상인은 여전히 벌어진 입을 다물지 못하고 있었다.

"이걸 알아내려고 몇 달을 고생했는데…… 왜 이건 생각 못했지? 아, 난 정말 돌머리인가 봐."

여자는 상인을 위로해 줄 만큼 친절하지 않았다. 엘리베이터 상단의 계기반이 지하 4층을 지나자 지하 5층을 나타내는지 F라는 글자가 나타났다. 지하 4층에서 5층으로 내려가는 시간은 꽤 길게 느껴졌다.

"그날은 평일 새벽이어서 담당 요원이 방심했나 봐요. 상인 씨가 지하 정원에 침입했다는 것을 뒤늦게 알게 된 담당 직원이 얼른 엘리베이터 문을 다시 열었지만, 상인 씨는 이미 뭔가를 봐버린 뒤였죠. 상인 씨는 눈치 못 챘겠지만, 그 후 이 빌딩 내부에서 상인 씨는 일거수일투족을 감시당했어요. 결국 나중에는 제 풀에 지쳐 떨어지는 것 같더니…… 하필 유노 씨 친구일 줄이야……."

　연기에 능한 사람이라면 말투 정도야 바꿀 수 있겠지만 목소리마저 바꾸는 것은 어렵다. 아무리 봐도 그녀는 분명히 한 여사가 아니라 제인이었다. 아니, 어쩌면 한 여사일 수도 있었다. 유능한 연기자라면 전혀 성격이 다른 두 여자쯤 충분히 연기할 수 있을 것이다. 소도에서는 그곳의 신비한 분위기 때문에 더욱 제인을 알아보지 못했을지도 모른다. 유노는 여자를 예리한 눈으로 관찰하다가 왼쪽 손목을 얼른 낚아챘다. 여자가 깜짝 놀라며 저항했지만 유노는 남성적인 힘을 발휘하여 손목을 비틀었다. 손목 안쪽에는 분명 켈로이드 흉터가 남아 있었다.

　"당신, 제인이 맞잖아!"

　마침 엘리베이터가 멈추고 천천히 문이 열리기 시작했다. 여자가 앞장서서 엘리베이터에서 내리더니 보일 듯 말 듯 미소를 지으며 유노를 뒤돌아보았다. 예전의 제인이라면 절대 그런 식으로 웃을 수 없었을 것이다.

　"맞아! 바로 여기야!"

　상인이 소리를 질렀다. 그와 동시에 유노의 입에서도 저절로 탄성이 나왔다. 호기심에 가득 찬 공작새 두 마리가 그들에게로 달려왔다. 상인이 말한 대로 바닥에는 투명한 유리 타일이 깔려 있었고, 그 아래 색색의 물고기들이 헤엄치고 있었다. 좁은 복도를 걸어 나가 모퉁이를 두 번 돌자 넓은 중앙 홀이 모습을 드러냈다. 실내는 자연광처럼 환한 조명들과 전구가 가득 박힌 거대한 빛기둥들 때문에 지하라는 것이 믿어지지 않을 만큼 밝았고, 인공 연못과 정원들을 감싼 푸른빛은 싱싱하고 쾌적해 보였다. 빌딩 세 개의 지하 5층을 하나로 터서 전체 규모도 엄청나게 컸다. 새소리가 맑고 청랑하게 울렸고, 몇 마리는 낯선 사람을 발견하고 머리 위로 날아올랐다. 가장자리에는 유리 벽으로 차단된 방들이 있었고, 버티컬을 접어놓은 몇몇 방에는 컴퓨터들과 멀티큐브가 갖추어져 있었다.

"도대체 왜…… 당신이 우리를 여기로 데려온 거죠?"

유노가 더 이상 참지 못하고 물었다. 앞장서서 걷던 제인은 고개도 돌리지 않고 말했다.

"당신이 궁금해하는 모든 것을 대답해 드릴 거예요. 그러니까 조금만 참으세요. 우선 당신을 만나고 싶어 하는 분이 계세요."

27

가까이에서 보니 꽃들은 도라지, 감자, 쑥갓, 당근 같은 야채들과 허브 식물들이 피운 꽃이었고, 높은 키로 서 있는 것은 해바라기였다. 천연 향을 발하는 데다 나비가 날아다니는 것으로 보아 분명히 진짜 꽃들이었다. 여자는 연꽃으로 가득한 중앙의 연못 가장자리를 따라 걸었고, 연못이 끝나는 지점에 바위를 쌓아 만든 자그마한 인공 폭포를 돌자 골프 그린에서 퍼팅 연습을 하는 노인의 모습이 보였다. 노인의 등 뒤에는 건장한 남자 경호원 두 명이 부동자세로 대기하고 있었다.

"의원님!"

여자가 부르자 청바지와 빨간 티셔츠 차림의 은발 노인

이 귀에 꽂은 MP3 이어폰을 빼면서 몸을 돌렸다. 노인의 얼굴을 보는 순간 유노는 또 한 번 놀라고 말았다. 그는 유노를 처음 축복의 섬에 추천해 주었던 바로 그 노인이었다. 노인은 유노를 발견하자 한 손을 들어 올리며 반가움을 드러냈다.

"오랜만이오."

유노는 얼떨결에 고개만 까닥거렸을 뿐 아무 말도 할 수가 없었다. 어떻게 된 일인지 감을 잡을 수 없어 혼란스러웠다.

"혼란스럽겠지만 일단 이쪽으로 앉으시오. 이상인 씨도 여기로 오시느라 수고 많으셨소."

"뭘요. 저는 괜찮습니다."

상인의 천연덕스러운 대답에 유노는 뒤통수를 한 대 맞은 기분이었다. 노인과 상인은 이미 일면식이 있는 사이인 것이 틀림없었다. 유노가 상인의 얼굴을 뚫어지게 쳐다보았지만 상인은 의도적으로 눈을 돌려버렸다.

"상인이 너, 이 자식!"

유노는 불끈하여 상인의 멱살을 움켜쥐었다. 그러자 경호원 두 명이 재빨리 다가와 양쪽에서 유노의 팔을 붙잡았다.

"미안하다. 다 설명해 줄게."

상인은 유노의 손에 붙잡혔던 셔츠 칼라를 바로잡으며

여유 만만하게 말했다. 유노는 경호원들에게 붙들리다시피
하여 하얀 파라솔이 달린 테이블로 끌려갔다. 테이블에는
사람 수대로 음료수가 준비되어 있었다.

유노를 바라보는 노인의 눈빛은 위엄이 있으면서도 부드
러웠다. 그는 유노의 마음을 환히 들여다보고 있는 것만
같았다. 유노는 모두가 공모해서 자신을 속였다는 것을 알
고 분노가 치밀었지만, 노인의 눈빛을 얼마간 바라보자 이
상하게도 마음이 안정됐다.

"우선 진정해요, 유노 군. 두 사람에 대해서는 내가 간
단히 설명하지. 우선 이상인 군은 이 일에 처음부터 개입
된 것은 아니야. 난 이 군을 불과 며칠 전에야 알게 됐으니
까. 이 군은 유노 군에게서 이야기를 들었다며, 축복의 섬
사무실을 찾아왔어. PL이 되고 싶어 면접과 테스트를 받았
지만 재미 성향 점수가 모자랐지. 그러자 유노 군의 진술
이 담긴 자료를 갖고 와서 자기를 PL로 뽑아주지 않으면
우리의 비밀을 4대 언론에 공개하겠다고 협박을 하더군.
우리는 협상을 했지. PL은 될 수 없지만 축복의 섬 사무실
의 기획팀 직원으로 들어오기로 했어. PL만큼은 아니어도
축복의 섬 직원의 연봉은 꽤나 높거든. 우리 비밀을 이미
많이 알고 있는 것 같아서 위험하기도 했고, 한편으론 직
원으로 쓰기에 편한 점도 있겠더라고.

유노 군은 이 군을 원망할 수는 있겠지만, 이 군 입장에

서는 충분히 그럴 수 있다는 것을 이해해 줘야 할 거야. 의
리 없음을 비난할 수는 없어. 유노 군도 정말 의리가 있었
다면 그 좋은 직업을 왜 친구 앞에서 감췄겠나? 역시나 직
장에서 괴로움을 당하며 벗어나고 싶어 하는 친구에게 말
이야. 반대로, 의리를 배반할 친구라고 판단했다면 왜 그
중대한 비밀을 그에게 얘기했나? 유노 군이나 이 군이나
의리보다 자기 이익을 중시했다는 점에서 똑같은 사람들일
뿐이야.”

“하지만 어떻게 며칠 동안 나를 속이고 연기를…….”

상인은 유노의 얼굴을 잠깐 곁눈질하더니 곧 회피하듯
먼 곳을 바라보았고, 노인은 천천히 고개를 저으며 꿰뚫는
듯한 시선으로 유노를 보았다.

“그리고 한경희는 제인과 동일 인물이 맞아요. 제인은
유노 군과 마찬가지로 한경희가 되는 놀이를 했던 것뿐이
지. 모든 남자들의 마음속에는 한경희 같은 여자가 있기
마련이야. 모든 여자들이 한 번쯤은 한경희가 되어보고 싶
은 것처럼. 그런데 자네는 어쩌면 그렇게 제인을 못 알아
볼 수 있나? 아무리 화장과 헤어스타일, 보톡스 효과가 탁
월했다고 하더라도 말이야. 하하하…….”

유노는 심한 모멸감에 부르르 몸을 떨었다. 그런 줄도
모르고, 유노는 한 여사를 떠올릴 때마다 아련한 그리움에
젖곤 했다. 꾸밈없이 청순한 얼굴에 자기표현이 서툰 제인

이 한경희로 돌변할 수 있다는 것이 믿기지 않았다. 아니, 지금의 한 여사가 그런 제인을 연기할 수 있었다는 것이 더 놀라웠다. 얼굴이 화끈거리고 뒤 목덜미가 뻣뻣하게 굳어왔다.

"제인 씨, 정말 너무합니다. 그렇다면 성형수술이다 뭐다 하는 이야기는 도대체 뭐였죠?"

"그건 당신에게서 제 존재를 지우기 위해서였어요. 저는 더 이상 PL이 아니거든요. 그리고 성형수술이라면 이미 예전에 질리도록 했어요."

제인은 더 이상의 보충 설명을 하지 않았다.

"좋아요. 두 사람에 대한 설명을 잘 들었어요. 그런데 도대체 이 모든 것을 알고 있는 당신은 누구입니까? 또 이 이상한 정원은 다 뭡니까?"

그러자 노인이 무릎을 치며 너털웃음을 터뜨렸다.

"맞아, 맞아. 내가 정작 내 소개를 안 했잖아. 눈치 챘겠지만 나는 놀이자 사업의 최종 의뢰인이기도 하고, 축복의 섬의 총감독이기도 하지. 여러 가지 직함이 더 있지만, 한 가지만 더 말하자면 SG 그룹의 전직 회장을 지냈다는 것 정도……. 유노 군이 그토록 만나보고 싶어 하던 사람이겠지. 이 지하 정원은 얼핏 보면 무슨 낙원 같겠지만, 사실 주요 용도는 미래형 식물 생산 시스템을 갖춘 실험장이야. 내가 축복의 섬 다음으로 심혈을 기울이는 사업이지.

　태양광은 청정에너지로 무한대로 이용할 수 있다는 장점
이 있는 대신, 기상 조건에 따라 변동이 커서 제어하기기
쉽지 않지. 그래서 계획적으로 생산하고 관리하거나, 농약
을 전혀 치지 않고 농작물을 재배하기 위해 인공 광만을
이용한 폐쇄형 농장을 생각하게 된 거야. 이 연구는 이미
전 세계적으로 행해지고 있어. SG 그룹에서도 인공 광들을
생산하고 있는데, 세계적인 수준의 미래형 식물 생산 시스
템을 개발하는 것이 목표야. 예를 들자면 발광 다이오드,
레이저 다이오드, 메탈 할로이드 램프, 고압 나트륨 램프
같은 것을 설치해서 상추, 감자, 도라지, 해바라기 같은 식
물들이 자연광이 없는 곳에서 인공 광만으로 제대로 광합
성을 할 수 있는지 보는 거야. 이 일에는 상당히 많은 전력
이 필요하기 때문에 시골에 설치하지 못하고 도시 한가운
데 설치해서 새벽에 주로 전력을 당겨 오지. 조명이 많이
쓰이는 것이 아까워서 휴양지 개념을 도입했고, 이렇게 골
프 그린까지 만들어두었지.

　조금 번잡스럽긴 하지만, 연구자들도 이 분위기를 그리
싫어하진 않더군. 자기들도 즐길 수 있으니까. 세계적인
과학자들을 이곳으로 데려올 때는 뭔가 강한 장점이 있어
야 되지 않겠나. 여기 핀 꽃들을 자세히 보면 알겠지만, 모
두 우리가 먹을 수 있는 야채 식물들이 피운 꽃이야.”

　인공 광에 대해 설명하는 노인의 시선은 진지했고, 유노

가 상상했던 것과 같은 악마적인 의뢰인의 모습이라곤 찾아볼 수 없었다. 경쟁과 지배의 정점에 서 있는 사람의 모습이 어떻게 저토록 평온할 수 있단 말인가?

"이곳은 여러 가지 면에서 상당히 실험적인 공간이야. 내 철학이 반영된 곳이기도 하니까. 단순하게 말하자면 일하는 걸 놀듯이 하고, 노는 걸 일하듯이 하는 것이 내가 원하는 거야. 여기서 연구하는 사람들이 이곳에서 일한다는 생각을 하지 않고 논다고 생각한다면 얼마나 즐겁겠나. 집에 가서도 늘 여기 오고 싶지 않겠나? 인간이란 결핍과 모순의 존재지. 이것에 만족을 얻기가 무섭게 실망이나 권태를 느끼고 반대편에 서 있는 저것을 바라보게 돼. 두 가지를 동시에 얻는 것은 절대 불가능하다는 걸 알면서 말이야. 이것도 하면서 저것도 한다는 게 가능해? 하지만 두 가지 가능성이 공존하는 분위기 속에서라면 원망이 훨씬 적지. 이것을 하면서도, 저것이 내 등 뒤에 있다는 걸 확인하는 거지. 그게 중요하다네. 내가 지금 일하고 있지만, 맘만 먹으면 당장 여기서 놀 수도 있다. 다만 노는 것보다 일하는 것이 즐거워서 지금 일하기에 몰두하는 것뿐이라고 생각한다면 어떻겠어? 물론 정말 경지에 오른 사람들은 일 자체를 놀면서 할 수 있지."

노인에게는 어딘가 사이비 교주를 연상시키는 카리스마가 있었다.

"저는 무슨 말인지 모르겠어요. 당신의 철학에는 결정적인 허점이 있어요. 일하지 않아도 돈 걱정을 할 필요가 없는 고상한 사람들이라면 그런 생각을 할 수도 있겠죠. 하지만 일하지 않으면 놀기는커녕 인간으로서의 존엄성도 지킬 수 없는 사람들이 대부분이죠. 당신이 그런 사람들 모두에게 일하지 않아도 먹고살 수 있는 기본적인 비용을 대줄 수 있다면 모르겠지만. 게다가 이렇게 사람을 마음대로 가지고 노는 것이 잘하는 겁니까? 혜리는 왜 제거한 겁니까? 이제 제 차례입니까?"

유노가 언성을 높였다. 그러자 노인은 슬그머니 자리에서 일어나 연못을 향해 돌아섰다.

"혜리 일은 유감으로 생각해. 내가 가장 아끼던 사람이었는데……. 안됐어. 아무도 강요하지 않았는데, 그는 늘 너무 앞서 나갔어. 그는 역대 놀이자 중에서 가장 고속 성장한 사람이었지. 난 그게 놀이에 대한 몰입인지 야심인지 구별하기 어려웠어. 그에게는 어딘가 위태로운 구석이 있었지. 불행을 자초하는 사람의 분위기랄까.

그는 놀이 중독이 되어버렸어. 놀이와 삶을 구별하지 못한 거지. 놀이를 삶의 연료로 써야지, 삶을 놀이의 연료로 쓰면 되나? 하지만 그러면 안 된다는 법은 또 없지. 그러니 혜리 성격에는 막다른 골목에 부닥치기 전까지는 놀이를 끝낼 수 없었던 거야. 그는 미니와의 사랑이라는 불장난에 빠지지 않았더라도 뭔가 다른 자기 파괴적인 상황을 또 만들어냈을 거야. 그런 것이 크게 보면 또 놀이의 속성이기도 하지. 지치도록 포만감을 느낄 때까지 노는 것. 그러다 누군가 피나 눈물을 흘려야만 그만두게 되는 것. 어린애들이 그렇듯이. 하지만 놀이는 말이야, 끝낼 줄 아는 사람의 것이야.”

“허탈하다는 말밖에는 달리 할 말이 없네요. 사람 하나를 망쳐놓고 그런 말로 발뺌을 하다니……. 게다가 사회 환원 활동이라는 명목으로 세금을 면제받아서 이런 일을 하는 것이 과연 잘하는 겁니까?”

“우리는 법적으로 걸릴 것이 아무것도 없어. 혼동이 있을 수 있다는 것은 인정하지만, PL이라는 직업과 우리 기업의 사회 환원 활동은 일부만 겹칠 뿐이야. 엄밀히 말하자면 PL들이 사회 환원 부서의 하부 조직은 아니라는 거지. 그렇기 때문에 PL들에게 쓰는 비용 중에서 3단계의 작업 비용만이 사회 환원 활동의 예산에서 지급되고, 2단계 이상은 따로 집행되는 거야. 그건 자네도 생각해 본 적이 있을 텐데……. 게다가 우리가 3단계 PL을 위해 쓰는 비용도 우리 기업의 전체 사회 환원 활동비의 고작 5퍼센트에 불과해. 나머지 돈은 정말 장애자와 노인 복지, 가난한 어린이들을 위한 교육 지원에 쓰지.”

“그렇다면 1단계와 2단계에 쓰이는 비용은 무슨 돈으로 충당합니까? 이유 없이 자선 사업을 하는 것은 아닐 텐데요?"

"좋은 질문이야. 일전에 이상인 군이 이곳에서 유노 군의 동영상을 봤다고 했지? 내게는 친구들이 좀 있는데, 모두 세계적인 기업을 운영하는 부호들이지. 난 내 놀이자들의 행동 양상을 찍어서 위성중계로 그 친구들에게 보내. 그럼 그들은 내 놀이자의 다음 선택에 대해 내기를 해. 온갖 변수들이 있기 때문에 맞히기가 그리 쉽지만은 않지. 이게 전형적인 인물들을 다룬 텔레비전 드라마도 아니고 말이야. 극소수만을 위한 리얼 텔레비전이라고 하면 이해가 되려나? 게다가 한국은 땅덩어리가 좁아서 인물들을 따라가서 감시하기가 좋지. 이 내기에서 이기려면 인간에 대한 깊은 이해를 가진 전문가들의 식견이 필요해. 내 친구들은 자기들의 연구팀과 함께 이 내기의 결과를 면밀히 분석해서 거기서 얻은 인간 행동 방향성의 자료를 게임 산업과 영화 산업에 응용하지. 그들이 내는 돈으로 나는 1단계와 2단계를 운영해. 정말 괜찮은 수익 사업이 아닌가?"

"사람이 사람에 의해 놀이 도구로 전락하는 셈이군요."

"그렇게 생각할 수도 있겠지만, 이건 결과적으로 모든 사람들에게 만족을 주는 일일 뿐이야. 놀이자는 노니까 좋고, 내기를 벌이는 이들은 연구 자료를 얻고, 나는 중간에서 기획하고 대리 만족하고, 그 비용을 지불하거나 대가를 받지. 뭐가 나쁘다는 말인가?"

“그럼 그냥 계속할 것이지, 이 시점에서 저는 왜 만나자고 한 겁니까? 저는 차라리 몰랐으면 좋았을 일이잖아요.”

“일단 유노 군이 이 일을 이상인 군에게 얘기함으로써 외부인에게 알리지 않겠다는 룰을 깼기 때문이지. 아쉽지만 우리 계약은 이제 파기될 수밖에 없어.”

“잘됐네요. 룰을 깨고 최종 의뢰인을 만났으니. 여기서 할 일은 다 한 셈이네요. 이제 저는 가보겠습니다.”

유노는 의자를 거칠게 밀치며 자리에서 일어섰다. 노인은 가볍게 한숨을 내쉬며 고개를 저었고, 그에 따라 경호원들이 유노의 어깨를 붙잡아 도로 의자에 앉혔다.

“왜 이러십니까? 아직도 저를 더 갖고 노시려고요?”

유노는 막다른 골목에 다다랐다는 기분이 들자 이상하게 오기가 솟았다. 계약이 끝났다면 더 이상 그는 누구를 위한 놀이자가 아니므로 노인에게 굽실거려야 할 필요도 없다.

“미안하지만 앉게. 할 말은 다 하고 싶어서 그래. 나도 우리 관계가 이런 식으로 끝나게 될 줄은 몰랐어. 이렇게 만나기보다는 자네가 1단계 놀이자가 되어 자연스럽게 나와 만나게 되기를 바랐지. 여기서 헤어지게 됐으니 더더욱 자네에게 하고 싶은 말이 있어. 나는 자네가 생각하는 것만큼 사악하거나 엽기적인 늙은이가 아니야. 나쁜 점이 있다면 실험 정신이 너무 강하고 삶에 대한 이루지 못한 꿈이 너무 많다는 것 정도랄까……

자식들이 대신 나처럼 살아주길 바랐지만, 그들은 내가 주는 돈으로 번번이 재산 늘리기에만 급급하더라고. 지난번 유노 군이 자신의 바람을 말했을 때 어느 정도 나와 뜻이 통한다 싶었지. 놀면서도 물질적으로 풍족하게 살 수 있다면 얼마나 좋겠나. 그것이야말로 이 자본주의 시대에 꿈꿀 수 있는 최상의 낙원 생활이 아닐까. 어찌 보면 그건 하나님이 처음 아담과 이브를 창조했을 때 인간의 생활 조건이기도 했지. 입은 것은 없지만 춥지 않았고, 어디든 손 닿는 곳에 먹을 것이 널려 있었으며, 이런저런 동물들과 어울려 노는 것이 일이었지. 에덴이야말로 진정한 축복의 섬이었어.

하지만 난 아무래도 실패한 것 같아. 프로젝트는 정교하지 못했고 결점투성이였어. 바깥세상의 경쟁 논리가 이곳까지 오염시킨 거야. 많은 PL들의 목표가 놀이가 아니라 돈이 되어버렸어. 그렇지 않으면 지나친 놀이 중독이 되어버리거나. 욕망에 대한 자기 통제력 상실의 문제랄까. 자기의 진정한 욕구가 무엇인지를 모르는 데다, 삶을 위한 창의성이 부족한 사람들이 대부분이었어. 세상에서 경쟁적이고 계산적이던 사람들은 PL이 되어서도 그런 종류의 놀이를 즐기더군. 도박이나 주식이나 경마 같은. 그 반대로 세상에서 경쟁을 싫어하고 평화로운 것을 좋아하는 여린 사람들은 놀이도 역시 그 비슷한 것을 택했어. 아무도 상처 입지 않고, 한쪽이 점수 나는 것이 상대방과 별 관련이 없는 안전한 놀이. 관광이나 유람을 다니거나, 안락한 곳에 가서 아무것도 하지 않고 빈둥거리며 잠만 잔다든가. 그들은 놀이가 영혼을 회복시키는 휴식이라는 것을 모르는 사람들이거나, 자기 인생에서 단 일 분도 쉼표를 사용할 줄 모르는 사람이야. 당연히 늘 같은 패턴을 반복하는 인생을 살게 되지.

이 세상에 더 이상 순수한 놀이의 영역이 남아 있지 않다면 새로 창조해야만 해. 나는 PL들 중에서 나 같은 생각을 가진 사람을 단 한 명이라도 발견하게 되면, 그를 나의 후계자로 삼고 싶었어. 유노 군은 가장 가능성이 있는 사람이었는데…… 아쉽게 됐어. 혜리가 판을 깼군.”

노인은 의자에서 일어나 옆 화단에 피어난 해바라기 꽃으로 다가갔다. 노랗게 피어난 해바라기 사이에 있는, 짙은 커피색으로 변하여 고개를 숙인 꽃에서 씨앗들을 훑어내더니 테이블로 돌아왔다. 노인은 유노의 손바닥을 펴서 자기 손에 쥐고 있던 씨앗들을 옮겨주었다.

“내 선물이야. 이곳에서 처음 수확한 해바라기 씨앗이지.”

유노는 도무지 알 수가 없었다. 노인의 말을 모두 믿어주어야 하는지, 이것 역시 자기를 기만하기 위한 멋들어진 연기는 아닌지.

“믿지 않아도 좋아. 하지만 믿음은 불신보다 더 긍정적인 힘을 발휘하지. 신들이 인간의 믿음 속에 존재하듯이."

노인이 경호원들에게 눈짓을 하자 두 명의 경호원이 양복 안주머니에서 각각 무엇인가를 꺼내 테이블 위에 올려놓았다. 하나는 검은 상자였고, 또 하나는 흰 상자였다. 유노는 본능적으로 의혹과 공포에 휩싸였다.

"이게 뭡니까?"

"자네는 두 가지 중 하나만 선택할 수 있어. 일단 뚜껑을 한번 열어보게나."

유노는 떨리는 손으로 검은 상자의 뚜껑을 열었다. 노란 액체가 든 앰플과 주사기였다. 흰 상자의 뚜껑을 열었다. 하와이행 비행기 표와 수표 다발이었다.

"지금까지의 기억을 지우고 평범한 사람으로 돌아가는 것과, 외국으로 나가 다시는 한국으로 돌아오지 않는 것. 둘 중 하나를 선택하게. 여비는 넉넉하게 준비되어 있어."

유노는 노인과 제인과 상인의 얼굴을 차례차례 쳐다보았다. 모두의 얼굴에 긴장이 가득했다.

생각 같아서는 기억을 지우고 원래의 일상으로 돌아가는 게 최선인 것 같았지만, 과연 그동안의 기억만 지우려는 것인지, 목숨을 빼앗으려는 것인지 알 수 없었다. 중대한 결단을 내리기에는 생각할 시간이 너무 짧았다. 나머지 사람들의 눈이 유노가 어서 빨리 결정하도록 재촉하고 있었다.

머리와 겨드랑이에서 저절로 식은땀이 흘러내렸다. 하지

만 외국으로 나가 다시 돌아오지 않는다는 것은 삶의 뿌리를 밑동부터 잘리는 것과도 같았다. 달리 나가서 살고 싶은 나라가 있는 것도 아니었다. 이 나라에는 비록 친밀하게 지내진 않아도 가족과 친척들, 친구들이 있었다. 갑자기 그들 모두와 단절된다는 것은 죽는 것과도 같았다. 돌아오고 싶을 때 언제든 돌아올 수 있어야만 외국으로 가는 일도 매력적으로 보이는 법이다. 놀이가 그렇듯이. 그렇다면 이 돈은 아무리 액수가 많다 하더라도 가치가 없었다. 우스운 일이긴 하지만 행복을 느끼려면, 내가 행복하다는 것을 보여줄 친구들이 필요했다.

"설마…… 이 주사로 저를 죽이려는 것은 아니겠죠?"

노인은 의미심장한 웃음을 지었다.

"그렇다고 하면 믿어줄 텐가? 이 말은 도움이 되겠군. 우리는 자네를 살해해야 할 만큼 강한 동기는 없어."

유노는 그제야 노인이 자신을 시험하고 있을지도 모른다는 생각을 했다. 만의 하나 이 약을 주사한 후 죽게 된다면 어떻게 할 것인가. 일부 기억이 아니라 전체 기억이 다 증발하기라도 한다면? 갑자기 날아온 총알에 맞아 죽는 편이 차라리 나을 것 같았다. 그렇다면 갈등 같은 것은 하지 않아도 됐을 테니까. 유노는 고개를 돌려 제인의 눈을 뚫어지게 쳐다봤다. 이 일에서 손을 떼라고 경고했던 것은 혜리였을까, 제인이었을까, 아니면 한 여사였을까?

"내게 경고했던 사람이 당신이었나요?"

유노의 말에 잠시 제인은 어리둥절한 표정을 지었다. 그러다 이내 무슨 말인지 알아들었다는 표정으로 바뀌었다.

"아, 그 경고성 쪽지? 그건 초기 단계의 PL들은 누구나 한 번씩 받게 되어 있는 쪽지야. 약간이라도 이 일에 대해 고민하도록 만드는 수단이랄까. 그런 장치들이 있으면 내기가 더 재미있어지거든."

제인 대신 노인이 대답했다. 차라리 묻지 않았더라면 더 좋았을 뻔했다. 유노는 잠깐 동안 지난 일 년간을 되돌아보았다. 마치 무릉도원에 다녀온 기분이기도 했고, 구운몽을 꾼 성진이 된 기분이기도 했다. 평생 동안 놀아본 것보다 더 많이 놀았다. 자신의 돈과 시간을 들여 자발적으로 해야 했다면 십 년이 지나도 맛볼 수 없는 생활이었다. 젊음의 절정에서 최고의 유희에 빠져본 것이다. 그러자 지금 죽어도 큰 후회는 없다는 생각이 들었다. 인간은 누구나 꿈을 이루기 위해 평생 고투하면서 산다. 그러나 대부분은 꿈을 이루어보지도 못하고 고생만 하다가 죽는다. 지난 일 년간 유노는 죽도록 행복했다. 죽어서도 이룰 수 없을 꿈을 꾼 것인지도 모른다. 유노는 왠지 노인을 믿고 싶었다. 적어도 일 년간 정말 약속대로 '놀면서 돈 버는 꿈'을 이루도록 해주지 않았던가. 유노는 오른손을 들어 검은 상자 쪽으로 가져갔다. 그리고 노란 액체가 담긴 앰플을 집어

들었다.

"결정했습니다."

"후회나 의심은 없나?"

노인이 단호하게 물었다.

"없습니다. 마음 변하기 전에 어서 주사를 놓아주세요."

상인이 공포에 질린 눈으로 유노를 바라보았다. 제인도 놀란 눈치였다. 노인이 눈짓을 하자 경호원이 앰플 속의 액체를 주사기에 채워 넣었다. 경호원이 유노의 팔로 주사기를 가져가는 순간, 갑자기 제인이 주사기를 가로채더니 방심하고 있던 노인의 팔에 꽂았다. 그러자 경호원이 노인의 등에 몸을 밀착하면서 움직이지 못하도록 팔을 단단히 붙잡았다.

"용서하십시오. 회장님."

"아니, 이게 무슨 짓이야?"

노인이 하얗게 질린 얼굴로 소리 질렀지만, 제인은 눈 하나 깜박하지 않고 주사액을 남김없이 노인의 몸속으로 밀어 넣었다.

"미안해요, 아빠. 죽지는 않을 거예요. 다만 한 일주일 간 푹 주무셔야 할 거예요. 그동안 뇌수술을 한다든가 기억을 지운다든가 하는 일은 하지 않을게요. 하지만 일주일이면 제가 아버지의 놀이동산을 완전히 와해하기에는 충분하죠."

유노는 눈앞에서 벌어진 광경을 믿을 수 없었다. 제인이 노인의 딸이었다니. 그런데 딸이 아버지에게 위험한 약을 주사하다니. 만약 자기가 그 주사를 맞았더라면 어떻게 되었겠는가? 아직도 사태 파악이 잘 되지 않은 상인과 유노는 제인을 말려야 할지 말아야 할지, 아니면 도망을 쳐야 할지 판단이 서지 않아 멍하니 서 있었다.

"미니한테서 들었어요. 혜리를 베란다에서 밀지 않으면 미니를 죽이겠다고 협박했다면서요? 왜 옛날에 혜리에게 내가 죽었다고 말씀하셨어요?"

다른 경호원이 비치 체어를 가져와 노인을 눕혔고, 노인은 의식이 가물거리는지 어눌하게 말했다.

"혜수야, 넌 지금 큰 실수를 하고 있는 거야. 어떻게 나한테 이럴 수가 있니? 다 너를 위해서였어. 혜리는 정말 비열한 놈이었다. 그 녀석은 처음부터 네가 내 딸이라는 것을 알고 너한테 접근했어. 내 권위에 도전해서 감히 나를 이기려고 했지. 나한테 치명적인 상처를 주려고 했던 거야. 너를 갖고 논 다음에 보상을 받자 너를 헌신짝처럼 버렸어. 난 그놈의 머릿속에서 너의 기억을 지우려고 온갖 방법을 다 썼지. 나중에 거짓말 탐지기로 테스트를 해보니 그놈은 너를 사랑하지 않게 된 것이 확실했어.

처음에는 내가 성공했다고 생각했어. 하지만 곧 그게 아니란 것을 알았지. 이전에도 그런 게임을 몇 번씩 해보았지만, 정말 사랑한다면 무의식 속에 그 기억이 남아 있어서 거짓말 탐지기를 절대 통과하지 못하는 경우가 대부분이었거든. 인간의 뇌라는 것이 그렇게 간단한 게 아니지. 약물 요법도 심리 요법도 아직 인간의 두뇌를 좌지우지할 수준까지 발달하지는 못했어. 두뇌가 하는 일 중에서 가장 신비하고 복잡한 사랑의 영역이라면 더욱더……. 그러니까 혜리는 처음부터 너를 사랑하지 않았던 거야.”

노인은 안색이 파리했고 목소리가 점점 작아졌다. 그는 졸음을 억지로 참고 있는 것이 분명했다.

“그럴 리 없어요. 그는 분명히 나를 사랑했어요. 그는 제가 아빠 딸인 걸 몰랐을 거예요!”

제인은 핏발이 선 눈으로 절규했다.

“아니야. 그게 아니야. 그놈은 돈과 권력을 위해서라면 사랑도 거래하는 무지막지한 놈이야. 초고속 승진을 한 것만 봐도 알 수 있어. 수단과 방법을 가리지 않는 그놈의 재주는 정말 대단했어. 그래서 난 그놈에게 복수하기로 했어. 그놈의 놀이에 대한 욕망을 살살 부추겨서 성전환 수술까지 하게 만들었지. 그놈은 스스로 합리화할 방법을 잘도 찾아냈겠지만, 난 그놈의 우스꽝스러운 면상을 볼 때마다 통쾌했어. 네가 고집을 피워 그놈의 팀에 놀이자로 들어가기 전까지는 말이야. 그렇게 당하고도 네가 아직도 그놈을 사랑하리라고는 생각 못했다.”

"너무해요! 나한테 그 사람이 어떤 존재였는지 아빠는 몰라요. 호색한 아빠를 둔 덕분에 배다른 형제들과 섞여 살면서 내가 얼마나 외로웠는지 아세요? 내 친엄마가 왜 그렇게 빨리 돌아가셨는지도 나중에야 알았어요. 이 정원 속에도 구석구석 비밀스럽게 독초들이 재배되고 있죠. 사람을 서서히 죽이는 독약이라면 아빠가 전문이니까! 증오해요. 당신이 내 아버지라는 것!"

"오해야! 외로웠다면 미안하다. 하지만 넌…… 내 맘을 몰라……."

노인은 입술을 달싹거리다 잠이 들었는지 눈을 감고 말았다.

"아가씨, 맥박이 너무 약합니다. 당장 응급실로 옮기지 않으면 위험합니다. 회장님에게는 너무 많은 양이었어요."

경호원이 다급하게 응급팀을 호출했다.

"어서 실어 가요. 그리고 정 팀장님은 여기 이상인 씨를 멀티큐브 방으로 데려가 따로 감시해 주세요. 제가 유노 씨와 이야기를 마무리 지을 때까지."

제인은 노인이 죽음의 위기에 봉착했다는 것을 알면서도 차갑고 단호하게 대처했다. 경호원 한 명이 노인을 업고 정면의 비상구로 달려갔고, 정 팀장이라 불리는 덩치 큰 경호원은 민첩한 동작으로 상인의 두 팔을 뒤로 젖혀 수갑을 채웠다.

"아니, 이게 뭡니까? 경찰도 아니면서 무고한 사람에게 수갑을 채우는 법이 어디 있소? 이거 놔요!"

상인은 소리를 질렀지만 경호원은 들은 척도 하지 않고 멀티큐브 방으로 끌고 갔다.

"왜 하필 나한테만 이러는 거요? 저 친구랑 나랑 왜 차별하는 거냐고요! 유노야! 유노야!"

상인은 저항하다 안 되자 유노의 이름을 부르기 시작했다. 그러다 경호원에게 정강이를 한 대 걸어차이자 잠잠해졌다. 멀티큐브 방문이 닫히고 나자 마침내 유노와 제인 단둘만 남았다.

"놀라게 해서 죄송해요. 유노 씨가 비행기 티켓을 선택했더라면 이런 꼴을 안 봤겠죠. 제 진짜 이름은 박혜수예요. 박 회장의 딸이죠."

유노는 제인이기도 하고 한 여사이기도 한 박혜수의 얼굴을 제대로 쳐다볼 수가 없었다.

"이 순간부터 축복의 섬도, 놀이자도 존재하지 않아요. 이 티켓과 현금은 유노 씨에게 퇴직금 겸 선물로 드리겠어요. 유노 씨를 이 일에 끌어들인 것이 저니까."

"그런데 상인이한테는 왜 그러시는 겁니까?"

"상인 씨에 대해 뒷조사를 좀 했어요. 횡령에 기밀문서 해킹, 이력서 조작, 고객 정보 유출, 그것도 모자라 잘나가던 MD 친구의 상품 정보를 조작한 후 경쟁사에 알린 경력이 있더군요. 이제 좀 감이 오나요?”

불현듯 악몽 같은 기억이 되살아났다. 에어컨의 가격 정보를 수정한 것은 상인이었던 것이다. 그제야 유노가 해고당한 후에 상인이 경쟁사로 자리를 옮긴 것이 우연이 아님을 알 수 있었다.

“유노 씨, 그동안 미안했고 또 고마웠어요.”

“제가 한 일은 아무것도 없는데요, 뭐.”

혜리의 옛 애인을 상대하는 기분이 묘했다. 그를 남자로 사랑한 여인과 그를 여자로 사랑한 남자의 만남이라니.

“그리고 이걸 당신에게 선물로 드리겠어요. 원하지 않으면 버려도 좋아요.”

제인이 핸드백에서 꺼낸 것은 혜리의 은분홍빛 휴대폰이었다. 갑자기 울컥하고 눈물이 치솟았다.

“제인 씨에게 더 필요할 것 같은데요……..”

제인은 천천히 고개를 저었다.

“사고 현장에서 고장 난 휴대폰을 제가 혹시나 하는 마음으로 수리했어요. 마지막에 발신하지 못하고 자동 저장된 메시지가 있더군요. 확인해 보세요.”

유노는 플립을 열어 발신함의 ‘작성 중인 메시지’를 불러냈다. 추락하기 오 분 전에 작성한 메시지였다. 아마 ‘지금 영화 보는 중’이라던 자신의 메시지에 대한 답신이었을 것이다.

첫눈에 당신을 사랑했어요.

어젯밤처럼 행복한 적은 없었어요.

이제야 내가 누군지 알겠어요.

유노를 바라보는 제인의 눈에서 소리 없이 눈물이 흘러
내렸다.

작가의 말

　대학 졸업 후 육 년간 프리랜서 작가로 자유롭게만 살던 내게 대기업 입사란 위장 취업과도 같았다. 내게는 도심 한가운데의 근사한 고층 빌딩, 그것도 시가지가 내려다보이는 전망 좋은 자리에 앉아 일하고, 대리석이 깔린 로비를 정장 차림으로 오가는 직장인들의 모습이 무척 근사해 보였다. 심지어 일정한 시간에 점심 식사를 하러 우르르 몰려나왔다가 우르르 들어가는 모습까지도 그렇게 부러울 수가 없었다.

　그러던 차에 내게도 기회가 주어졌고, 호기심을 이기지 못해 그 대열에 합류하게 되었다. 처음엔 모든 것이 신선

하게만 느껴졌다. 빌딩의 지하층부터 꼭대기 층까지 골고
루 유람을 다녔다. 신이 나서 열심히 일했다. 멋진 야경을
감상하기 위해 야근도 자청했다. 일정한 시간에 동료들과
함께 식사하는 일도 즐거웠다. 매일 점심때마다 어느 식당
에 가서 무슨 메뉴를 먹을지 즐거운 고민에 빠졌다. 저녁
에 동료들과 어울려 술을 한잔하고 노래방에 가는 것도 좋
았다. 특히 매달 똑같은 날 꼬박꼬박 월급을 받는 기분이
아주 괜찮았다.

그러나 얼마 지나지 않아 내가 갈 수 있는 식당과 그곳
에서 먹을 수 있는 메뉴가 한정되어 있다는 것, 현명한 직
장인이 되려면 일을 열심히 하는 것 외에도 신경 써야 할
일이 많다는 것을 깨닫고 나서부터 조금씩 갑갑함과 막막
함이 솟아났다. 내가 정말 있어야 할 자리가 어딘지 고민
하기 시작했다. 양복에 넥타이, 꽉 죄는 구두를 신고서 하
루 종일 책상 앞에 앉아만 있는 부시맨이 된 기분이었다.
야생의 근육이 사라지고 폐활량이 급격히 줄어든 느낌이랄
까. 멋진 전망을 자랑하던 내 책상 앞의 넓은 창은 어느새
나를 가두는 벽으로 변신했다. 이제 빌딩 바깥을 한가로이
거니는 사람들이 그렇게 부러울 수 없었다.

알고 보니 나만 그런 게 아니었다. 나보다 더 자유로운

기질을 가진 사람, 더 꿈이 많은 사람, 더 재능이 넘치는 사람들이 조직 속에서 자기를 숨긴 채 살아가고 있었다. 일이란 원래 재미없는 거야, 라고 말하면서. 그런 그들이 진짜 원하는 것은 뜻밖에도 "놀기만 하면서도 월급을 받는" 일이었다.

나는 그게 어떻게 가능할까 생각해 보았다. 처음엔 그냥 이런 상황만 떠올랐다. 내가 신나게 놀고 있는데 친구가 전화를 한다. 그럼 나는 "나, 지금 노느라 바쁘거든. 그러니까 나중에 전화해!"라며 전화를 끊는 것이다. 이 얼마나 유쾌·통쾌·상쾌한 일이란 말인가.

그 한 장면이 결국 『플레이어』를 구상하게 만들었다. 직장인들의 머릿속에 있는 유토피아를 그려보고 싶었다. 일할 때와 마찬가지로 월급을 받으며 놀 수 있다면 어떻게 될까. 돈을 받고 놀아도 과연 그냥 내 돈으로 놀 때처럼 행복하고 자유로울까? 그런 우리에게 월급을 주는 사람은 또 누구일까?

일 년만 버티면 인내심을 인정해 주겠다던 조직 생활을 삼 년이나 하고 나서야 원래의 자리로 돌아왔다. 내가 삼 년을 버틴 것은 솔직히 인내심이 있어서가 아니라 '월급'

에 길들여진 탓이었다. 월급이란 액수의 많고 적음을 떠나서 그 자체로 중독성이 강했다.

꼭 이런 스토리여야 하나, 꼭 이런 결말이어야 하나 갈등도 많았다. 그러나 이런 버전의 스토리, 이런 버전의 결말도 이 세상에 하나쯤은 있어야 하지 않을까?

재주와 상상력이 부족하다 보니 일 년 만에 쓸 수 있는 소설을 삼 년씩이나 끌었다. 이 소설의 기획만 보고서 창작 지원을 해주고 출간되기까지 오래 기다려준 한국문화예술위원회(원래 '문예진흥원'이었는데 그새 이름까지 바뀌었다.)와 모자라는 소설이 출간되기까지 도움을 주신 민음사 여러분과 조직 생활에 전혀 맞지 않는 나를 배려해 덕수궁의 정원과 광화문 사거리가 내려다보이는 최고의 자리를 양보해 주고 많은 것을 가르쳐준 이전 직장 동료들, 천방지축에 월급 생활자도 아닌 나를 아내로 맞아준 도량 깊은 남편에게 감사의 마음을 전한다.

2006년 10월

최재경

몰입할 수도, 끝낼 수도 없는 놀이

조연정(문학평론가)

"이 공간을 하나의 무대나 제의 공간처럼 생각하고
특정 상황에 있는 연인처럼 연기에 빠져보자는 거죠.
우리가 연기자인 동시에 관객인 연극."

1 놀면서 돈 벌기, fortune or torture?

텔레비전 오락 프로그램에서 연예인들이 웃고 떠드는 모습을 보면서, 저렇게 놀면서 돈을 벌 수 있다면 얼마나 좋을까 하는 생각을 적어도 한 번씩은 해봤을 것이다. 직업에는 귀천이 없고, 또 어떤 일에 소비되는 에너지가 돈으로 정확하게 환산되는 것도 아니지만, 여하튼 우리들 대부분은 일한 만큼 누리고 살지 못한다고 한탄하는 불평분자들이다. 자본의 사회에 살고 있는 우리는 그럴 수밖에 없다. 그래서 사행심과 쾌락이라는 두 가지 강력한 욕구에 매순간 휘둘리는 자본의 노예들은 그 양자가 결합된, 놀면서 돈 버는 일에 대한 환상을 갖게 된다. 물론 그것은 지독

히도 헛된 꿈에 불과하다. 벼락 맞기보다 더 어렵다는 로 또 당첨처럼 말이다.

놀면서 돈 벌기가 환상이라면, 그 이유는 간단하다. 리오타르(J. F. Lyotard)가 지적했듯 '자본만이 유일하게 즐길 뿐'인 자본주의사회에서 놀이와 돈만큼 상충되는 것도 없기 때문이다. '놀다'라는 동사가 '놀이를 하다'라는 긍정적 의미보다는 '일을 하지 아니하다'라는 부정적 의미의 용법으로 더 자주 쓰이는 것만 봐도 알 수 있다. 인간의 노동력에 철저히 값을 매기는 현대사회에서는 능률 향상을 위한 재충전의 목적으로서의 놀이가 아닌 이상, 그저 단순히 노는 것은 지극히 나쁜 일에 불과할 따름이다. 일하지 않는 자는 먹지도 말라고 했거니와, 심지어 놀고먹겠다고 하는 것은 그야말로 인간이기를 포기하겠다는 말과도 같다. 백수가 되지 않기 위해서 우리는 죽기 살기로 놀지 말아야 하고, 또 잘 놀 수 있게 되기 위해서 죽기 살기로 일해야 한다. 돈과 놀이, 둘 중의 어느 한쪽은 포기할 수밖에 없다.

돈을 포기할 수 없는 우리는 대체로 놀이를 포기하며 산다. 운 좋게 은수저를 입에 물고 태어나지도 못했고, 자기 일을 그야말로 매순간 1백 퍼센트 즐길 수도 없는, 즉 "실패야말로 지배적인 경향"이고 "성공이란 행운이 따른 예외일 뿐"(94쪽)인 극히 평범한 사회적 토대를 지닌 사람들은 "돈 버는 일에 인생을 전부 소모해 버려서, 막상 놀려고 하면 에너지가 남아 있지 않"(79쪽)을지라도 일단은 죽어라 일해야 한다.

그래서 의뢰인 대신 놀아주며 돈까지 받는 최재경의 『플레이어』 속 인물들은 어쩌면 이 시대가 낳은 최고의 행운아들처럼 보일 수 있다. '노는 사람'들의 이야기를 다룬다는 점에서 이 소설은 우리가 근래 심심치 않게 읽어온 일련의 '백수파' 소설들과 그 맥을 나누지만, 이야기의 핵심은 완전히 다른 방향으로 향해 있다. 일군의 소설들이 능력 위주의 서열 사회에 대한 일탈 혹은 전복으로 '일하지 않는=노는' 사람들을 내세우고 있다면, 『플레이어』는 "복지 프로그램과 보험 보장이 잘 되어 있고, 급료도 일반 대기업의 두 배 이상부터 시작"(43쪽)되는 '놀이'라는 확실한 직업을 통해, 결국 그 서열화 사회의 꼭짓점을 점유하(게 될 수도 있)는 인물들, 즉 시스템을 벗어나지 않는 영리한 인물들을 내세운다는 점에서 좀 더 전략적이다.

그런데 그들은 별문제 없이 꼭짓점에 이를 수 있을까. 그러니까 그들은 몇 가지 설문 조사를 통해 "재미를 향유하고 설명할 수 있는 능력"(39쪽)이 뛰어나다는 이유만으로 선택된, 진정한 행운아들일까. 문제는 그들이 놀이로서의 일과 자신의 삶 자체를 혼동하게 되면서, 그러면서도 그 놀이에서 빠져나올 수 없게 되면서 발생한다. 그들의 놀이에는 휴양 섬에서 스포츠카를 타고 즐기는 식의 가장 초보적인 3단계의 놀이만 있는 것이 아니기 때문이다. 단계가 올라갈수록 놀이는 일종의 롤플레잉 게임과 같은 형태를 띠게 되며, 단순히 혼자 즐기는 1인극이 아니라 "인간의 요소"(137쪽)가 추가된다. '플레이어'들에게는 상대해야 할 인물들이 생겨나며, 더불어 그 과정에 수많은 우연과 돌발적인 변수들이 도입된다. 결국 놀이자로서, 아니 이제 배우로서의 'PL(Player)'들에게는 결코 사소하지만은 않은 고민이 찾아오고 그들은 혼란을 느끼게 된다.

그것은 바로 자신의 '정체성'에 관한 혼란이다. PL들은 가상의 인물과 자기 자신을, 놀이와 삶을 혼동한다. 그리고 '나는 누구인가' 혹은 '나는 누구를 연기하는가' 라는 삶에 관한 근본적인 질문들을 내놓는다. 이제 더 이상 PL들은 행운아일 수만은 없다. 파란 약 대신 빨간 약을 삼키고 진실의 매트릭스 안으로 빨려 들어간 네오처럼, 그들은 어떤 진실을 향해 나아간다. 무지에서 깨어나는 것에는 언제나 고통이 따른다고 했으니, PL에 지원하고 집으로 돌아가는 우리의 주인공 '유노'에게 "흥미진진한 세계로 초대합니다! www.fortune.com" 이라는 광고 배너가 "www.torture.com"(45쪽)으로 읽힌 것도 우연은 아니다. 그들을 기다리는 것은 과연 흥미진진한 유희의 세계일까, 아니면 고문같이 끔찍한 진실의 세계일까. 만약 후자라면, 그 진실은 대체 무엇일까. 그 양상을 살펴보자.

2 롤플레잉

첫째, 유노가 있다. 유노는 감정과 행위의 주체에 관해서 고민한다. 이 소설은 친구 상인의 조작으로 회사에서 해고당한 유노가 "함께 출장 뷔페 요리 먹어줄 젊은 분 구함."(10쪽)이라는 《벼룩시장》의 특이한 구인 광고를 접하고, 호기심에 전직 의원의 집을 찾아가는 것에서부터 시작된다. 박 의원의 제의로 '축복의 섬'이라는 비밀 조직에서 PL이 된 유노와 동료 PL들의 사정, 그리고 마침내 유노가 '축복의 섬 프로젝트'의 실체를 파헤쳐 가는 과정이 이 소설의 중심 서사다. 전형적인 추리물이라 할 수 있다.

유노의 혼란이 본격적으로 시작되는 것은 2단계 임무를 부여받게 되면서부터다. 그에게 주어진 임무는 말만으로도 흥미로운 불륜 놀이다. 그것도 연애에 관한 한 어떤 일탈도 허용된다는 '소도(蘇塗)'의 비밀 호텔에서 '한경희'라는 능력 있고 매력적인 중년의 여성과 사랑에 빠지는 일이다. 그렇다면 이 절호의 기회를, 그것도 돈까지 지불하면서 남에게 양보한 의뢰인은 대체 어떤 사람일까. 의뢰인은 워커홀릭인 데다가 평생 연애 한번 제대로 해보지 못했으며, 감수성 부족 탓에 CEO 후보 심사에서 낮은 점수를 받은 대기업의 상무다. 놀이가 시작되면 유노는 의뢰인을 대신해 감성 지수를 높이는 불륜 놀이를 감행해야 하고, 의뢰인은 극장에 앉아 영화를 보듯 가상현실을 간접적으로 체험하면서 안전하게 감성 교육을 받게 된다.

유노는 사랑에 빠진 사람의 감정을 만들어내어 그에 걸맞은 행동을 '연기'해야 한다. 그런데 놀이가 시작되면서, 놀이하기 전에 품었던 "과연 자신의 감정을 잘 컨트롤할 수 있을까. 몸만 열고 마음은 닫아두거나, 마음만 열고 몸은 닫아두는 일이 가능하단 말인가."(116쪽)라는 우려가 현실이 된다. 그는 "어디까지나 타인의 놀이를 대신하고 있을 뿐, 진정으로 자신의 감정을 빼앗기거나 조종당해서는 안 된다."(155쪽)며 안간힘을 쓰지만, 오히려 "이 공간을 하나의 무대나 제의 공간처럼 생각하고 특정 상황에 있는 연인처럼 연기에 빠져보자"(154쪽)고 제안하는 한경희 앞에서 무력해진다. 황홀한 꿈속에서는 그것이 꿈이라는 것을 인식하지 못하듯, 한경희와 "디오니소스적인 황홀경"(159쪽)을 맛보는 유노에게 현실과 놀이 사이의 경계는 허물어진다. 이제 유노와 함께 우리는 이런 의문을 품을 수 있다. 내 감정의 주체는 누구인가. 나는 내 감정을 주관할 수 있는가. 내 감정을 주관할 수 있는 그 무엇이 나에게 존재하는가. 더불어 이런 문제도 있다. 한경희가 좋아할 만한 남자로 세팅된 유노는 자신이 '한경희'를 속였다고 믿지만, 한경희는 실은 또 다른 PL인 제인이 연기한 인물이었으니, 자신은 언제나 속는 자가 아니라 속이는 자라고 철저히 믿는, 이 도저한 주관성은 얼마나 허약하고 멍청한가 하는 점이다.

둘째, '신태우/혜리'가 있다. 혜리가 된 신태우, 신태우였던 혜리의 혼란은 성적 정체성에 관한 것이다. 생물학적으로 남성이었던 신태우는 점점 PL의 놀이에 빠져들어 성전환 놀이까지 감행했고, 현재는 생물학적 여성 혜리가 되었다. 혜리에게는 이제 삶과 놀이의 경계란 없다. 놀이 속 나와 놀이 밖 나의 구별이 허물어지는 불안한 느낌을, 유노는 가상공간 소도에서 일시적으로 경험할 뿐이지만, 트랜스젠더 혜리의 경우 놀이는 일시적인 것이 아니라 마침내 삶 자체가 된다. 놀이란 "언제든 원 상태로 돌아갈 수 있는 가능성을 전제로 해야"(222쪽) 할 테지만, 놀이 안에 갇힌 혜리는 적어도 외적으로는 결코 신태우로 돌아갈 수 없다.

그런데 혜리의 몸은 신태우를 기억해, 신태우로서의 혜리를 유혹하는 미니 앞에서 환각지 현상처럼 발기하는 느낌을 받기도 한다. 애초에 신태우는 '잘못된 몸에 갇힌 영혼'이었던 것도 아니었으니, 신태우의 몸과 영혼은 혜리라는 생물학적 여성으로의 전환에 쉽게 적응할 수 없었을 것이다. 이렇게 되면 신태우는 혜리를 연기하지만, 혜리의 몸은 여전히 신태우를 담고 있는 형국이라 할 수 있다. 그 때문에 아수라 백작 신태우/혜리와 미니의 관계는 매우 복잡해진다. 미니가 혜리를 남성으로 인식한다면 이성애, 미니가 혜리를 여성 혹은 중성으로 인식한다면 동성애로 규정되며, 혜리가 여성 정체성을 고수한다면 동성애, 혜리가 남성적 부분을 여전히 인식한다면 끔찍한 이성애로 규정되는 것이다.

이처럼 섹스(sex)의 측면에서도, 젠더(gender)의 측면에서도 양성을 오가며 불안정한 삶을 지탱하는 신태우/혜리는 고정된 성적 정체성을 찾지 못한다. 때에 따라, 상대에 따라 유동하는 관계들만이 존재할 뿐이다. 그래서 우리는 또 신태우/혜리를 보며 이런 질문을 던질 수 있다. 성적 정체성이란 무엇인가. 나의 성적 정체성을 규정하는 것은 과연 무엇인가.

셋째, '박혜수/현제인/한경희'가 있다. 박혜수는 신태우와 연인 관계에 있었으며, 그녀와 사랑에 빠지는 놀이를 했던 신태우에게 버림받은 이후 제인으로 얼굴을 바꾸고 PL로서 놀이의 세계에 뛰어들었다. 제인은 소도에서 팜므 파탈(femme fatale) 한경희로 변신한다. 신태우에게는 혜수이고, 동료 PL 유노와 혜리에게는 제인이었던 한경희인 것이다.

제인의 얼굴 바꾸기는 은유가 아니라 그야말로 실제다. 신태우에게 버림받아 자살을 시도한 경험까지 있으며, "다른 모습으로 다시 태어나고 싶은 갈망을 갖고 살아왔"(186쪽)다는 고백을 유노에게 들려주는 제인은 "자기 파괴 행위를 통해 쾌감을 느끼고 일시적으로나마 명예심과 자존심을 되찾을 수 있다"(188쪽)고 믿는다. 자기를 지키기 위해서는 끊임없이 자기를 없애야 한다는 이상한 역설인 셈이다. 성전환자 혜리마저도 결국에는 자신이 한 번도 자기 자신으로 살아본 적이 없다는 후회의 말을 내뱉지만, 사랑하던 사람에게 이유도 모른 채 버림받고 자살 시도로 자신을 버리기 직전까지 내몰렸던 제인은, 이제 좀 더 냉소적으로 이 놀이의 세계를 유영(遊泳)한다. 놀이의 처음 시작은 수동적이었지만 미니를 시켜 '신태우/혜리'에게 똑같은 복수를 감행한 제인은, 이제 어떠한 목적도 없이 어쩌면 가장 현명하고도 솔직한 인물이 되어 '삶/놀이'를 살게 되는지 모른다. 모든 것을 걸고 사랑했던 "그 사람이 절 버렸을 때 저도 절 버렸"(190쪽)기에 제인에게는 다시 찾아야 할 그 무엇도 더 이상 없는 것이다. 그렇다면 마지막으로 우리는 제인을 통해 이런 질문을 던져볼 수 있다. 우리에게는 찾아야 할 '나'라는 것이 있기는 한가. 나의 본래성, 나의 정체성이라는 것은 애초에 존재하지도 않는 것이 아닌가.

　이처럼 감정을 연기하고 성별을 바꾸고 자신을 완전히 지우는 PL들은 놀이로서의 일이 아니라 놀이로서의 삶을 살아간다. 처음에는 이름을 바꾸고 외양을 잘 꾸며 감정을 연기하는 수준에 머물렀지만, 생물학적 성까지 바꾸거나 다시 되돌릴 수 없도록 다른 사람의 얼굴로 성형을 해버리는 경지에 이르면, 그들은 더 이상 의뢰인의 분신 혹은 인형이라고 볼 수 없다. 그들은 그저 자신을 둘러싼 외피를 변형시켜 '또 다른 나'를 만들어내고 있을 뿐이다. 이쯤 되면 나의 경험과 감정이 의뢰인에게 과연 직접적으로 전달될 수 있는가 하는 문제는 별로 신경 쓸 일도 아니다. 심지어 "하고 싶은 놀이에 대해 미리 기획서와 예산안을 제출하고, 승인이 떨어지면 그대로 진행하는 단계"(97쪽)에까지 이르면, 놀이는 더 이상 의뢰인을 위한, 그리고 놀이 상대자를 향한 게임도 아니며 오로지 자기 자신과의 게임이 된다. 의뢰인은 멀티큐브 화면으로 타인의 리얼 라이프를 훔쳐보며 그 대가로 돈을 지불하는 관객일 뿐, PL은 보이지 않는 관객 앞에서 자기 삶을 연기하는 배우가 되어 있는 것이다. 최재경의 『플레이어』가 놀면서 돈을 버는 꿈같은 이야기를 전개한다기보다는, 인간의 실존에 관한 매우 형이상학적 질문을 던지는 묵직한 이야기로 상승할 수 있는 가능성을 바로 이러한 지점에서 찾을 수 있다. 우리가 유노와 혜리, 제인에게 품었던 의문들은 이제 다음과 같이 요약된다. 그것은 바로 '나의 정체성은 어떻게 찾을 수 있는가', 혹은 '나의 정체성이라는 것이 애초에 존재하긴 하는가'라는 것이다. 다시 말해 '나는 누구인가'라는 아주 고전적인 질문이다.

'나'의 정체성을 결정하는 것은 나의 감정 혹은 의식인

가. 아니면 나의 얼굴, 이름, 성별 등 나를 외적으로 구성
하는 것들인가. 그것도 아니라면 그저 여러 관계들 속에서
규정되는 '나다움'이라는 것인가. 물론 이러한 것들은 엄
밀히 구분되지 않을 수도 있지만, 최재경의 인물들은 애초
에 우리의 정체성을 구성한다고 생각했던 이 모든 것들에
균열을 일으킨다. 그러므로 그들은 특정한 직업에 종사하
며 특별한 체험을 하는 사람들이 아니라, 겹겹의 가면을
쓰고 상대에 따라, 때에 따라, 즉 처한 환경에 따라 자신을
연기하는 우리 모두를 대변한다고 해도 과언이 아닐 것이
다. 삶 그 자체가 하나의 놀이이자 연극이며 우리는 그 놀
이와 연극의 향유자이자 배우라는 것, 우리 모두가 플레이
어라는 것, 최재경은 이런 얘기를 하고 있는 듯하다. 그런
데 그 놀이는 완벽한 놀이가 될 수 있을까. 그 연극은 성공
적으로 끝날 수 있을까. 우리는 과연 훌륭한 배우일 수 있
을까.

  3 놀이의 규칙

　PL들의 2단계 체험은 물론 비일상적이라고 할 수 있지만
거기서 파생된 고민들은 일상적인 것이라 할 만치 보편성
을 띤다. 우리는 자신의 감정을 주체할 수 없어 고민하고,
이리저리 상황에 휘말리면서 여러 관계들 속에서 다양한
나를 만들어내기 위해 고투한다. 연기(演技)는 바로 우리의

생존 전략이다. 그런데 전략적으로 이러저러한 가면을 둘러쓰는 것이 물론 마음 편할 리는 없다. 그래서 상황에 따라 달라지는 비동일한 나의 모습들에 대해 우리는 자책하거나 자기 합리화를 하게 된다. 이러한 반응은 소위 '자의식'이라는 것을 지녔다는 인간이 보일 수 있는 최소한의 양심적인 태도이자 가장 당연한 태도이기도 하다. 그렇다면 이러한 보편적인 얘기를 작가는 왜 '가장 놀이'의 형식을 취해서 전달하는 것일까. 게다가 철저히 추리 서사를 따라가는 이유는 또 무엇일까. 이제 '놀이'의 형식에 대해 살펴볼 차례다.

PL들의 놀이는 그야말로 가상현실에 맞춰 하는 롤플레잉 게임이라고 했거니와, 이 롤플레잉은 결과적으로 PL들의 정체성에 혼란을 일으키는 것이 아니라 그보다는 오히려 원래는 없었던 정체성에 대한 알리바이로서 필요하다고 할 수 있지 않을까. 시시때때로 바뀌는 우리의 얼굴, 유동하는 우리의 포지션, 너와 나의 관계들, 이러한 것들 뒤에 각자 나름대로 명확하게 인식할 수 있는 나의 본질이라는 것이 과연 있는가. 그렇지 않을 것이다. 고정불변하는 나의 정체성이란 사실상 없다. 한번 생각해 보자. 나는 언제 한 번이라도 "이게 바로 진정한 나야."라고 생각하며 안심한 적이 있었던가. 내 얼굴 뒤에, 내 이름 뒤에, 급변하는 나의 감정 뒤에 어떤 확실한 내가 있다고 믿는 것은 그야말로 낭만적 거짓이다. 여기서 섹스와 젠더의 구분, 즉 사회적으로 구성되기 때문에 불확실하고 불안정한 젠더 뒤에 생물학적으로 확실한 자연으로서의 성이 있다고 말하는 것은 자연/문화, 본질/존재라는 실존주의적 이분법을 답습하는 것일 뿐이라고 비판했던 반본질주의자 주디스 버틀러(Judith Butler)의 말을 음미해 볼 수도 있다.

그러므로 삶의 순간순간 카멜레온처럼 색깔을 바꾸며 가장 놀이를 하는 우리는 경박한 기회주의자라기보다는, 그 뒤에 자신의 진정한 정체성이 있다는 믿음을 필사적으로 지켜내기 위해 연기를 그만둘 수 없는 매우 절실한 배우들일지도 모른다. 연기가 끝나는 순간, 가면을 벗으면 그 뒤에는 숨겨진 어떤 것도 없다. 또 다른 가면만이 있을 뿐이다. 자신의 본래성을 찾고 싶다고 해서 우리는 절대로 동굴 밖으로 나와서는 안 되며, 죽을 때까지 연기를 그만두어서도 안 된다. 동굴 밖으로 나오면 거기에는 텅 빈 진실만이 있다.

이것이 바로 놀이와 삶이 철저히 단절돼야 하는 이유다. 위험한 놀이를 감행하는 PL들의 삶을 통해 작가는 '진실된 나의 삶을 살라.'고 말하는 것이 아니다. 서로가 속고 속이는 관계들뿐인 거짓말투성이의 삶이, 내 감정과 내 행동이 온전히 나의 것일 수 없는 삶이, 이 관계들이 결국은 그저 놀이에 불과할 뿐이라고 우리를 안심시켜 주려는 것일지도 모른다. PL의 첫 번째 규칙, "이 일의 주체와 이 일이 실행되는 메커니즘에 대해 알려고 하지 않을 것"(52쪽)이란 규칙만 잘 지킨다면 PL들은, 나아가 우리 모두는 거짓된 이미지의 세계에서 그저 행복할 수도 있을 것이다. 모피어스가 내민 두 가지 색깔의 약 중에서 파란 약을 선택한다면 말이다. 비밀을 모른 채 거짓 연기의 삶을 살아가는 것, 놀이로서의 삶을 사는 것은 그때서야 비로소 우리에게 행운이 된다.

그렇기 때문에 "오른손이 하는 일을 왼손이 모르게 하려"는(41쪽) 비밀 조직 '축복의 섬'이 여의도 한복판의 지하 5층에 숨어 있다는 사실은 상징적이다. 유노가 한경희와 사랑을 나누는 소도라는 섬이 지도에는 없지만 분명히 존재한다는 것도 마찬가지다. 평범한 현실로부터 차단된 그 비밀의 공간들은 바로 우리 현실을 안전하게 지탱해 주는 버팀목인 것이다.

철저하게 추리물의 서사를 따라가는 것, 예컨대 비밀을 풀어나가는 후반부의 급박한 스토리 전개라든지, '축복의 섬 프로젝트'를 주관하는 박 의원이 결국에는 속는 인물이 된다든지 하는, 반전에 반전을 거듭하는 마지막 장면은 흥미롭기도 하지만, 전체적으로 이 소설의 주제나 설정 들은 우리에게 꽤나 익숙하게 여겨질지도 모른다. 그것은 최재경의 『플레이어』가 결국에는 우리가 장 보드리야르(Jean

Baudrillard)를 통해 이미 학습한 '시뮐라크르(simulacre)'의 세계를 보여주고 있기 때문이다. 이 소설은 우리가 보고 있는 것, 혹은 믿고 있는 것 이면의 진실을 우리에게 알려 준다. 우리에게 익숙한 것들이 사실은 진실이 아님을, 진실은 언제나 감춰져 있음을, 그렇게 수많은 비밀들에 둘러싸여 살아가고 있는 우리 자신을 일깨워 주는 것이다.

전작 『숨 쉬는 새우깡』에서 다양한 인간관계의 고민을 탐구했던 작가는 이제 그 관계들의 공식을 만들어낸 듯하다. 정리해 보자. 우리는 모두 "우리가 연기자인 동시에 관객인 연극"(154쪽)을 하고 있다. 그리고 그 연극은 연기 아닌 진정한 그 뭔가가 사실은 없다는 것을 감추기 위한 장치다. 이것이 바로 최재경이 만들어낸 우리 삶의 공식이다. 수시로 "탈피를 하면 더 싱싱하고 예뻐"(26쪽)지는 '타란툴라'처럼 가면을 쓸 때마다 이전의 자신을 완전히 지워버릴 수만 있다면, 그렇게 천의 얼굴을 가진 배우가 될 수만 있다면, 그렇게 연극을 즐길 수만 있다면, 그 플레이어는 진정 행운아다.

그렇지만 언제나 신인 배우인 우리는 배역과 자기 자신을 온전히 일치시킬 수 없으니 날마다 번민하고 흔들린다. 두려운 것은 관객뿐이 아니다. 나 자신을 속이는 일은 더 힘들다. 나만의 진정성, 나만의 정체성이 있다고 믿고 싶은 우리는 연기에 몰입할 수도, 그렇다고 연기를 그만둘 수도 없는 어정쩡한 상태로 무대 위에 서 있다. 전자는 나의 진정성을 포기하는 것이고 후자는 진정성이 없을지도 모르는 두려움에 나를 내모는 것이니, 우리는 그 상태로 어설픈 연기를 할 수밖에 없다.

그리하여 우리는 항상 삶이라는 무대에서 나 자신과 관객을 상대로 승산 없는 싸움을 벌이는 재능 없는 배우들이다. 식은땀은 흐르고, 분장은 지워지고, 가면은 흘러내린다. 무대에서 내려와 분장을 지우면서 배우는 심하게 자학하고, 그러다가 결국은 변명 거리를 찾을 것이다. 무대를 탓하고 관객을 탓할 것이다. 그렇지만 "진짜 나는 여기에 있잖아."라며 아무리 자신을 위로하더라도, 아무리 남 탓을 하더라도 돌아서는 발걸음은 무겁기만 할 것이다. 그렇게 몰입할 수도, 끝낼 수도 없는 삶이라는 놀이를 우리는 지금 이 순간도 하고 있다. 어쩌면 그것이야말로 나를 지키는 유일한 길일 것이기 때문이다.

최재경

1971년 마산에서 태어나 서울대학교 국문과를 졸업했다. 대학 시절 015B의 작사가와 방송 작가로 활동했으며, 1995년 《상상》에 「살아 있는 죽은 여인」을 발표하며 등단했다. 장편소설 『반복』, 소설집 『숨쉬는 새우깡』과 여성 자기 계발서 『여자 서른, 자신있게 사랑하고 당당하게 결혼하라』와 역서로 『깃털이 전해준 선물』, 『그레이시』, 『까마귀의 마음』, 『세기의 재판』 등이 있다.

최재경 장편소설

플레이어 player

1판 1쇄 찍음 • 2006년 10월 20일
1판 1쇄 펴냄 • 2006년 10월 26일

지은이 • 최재경
편집인 • 장은수
발행인 • 박근섭
펴낸곳 • (주) 민음사

출판등록 • 1966. 5. 19. (제16-490호)
서울시 강남구 신사동 506 강남출판문화센터 5층 (135-887)
대표전화 515-2000 • 팩시밀리 515-2007

www.minumsa.com

값 9,500원

ISBN 89-374-8099-9 (03810)